张
炜
著

走得遥远和阔大

张炜谈文论艺

百年散文探索丛书／孙绍振 陈剑晖 主编

SPM
南方出版传媒
广东人民出版社
·广州·

图书在版编目（CIP）数据

走得遥远和阔大：张炜谈文论艺 / 张炜著. —广州：广东
人民出版社，2017.6
　　（百年散文探索丛书）
　　ISBN 978-7-218-11741-6

　　Ⅰ．①走…　Ⅱ．①张…　Ⅲ．①散文评论—中国—当
代—文集　Ⅳ．①I207.67-53

中国版本图书馆CIP数据核字（2017）第092798号

Zou De Yaoyuan He Kuoda： Zhang Wei Tanwen Lunyi

走得遥远和阔大：张炜谈文论艺　　张　炜　著　

出 版 人：肖风华

责任编辑：古海阳
排　　版：友间文化
装帧设计：礼孩书衣坊
责任技编：吴彦斌

出版发行：广东人民出版社
地　　址：广州市大沙头四马路10号（邮政编码：510102）
电　　话：（020）83798714（总编室）
传　　真：（020）83780199
网　　址：http://www.gdpph.com
印　　刷：珠海市鹏腾宇印务有限公司
开　　本：787毫米×1092毫米　1/16
印　　张：18.75　　插　页：1　　字　数：252千
版　　次：2017年6月第1版　2017年6月第1次印刷
定　　价：42.00元

如发现印装质量问题，影响阅读，请与出版社（020-83795749）联系调换。

售书热线：（020）83795240

总 序

■ 孙绍振　陈剑晖

散文是"文体之母"，也是中华民族文化和精神的凝聚。在古代、"五四"时期，散文都取得了辉煌的成就。二十世纪九十年代以来，散文更是一路走红，成为最受出版商、读者尤其是大学生欢迎的文体。但与这种蓬勃态势极不相称的是散文理论的贫困，其学术积累，其受关注的程度，其对创作的影响，均远逊于诗歌、小说乃至戏剧。造成散文理论贫困的原因，在我们看来有如下几方面：其一，缺乏有较高认同度且具一定操作性的核心范畴；其二，缺乏流派思潮意识，更缺乏以流派思潮为标志的论争；其三，观念落后，理论陈旧，缺乏建构属于自己的散文理论话语的自觉；其四，一些散文研究者缺乏应有的自信，总觉得研究散文低人一等，而学界对散文研究有意或无意的贬低与漠视，又在一定程度上加重了这种自卑感。正是这几个方面的合力，导致了散文这种奇特的景观：一方面是创作红红火火，异彩纷呈；另一方面是理论冷冷清清，长期萎靡疲软、欲振乏力。当然，这是从总的方面，从与小说、诗歌等主流文体相较而言的。应该说，进入新世纪以后，在一批有志于振兴散文理论的中青年学者努力下，特别是随着一批原先研究小说、诗歌的著名老一辈学者的加盟，散文研究队伍不仅日渐发展壮大，而且提高了散文研究的起点，改变了以往只重收集整理资料，探讨散文创作技巧，尤其只重作家作品评论而轻理论建构的研究局面。散文研究开始由边缘向中心位移的标志是：一些散文研究者开始从学理上研究散文的概念范畴，试图建构散文的理论体系；一些研究者将研究中心从社会学、思想内容研究转向文体研究；甚至连一向不受重视的流派思潮研究，散文研究中的哲学问题、方法论问题也有学者关注。至于"大散文""纯散文""复调散文""文化散文""学者散文""小女子散文""艺术散文""生命散文""新散文""在场散文""原散文"等众多散文观念、主张或口号的提出，也从一个侧面反映了当下散文领域的热闹。总而言之，随着散文创作的繁荣，散文研究者主体意识的加强，以及研究者质疑精神、批判意识的觉醒，散文研究已告别了原先备受冷落歧视的尴尬境地，开始有了一些自信，开始引起了人们的关注，并逐渐拥有了属于自己的话语权。这是事实，也是我们必须明确的理论前提和总体判断。

不过，我们也必须清醒地看到：尽管散文研究与以往相比有了很大的改观，也提出了不少新的观念和主张，但迄今为止，相较于小说、诗歌研究，散文研究还是落后的，还远远未达到我们的期待。具体表现在：第一，散文理论、散文批评和散文理论史的研究虽进入众声喧哗的繁盛期，但由于在基本理念上缺乏共识，这样对散文成就的评价便缺乏统一尺度，常常陷入混乱、自相矛盾的困局。第二，新世纪以来虽有众多的散文理论，但大多是理论家各自的独白，并未获得散文研究者的普遍认可，作家似乎也不太买账。第三，时下的散文研究，基本上是各自为政，单兵作战，虽然发表了不少单篇评论和单本著作，但由于没有策划，宣传不到位，因而难以形成规模效应，在影响力上大打折扣。

有鉴于此，我们决定组成一个强大的作者阵容，出版"百年散文探索丛书"，从各个不同的角度和层次，对二十世纪至本世纪初期的散文进行全方位且具原创性的欣赏、梳理与阐释，同时建构起新的散文理论话语，最大可能地为散文立论、立法。我们认为，这样不仅能推动我国当代散文创作的发展，而且能在一定程度上结束散文缺乏共识、标准混乱的局面，从而提高散文研究的学术品位，使散文研究在人文学术领域有更大的影响。这是我们策划出版这套丛书的第一个想法。

我们策划出版这套丛书的第二个想法，也可以说是更深层的原因，是考虑到自"五四"以降，文学理论已发生了翻天覆地的变化。在我国古代，小说、戏剧理论十分薄弱，古代有关文章的理论，基本上都是散文理论，所以散文理论在古代可以说是正宗，享有很高的地位。但"五四"之后，随着小说、诗歌日渐占据上风，加之西方文学理论大规模涌入我国，并在理论建设和批评实践中完全压倒了传统的古典文论。如此一来，既没有西方现成理论可资借鉴，又没有思潮流派可以师承的散文研究自然成了弃儿，更不可能像小说、诗歌研究那样丰富多彩、风光无限。不过正所谓"寸有所长，尺有所短"，散文研究虽不似小说、诗歌研究那样有西方的理论资源作支撑，但它那份心定神闲，那份"任凭风吹雨打，我自闲庭信步"的气度，却是因过分追逐西方各种文学新潮和表现技巧而变得心浮气躁、"各领风骚三五天"的小说、诗歌研究所不及的。正因贫困，正因没有太多现成理论可依持，说不定散文研究的天地更加开阔，更有可能建构起带有原创性的东西。这样看来，散文研究不仅不是"白茫茫一片真干净"，事实上还是大有可为的。

我们策划出版这套丛书的第三个想法，是基于这样一种情况：目前国内尚无关于现当代散文研究和批评的丛书系列。因此，本丛书的成功出版，无疑填补了散文研究方面的空白，具有开拓与创新之功。若能好好经营，完全有可能成为一个有影响力的学术品牌。

最后，再简单说说本丛书的一些特色。第一，丛书体现创新性，强调学理性，又兼顾可读性。同时，为了让读者更好地了解散文，提高阅读兴趣，丛书将尽量回避过于"学院化"的表述，用生动优美的文字来探讨散文问题。第二，丛书以目前国内最重量级、最具名气、最有号召力的散文研究名家为作者群，旨在全面展现当代学者在这一领域所取得的学术创新成果，力求能够在学科内外产生较大的社会影响。第三，丛书不拘一格，系统论著、专题研究、文体解读、批评随笔皆可。关键是要有特色，有创新性，有可读性，尽量做到雅俗共赏。第四，我们力求把丛书打造成可持续的产品链。

一套丛书的出版，是一项复杂、系统的工程，也是一件不容易的事情。真诚地感谢广东人民出版社在当下急功近利之风盛行、学术著作出版困难之际，以不世的眼光和气魄，接纳了这套显然不会获利丰厚的丛书，为当代散文的创作和研究，为继承和发扬传统的文脉做出了卓越的贡献。还要感谢长期致力于散文研究的学者。他们甘于寂寞，享受冷遇。没有鲜花，没有掌声，没有大红大紫，但他们却安之若素，以纯正的精神去接近散文的精神，以炽热的心去拥抱散文的心。因此，"百年散文探索丛书"的出版，既是一个学术群体探索思考的展示，更是一种坚守精神的见证。但愿本丛书的出版，能吸引更多的人关注散文，并推动当代散文研究和批评更上一层楼。

目 录
contents

谈散文

写散文

我们喜欢谈论的一个话题就是：写散文。我的散文写得既不多又不好。不过我仍然对散文有些痴迷。好像现在能写一手漂亮散文的越来越少了，可见它并不容易做。记得在中学里就有散文功课，要作散文——一直作下来，作到真正踏上文学生涯，散文却仍未作好。

再也没有什么文体比散文更需要质朴精神的了。可是有一段时间我看到的散文却矫饰得很。这可能是从汉赋那里继承下来的。汉代以前的散文是绝对高明的，而汉以后的文章开始华丽，因辞害文了，那时候过分地讲究铺排陈设。这样就损伤了事物本质之美，损伤了原力原气。我们不会忘记新时期以前的某些"妙手高文"，它让我们看不到事物的真实面貌，像美丽的云雾那样遮去泥土和草木。这样的文章只可以用来点缀，言过其实。它没有风骨，没有真性情。

有一段时间散文差不多形成了套路，比如末尾总要做梦，其实可以做梦，如果做得好；也可以不做梦，如果作者本人不是多梦的话。我们不会仅仅因为读到朗朗上口、文辞优美的文章就感到了真正满足，我们的心灵真正渴望的，倒是关于一个人的心的历史，是它的悸动和震颤，是真与诗的结合。而能够做到这一点的，还是要依赖那种求实求真、一丝不苟的质朴精神。在散文创作中，我们尤其呼唤那种精神。

散文写不好，可能其他任何体裁都写不好。这是个基本标志、基本训练，同时也值得为此献身。

我们曾经看到有的小说和戏剧作者笔下无根，即便偶有得手，最终还是立不住。大概其中原因是本质上还不是一个诗人，创作中进入不了诗境。

1990年4月23日

散文非作文

文章一直写下来，或者说散文一直写下来，却越来越不知道什么才是散文。这终于成了一个问题在心中保留下来，要时不时地想一想。想了许多年，现在似乎有了个觉悟，但又不知对不对。

我现在的想法概括起来就是：散文非作文。

什么是"作文"？就是平常意义上的"写作"，是一个人进入这种专业行当之后的一些习惯性作法，比如谋篇结构、寻找角度和巧思之类。"作文"总是有许多规矩，就像每个行当里都有所谓"游戏规则"一样。比如"小说"这种"作文"，要作就得进入它的规则。当然，散文也会有规则，但那是将一切规则散掉之后的"规则"，即无法之法。

由此我想，散文应是具有很强"使用性"的一种文体。就是说，比起其他文体，它在现实生活中往往具有很具体的目的性：就为了一种实用、一种使用，才产生了一些文字，于是散文便产生了。这种自然状态下产生的文字会是多种多样的，无拘无束的，它们都是散文。所以也就有了"大散文"这个概念。"大"不是指篇幅，而是指范围。

一个人只要有较好的文化素养，都应该能够写出一手好散文。它可以是言论、书信、日记、回忆，也可以是一个人在特定时刻里的自吟自语。后者之所以也可以是好的散文，就因为它所具有的"实用性"：安顿自己的灵魂。这时，它产生的过程也是自然而然的。

写散文或能够写散文，是所有具有良好资质的人的一种基本能力。散文最好不仅是专门家的事情，而要是大家的事情。因为一旦专门家把它做"匠"了，那还不如没有。

1998年5月20日

走得遥远和阔大

对散文的基本认识

散文是一种更自由的文体，形式自由，内容和主题也不一定太刻意。散文的产生方式决定了它的一个特质：直接，真实。比如它常常是为一个具体目的而写，像一个吁请、一次演讲；当然还有自语式的文字，它们这时是针对自己的心情……谈到散文，最好使用"写作"而不是"创作"这个概念。一个人只要具有良好的文化素养，写散文就成了他的基本能力。当然这也可以是专门家的事情。书信、宣言、自语、喟叹、日记、演讲，还有其他文字，都可以是很好的散文。"创作"出来的、"作文"气十足的散文反而不好，因为它们违背了散文发生发展的规律，往往给雕琢得毛病百出。听任散文的自然形成和自然积累，则能够从中更好地体味和理解散文的本质。

将不同的体裁比较来看，散文的质地更为坚硬。

散文意味着什么

在我的整个文字生涯中，"创作"只可能占其中的一部分。以笔发言是我写作的目的。有人要提醒我别忘了"艺术"。是的，发言包括了一切，发言就是艺术。

一个人学会了文字，主要是为了写出自己的心声。散文可以直抒胸臆。我不可能不写散文。没有了散文的写作，我会担心生命褪色。

对当前散文的看法

人们出于生命和生存的需要、在特定的生活情境中写出的文字还太少。就是说，自然形成的、真实有力的散文还太少，而"创作"出来的散文太多。多到让人厌烦，腻，绵软无骨。好像一个百无聊赖的人才最适合写写散文什么的。

其实散文应该很有劲，绝不是哼哼呀呀的东西。

副刊上有一些散文，还有一些"电视散文"（当然只是一部分），有点可怕。它们不仅缺乏为文的基本能力，心理上也不够健康。矫情，哼叫，不能直面生活。这样的风气波及许多方面。哼叫离毫无心肝的谀辞只有一步，或者干脆就是一家。

许许多多的人都在写散文，可谓蜂拥而至，但有真意的不多。缺乏精神硬度，惯常是花拳绣腿或卖乖媚俗。不过这也正常。散文正从我们所熟悉的那种套路里解放出来，但解放得还不够彻底，还时常跌入新的套路。

面临的最大困惑

在高度数字化的现代世界上，一个写作者如何能够沉思和安然，真是生死攸关的大考验。失去一个基础（状态），他将白白跟着喧嚣一生，直到生命耗尽。迎与退，敞与蔽，聪与聩，时下的选择倒让人两难。

散文写作的趋向

我想，从长远的观点看，很可能许久之后，那些并非以专业心态对待自己的散文写作，而只将其视为生命的某种基本需求的人，才有可能走得遥远，走向一个阔大。这部分人不会多，他们会与潮流进一步脱离，声稀迹淡；但他们却有力量潜隐地左右散文的道路，甚至影响一个时期的文化趣味。

（1998年7月10日，答《美文》）

小说家和散文

什么是散文

今天谈的是小说家和散文，谈二者之间的关系。让我们试着分析这其中的一些联系、一些历史渊源。这难免要涉及散文这个概念，还有其他有关写作的诸多问题。很多人认为写小说的人之所以比写散文的人少，是因为小说这种文体难以驾驭，写起来要麻烦许多；而散文似乎就要容易得多，大多数人，只要是能作文的人就可以写，可见起手并不难。大致来说，我们平时写的日记、书信，甚至通告和启事等，都可以算作散文。

事实上，散文这种文体对写作者的局限确实是最小的。说到这里就可以问一句：到底什么才是散文？一般认为除了一些情节性的虚构作品，除了戏剧和诗而外，大半都可以称作散文——广义的散文。一些文论，其实也在散文的范畴里。就因为散文的范围太大太广了，似乎是无边的大，所以有人曾经提出了"艺术散文"这个概念，用来加以限制。他们的意思是，只有十分讲究艺术性文学性的、描绘和抒发性的、结构严谨的记叙文字，才算是"艺术散文"。

我们大致知道如上划分的范围和界限在哪里。我们以前耳熟能详的一些散文篇章，大约也就是这样的"艺术散文"了。于是日记和通讯之类的就被排除在外了。这种划分有一定道理，似乎可以看作狭义散文的定义。

但是凡事有利就有弊。这样的划分有时也会使散文在理解方面，多少偏离了它的本质。因为谋篇之用心、法度之严谨、词藻之讲究，又会在一定程度上背离散文艺术的要旨。我们都知道，散文的自然天成、朴素和真实才是它的最高境界。历史上留下来的一些散文名篇并不是计划周密的文章，也没有写作"艺术散文"这样的意念，结果却成就了最高的散文艺术。这样的散文名篇难道还少吗？

到底什么才是散文？散文的定义中有必要划分广义和狭义两种吗？这些我们都可以重新讨论。如果不加以划分是不是更科学更好？如果只有好的和不那么好的、拙劣的和优异的散文，这样的区别不是更合理更方便吗？从散文史上可以看到，有些构思周密的短章美文成为了范本，而另一些似乎不太经意的，或者直接就是为了实用才形成的一些文字，也成了公认的名作。由此可见，"艺术散文"这样的界定虽然用心良好，却实在是有些多余了。

我们还记得古人的一封辩白申诉信件、一篇自白书、一纸叮嘱后代的言论，都成了代代传诵的美文。它们谈不上是构思精密文法周备的技术主义范本，它们的优异是因为写作者的心胸气度本来就高，文化素养本来就非同一般。一句话，它的好是从生命本源中流淌出来的。

从这方面看来，"散文"是什么可能就好谈一些了。它大可以是生活中的一些实用文字，也就是说，之所以要写它们，那大半是为了使用的。如果不是为了使用，只为了作文，那么要出现一篇好的文章反而更困难了。有人会反对如上的说法，认为那些"艺术散文"就是为了作文才形成的，它们其中就有许多好散文。当然，我们同意这样的判断；但是我们前面说的，是出现好文章的概率问题，并非是排除"使用"这个目的之外形成的所有文字。

说到使用，日记、书信、讲演之类好理解，那么抒情的、记叙山川风景的文章呢？后者在我们看来也可以是"使用"的。因为作者的情感积累到了一定程度，不倾吐是不行的，不能让它淤积在心里。所以这种抒发也是一种"使用"，而且是一种关乎生活和生存的大使用。记叙山河风景的文章也是这个道理，作者被美景打动了，以至于不得不记下来供以后回想或与他人交流，这难道不也是"使用"吗？

所以说从实际使用的目的出发形成的一些文字，往往会收获最好的散文。而我们以往对散文的理解正好相反，认为刻意构思出来的散文才是更艺术的、才是散文的正宗。这是对文学本质意义的曲解。

比较一些高境界的散文，应该是或大多是业余写作形成的。将散文写作当成一种专门的职业是不太好的，因为这在具有较高文化素质者那儿，应当是人人必备的一种能力。当然，这也并不是说人人都可以成为散文家，因为他们当中必然有文章高手，有更长于表达的人。

所以小说家、诗人、戏剧家，因为这些人是文字工作的专家，他们也更有可能写出好散文来。好的散文大半是他们工作中形成的另一些文字，是自然天成的。其他的好散文则来自另一些人：他们平时在忙一些本职工作，而在工作中形成的、有感而发的所有的文字中，有一部分就极可能成为优异的散文篇章。

非虚构的文字、工作中形成的文字，这就是散文。

写作的基础

可以说，散文写作是整个文学写作的基础。它既是基础，又是最难的。小说家要虚构人物和情节，这需要技巧，但是他更需要相应的文字能力作为基础。这个基础应该在散文写作中巩固起来，因为我们学习写散文是最早的。诗人也是一样，连基本的文字能力都没有，别致惊人的诗句就很难出现在笔下了。

回顾一下，我们在初中时就学习造句、写记叙文了，记叙文就是散文。如果一开始就练习写小说和诗，那会更加不得要领，也是不可能的。一切要从基础学起，散文写作就是这样的基础训练。先要用文字把事情说明白、把句子写通顺，也就是所谓的"文从字顺"。这可以说是基本的，也可以说是困难的，这从我们学习的漫长就可以看出来了。我们从初中就一直在写散文，可是直到几十年后，要写出一篇好文章还是那么难。平时说的"文章"，就是指散文。

就小说家而言，他所倚仗的最基本的能力，还是从小时候学习的散文写作的能力。因为小说中的大多数篇幅都在讲叙事情，这就需要一种生动简约的表述功夫。小说家有两大功夫：一是记录实际事物的，二是想象和发挥的。前者直接需要散文笔法，后者则需要将想象的事物绘制出来。小说家许多时候要有新闻记者那样的素质，即能够直接记录社会现实生活场景，这有点像通讯报道。这种特质再加上想象变幻的艺术手法，二者叠加在一块儿，交错使用，也就形成了通常的小说作品。

当然，即便是直接记录的文字，也仍然要有独特的个性，这与写散文也是一样的。质朴的文字不一定就是僵化无趣、没有个人特点的。质朴首先就是个人的本色，而不是重复别人说过的套话。再说小说中想象和记录的部分也并不是截然分开的，而是无时无刻不在交织的状态。准确地状物叙事，把事物以简洁生动的句子表达明白，这是最起码的，也是需要花费长时期的磨炼才能做到的。

散文往往是在生活和工作的使用中形成的，看起来有多么简单，实际上却不然。小说、诗歌等文体具有的表面上的花样百出，其内部倚仗的仍然是散文的功夫。散文的文字调度手法宽阔如海洋，应有尽有，并不是单调平直的。它在小说的局部会根据需要改变面目，但无论怎么改变，也还是散文的文字调度技巧。小说家和诗人要有一些特别的词性和词序的安排，它似乎是不同于一般的散文写作，但这种安排一定是建立在对词性的深刻理解的基础上的。这方面，与一般的日常生活中的使用有着本质的区别吗？没有，只是不同的使用环境有着不同的要求而已。

我们常常可以发现，一个糟糕的小说作者不太可能会是一个高明的散文家；反过来也是一样。他可以在某一个表达领域见长，但却不会反差巨大。一般来说，好的小说家一定会是好的散文家，而写不出好散文的人，也不可能具备创作好小说的能力，同样也写不出好的诗歌和戏剧。这是因为抽掉了文学写作所需要的基础——基本的和正常的表达能力。

再极而言之，连散文写作都不能完成的人，有可能是其他领域的杰出人物吗？我们也大可怀疑。

现在的流行看法是，如果一个学生的数学物理功课不好，那么就该选择文科。或者说，一个文科特别好的人，往往数学等方面是不太行的。这真是极大的误解。其实文字的使用需要的逻辑能力比一般的数学换算还要更强，它简直是无处不在。一个好的小说家要有很强的逻辑能力，搞文科的人，只要能够走得远的，他的数学和物理也必然会是很好的，如果他的逻辑能力一团糟，那么他一定不能成为一名好的写作者。这个道理很简单：哪怕极短的一篇文章，从头至尾写下来，都需要经历无数次极端缜密的判断。

作文贵在质朴

作文贵在质朴、求真，有的人写文章喜欢用华丽的语言，这大半都是稚气的表现。现在报刊上的文字，有相当大的一部分是很初级的写作，但由于传播的频率和范围很广，很多人耳濡目染，不知不觉中受到了损害。这样时间长了，阅历短浅一点的人就会失去对语言的基本判断力，不知道什么语言是好的、什么是不好的。

每个时期都有一些套话，这是应该尽力回避的东西，是学习写作的原则。现在的趋势正好相反，有人写文章一定要寻找和使用这样的套话，并且将此作为一种能力来炫耀。再就是过多地、不适当地使用一些书面语，对语境不管不顾。有些漂浮的书面语读了只是在眼前轻轻掠过，没有具体的分量，沉不到读者的心里去。表面华丽的词语是廉价的，因为它们不需要寻找，就搁在那儿。从心底流淌出来的文字才感人，因为它们是经过了心灵过滤的。最常见最普通最不时髦的词汇不见得就不好，反之也一样；词没有不好的，就看我们用得好不好。

汉语中最有力量的词是名词和动词，它们是语言的骨骼。语言的虚浮臃肿，主要原因是形容词之类的用多了。句子像人一样，要减肥，要干练，这才出线条，才帅气。追求美，不从根本上解决问题，只是没完没了地搽化妆品，只会适得其反。

　　有人误认为散文与小说不同，是需要搞词藻比赛的，这非常错误。什么文体都是简洁而后生动、朴素而后华丽。有的素质不高的企业家发了财，想请文章大家给他写点歌颂的文字，于是就有这一类写手去吃他们的豆腐——办法就是从字典上找一些词儿堆积起来。企业家一看这么多词，而且闻所未闻，一下就折服了，以为遇到了真正的"文章大家"，就慷慨地付给很多钱，以为物有所值。其实这都是骗人的伎俩。

　　散文的一个不好的传统，或者说恶劣的影响，是来自汉代的赋。那时的华丽炫目大致是用来装饰统治阶级的，为了满足他们的低级趣味。文章大事不属于权柄者，所以艺术这一类事物要糊弄他们这一类人，如官家和商人之类总是容易的，因为他们不可能从根本上搞通深奥的艺术精神。汉赋就是这种情况下产生的一种文体，它虽然不能说一无是处，但基本上是一块艺术的"鸡肋"，没有特别大的价值，只是在文学史上作为一个品种记录下来。这其中品质较高的，也可以欣赏玩味，但有志向和气量的写作者一般不会去效法它。

　　在文章中，使用一个触目的偏僻的成词，往往是十分困难的事情。这就好比一个硬块来到了语言的水流里，需要更多的浸泡才能融化一样。所以最好的办法就是回避它，除非万不得已才使用。

　　我们有一些不好的习惯是小时候带来的。因为从开始学习作文时，老师就千方百计让我们用词——用上一个成语、一个词，老师就给我们画一个红圈以示表彰。为了得到更多的鼓励，我们也就绞尽脑汁往上堆词。可见这是小学生的行为，却会保持到成人时代。

　　如果我们更早地遇到一个老师，他告诉我们自然朴素的重要、告诉这样才能走到文章的高境界，那会多好啊。这样我们就不会以辞害文了。

　　真正的文章高手都是倔的人，他们心气高，平时不会采用被人频频使用的时尚套话，也包括语汇。人在作文这种事上，有自己的语言方式是最起码的，也是最难做的。只要展开报刊或文件之类，我们就会发现都在说一些大致差不多的话，这让我们觉得扫兴和窝囊。来到了一个什么地方啊，到处都是鹦鹉和八哥。少数人学多数人，弱势学强势，穷人学富人。其实仔细想一想，我们都一穷二白了，两手空空，只有说自己的话这一份本钱、一项权利了，凭什么还要学他们？我们做人的自主和自由，就得从说自己的话开始。

从大处着眼，人生其实不过是一篇文章而已，有起承转合，有段落，有主题思想，也有开头和结尾。

散文与我们的个人生活也许贴得最近了，因为它大致是一种应用文体。改变语言方式，可能从写散文入手是最合适的。广义的散文遍布在我们的四周，到处都充斥着这种文字。这无一不是写作，可见写作是怎样的，生活就是怎样的。我们每个人把自己的文字修理得干净了，生活一定会发生改变的。当假话、套话、时尚话、时髦话堆满世界的时候，这个世界肯定是不会让人幸福的，是骗人的。欺骗总是从语言开始，以受骗者在现实生活中的痛苦告终。

小说家的继承

我们中国的小说当然要继承自己的文学传统。可是这里遇到一个难题，就是中国文学史上最发达的还是散文和诗歌。我们说的"诗书之国"，就指了诗词和诸子百家。那么现代中国小说的继承就有了难题。翻开以往，更早的时候几乎没有可以称为小说的东西，再晚一点的只是一些传奇，一些通俗故事。志怪小说似乎不能作为当代雅文学的源流。

不过由于文学的核心不过是一种诗，于是从这个意义上说，当代小说仍然有最丰富的文学遗产，这就是古代的散文和诗歌。从外部形式上看，好像可以从古代借鉴的不多，如果从精神内容上看，就应该古今一线贯穿下来了。古诗的精神是当代小说的核心，古代散文的笔法气质更是当代小说的基本构成。古代还有一种介于小说与散文之间的"笔记小说"，更是让今天小说家直接领受的一笔遗产。有些古代叙事散文，描写的功夫绝对一流，写意性强，这和西方又有不同。这与中国古画古诗的气韵是一样的。

《史记》开辟了中国史笔的先河，是记叙的典范。它议论精当，叙事简约深刻，特别生动。它兼有散文和小说的主要元素，既是今天散文的源头，又是今天小说的源头。后来中国的历史典籍受它影响太深了，形成了议论概括以及生动描叙的传统。这也是中国情节虚构作品最好的范本。

由此看来，中国的小说和散文结合紧密，二者离得非常近。实际上当代雅文学小说的世界潮流，并不是越来越离开了散文，而是进一步趋近求同了。像国外的一些著名小说作品如米兰·昆德拉、索尔·贝娄、穆齐尔、库切……他们的小说散文气质浓烈，是最娴熟地使用着这两种文体的。

而一些通俗小说，倒是离开散文比较远的。通俗小说作者抓得最紧的是外部情节的曲折惊奇，以便吸引读者。雅文学小说的写作则一直是靠近散文的，这一点可能中外都是一样的。散文的"散"，一般来说主要是情节意义上的"散"，而雅文学小说并不以外部情节的紧迫取胜——或者不仅仅是以此取胜。就这一点来看，当代雅文学小说与散文有极大的一致性。

我们由此可以明白为什么好的小说家必然是一个好的散文家的道理了。看一个小说家的素质，最直接的办法就是看其散文随笔（文论）的写作水准，这是都知道的道理。逻辑思维的强大并不意味着淹没其感性空间，因为淹没的原因，仍然是逻辑把握力的欠缺，是艺术账码算得不对，出了问题。小说家在感性空间里放纵自己时，就像饮了过量的酒一样，心里应该还是有数的——这个"有数"，就是指逻辑的把握能力。再多的酒还应该"喝在人的肚子里"，这是人们对酒后无德者的讽刺，这里用在小说写作上，也不失为一个贴切的比喻。

谈到纯文学的小说源头，常常要提到中国的四大名著。但其中文学价值最高的还是要首推《红楼梦》，其他的，特别是《三国演义》和《水浒传》，无论是精神还是技法，要继承的东西大概并不会很多。《西游记》好一些，取经战魔的坚韧，还有慈悲和怜悯，更有它的天真烂漫性格，都是十分纯粹的东西。苛刻一点讲，雅文学才是真正意义上的文学，因为里面有精神力量、深邃的思想与浓烈的诗意。它的娱乐性比较淡。娱乐应该主要由曲艺负责，而将诗和哲学联系一体并作出超越的，主要应该由雅文学中的小说来做。

比较起散文，从语言上看小说的虚构性要强得多。但这并不是说散文的语言就一定是直接从生活中搬来的，这也不可能。所谓语言的虚构性，是指作家的语言进入创作之后，已经是他自己的、个人的了，这种说话方式不会与任何人相同。如果他的语言像大众、像现实中的人物说话，那也只是一种貌似而已。我们常常说的作家的"语言风格"，就是写作中的语言虚构，它是一回事。

那么散文呢？它又留给我们多少虚构的空间？前面说过，散文是人人都可以运用娴熟的一种文体，那么人人都具有虚构的能力吗？当然是这样。因为写作的进入程度、深度不同，这种虚构的能力也不同。这样说，等于说作家要有自己的语言方式，而这种方式是逐步形成的。与小说的虚构不同的一点，就是散文在事件（情节）人物方面的虚构余地是不会太大的。因为散文要真实，而不能是杜撰和编造。但使用自己的语言来记述，这和小说家又是一样的。

讨论：

有关大自然的文章／关在屋里享受或痛苦

关于大自然，现在的小说作品中写到的越来越少了，而散文中倒是越来越多，这就是那种田园风光类的散文。报刊上有很多，写异地风情什么的，写风景区之类。比如"旅游散文"，专门就是写这个的。大自然是整个生命的背景，如果不写，我们的文学就缺少一种深度。

不过小说中常常离开大自然的描述，这倒令人深思。过去不是这样，过去中外作家都是描述大自然的高手。现在的作品灯红酒绿红男绿女比较多了，却没有任何自然景物的衬托，都关在屋里享受或者痛苦——这样最后只会更痛苦。遗忘了自然，遗忘了生命之本，还能谈些什么？敏感如作家的，应当对生命、对自然怀有一份天生的敬畏。

散文虚构的局限／原型人物／文体区别

虚构是要以现实生活为材料的，好比拿粮食和酒作比喻：粮食是原料，经过发酵酿造，再倒出来便是酒了。小说的虚构需要作家在心里把材料进行酿造，产生不再等同于生活的艺术。

许多作家的创作谈中提到了"人物原型"，其实这也是在说"粮食"。生活中的真人启发了作家，作家在心里不停地酿造，然后创造出一个小说人物。虚构的过程等同于酿造的过程。

散文写作最好不要这样。真实的记叙就是要尽力保真，只是叙述语言难免要属于作者个人，这已经是他最后的权利了。他记下的人物的话语，也不能虚构。这是文体之间的区别。

书卷气／写作的深入／文字把握力

报纸上的散文一般被叫成"副刊散文"，有人概括出一些特点，比如娱乐性、语言的时尚性等等。其实也不尽相同。那还要看谁写谁编。当然由于报纸的用稿量大，作者量也大，难以求得整齐。不过大量的发表会带来写作的兴趣，扩大训练，有产生更多好作品的机会。

散文写作到底还是文学写作，这就决定了不能跟电视之类学习，还是要从书上学习，从杰作中学习。影像屏幕的传达有自己的特点和规律，它和文字的特质是不同的。有人把书籍的气息概括为"书卷气"，就是指书籍文字中所具有的内向性、想象力、思想和学问的记载传达方式等等。

现在一些刚刚学习写作的人，难免要从日常的影视娱乐中寻找方法，接受影响，这并不可怕。随着写作的深入，会慢慢回到书卷上来，增强文字的把握力。

写日记／文学训练／质朴的品格

写日记是个好习惯，许多大学问家、大作家都写。有人开始写，后来一忙就停止了，苦于无法坚持。托尔斯泰和鲁迅都写日记。这样做的好处太多了，可惜我们没有毅力。现代生活这么匆忙，几天以后的事情就记不清了，如果翻翻日记也就一清二楚了。

许多事情都贵在坚持，写作也是如此。这样说说容易，做到就难了。

有人用写日记的方法锻炼文学表达力，这肯定是好的。现在看到一些老作家的文集，其中的日记部分不仅有宝贵的史料价值，而且文字也极其漂亮。写的时候并没想到要出版，只是实用、使用，这反而增加了它的质朴品格。这往往就是最好的散文，因为它朴实无华。

（2010年10月19日，在海南师范大学的演讲）

散文及其他

副刊散文

从历史上看，现在中国的报刊大概是最多的，虽然比起发达国家，这里的人均阅读报刊数可能仍然非常低。特别是报纸副刊空前增多，读者和作者的队伍自然一块儿扩大，这首先带来了散文写作的繁荣。这本来该是令人高兴的事情，因为这是一个商品经济发展的特殊时期，散文不仅没有消亡而且还得到了生长。

散文可长可短，报纸刊用和阅读都很方便。有些散文即便洋洋万言，报纸也可以分期刊载。报纸副刊刺激了散文创作，这是确定无疑的。现在到处都有人在写散文，从学校到机关社会，一些年轻人正悄悄展开一场作文比赛。

不过有一部分副刊散文门槛太低，大致是甜甜腻腻的气味，又使用同一套程式化的语言，极不利于文学训练。这已经不是严格意义上的文学写作了。

有人以为散文主要是用来写写风月、发几声伤感的，这就错了。散文必须追求真性情，有风骨，必须质朴。

专业写作

有人认为，散文的性质决定了它不能是一个人专门为之的文体，就是说一个作家不应该仅仅是一个专门的散文家。他们的理由是，散文是由于人们在生活中的应用才形成的，或是率真朴实的文字，或是情感把人逼到尽头的一场倾吐——散文是作者日常工作中的使用文字，大多是一场场偶然生发，所以它尤其不能是"作"出来的。

这样的理解当然有一定道理。但也的确有一些主要从事散文写作的文章大家，他们的主要作品就是散文，而他们的其他写作也许真的可以忽略。

大多数散文的败笔，之所以让人不能忍受，就是太矫情，"作"的味儿太浓。

散文走入自然的状态，才会有自己独特的、相应的质地。

自吟者

如今的散文作家更多的是一些自吟者，这同样是让人感动的。呼吁和转告的文字在这个时代少了，虽然也不是没有。

散文作家多少有点像诗人，他们是更纯粹的写作者。自吟当中，有时也会包含激烈的呼告。一个时代必有一个时代的焦思，这些焦思就常常从散文当中散发出来。

一个时代也有一个时代的欢乐，但是浅薄的欢乐者总是太多了，他们往往是无足轻重的。那些印在纸上又在时风中滚动的文字，它们的作者大多未曾感动过。而真正的散文家是能够感动的人。

一场能够感动的写作才是真正的写作。

感　动

人的情感有个根，它往往扎在命运里。一个人活着就会不断地回忆、目击、倾听，不论来自哪个方向的刺激，只要觉得那个"根"被动了一下——哪怕只是轻轻一动，也会铭心刻骨地记住。

深刻的人总能记住那一动，并咀嚼它。

这大概就是感动。而不少的作者只会夸张自己的情感，他们的激动虚妄而又肤浅。只要留意一下或许就会发现，很多"激动"是有个套路的——一个作者写到哪里会"激动"，他自己、他的读者都预先知道。

这往往就是矫情的开始，是文章走向失败的原因。

孤独者

好的散文家关注的，并不是很多人一眼就能捕捉到的东西，他们心底有一根贯穿始终的低吟之弦。这种写作当然也有自慰的成分，因为他们孤独自处。

散文家在独自一人的世界中思想，这是一个重要的事实。许多深刻的洞见也正是由此而生，而不是相反。如果没了这样的孤独，也就没有了自己的见地，甚至是没有了语言。

他回忆、记录，留恋由此滋生的一些意象，引申下去，找到了一些性质不同的欢娱，其中当然也包括了悲凉。散文家同时也是一个真正的诗人。

沉重的意义

他们没有那么多激越的欢歌，对时代没有那么多乐观的言辞。一般来说，他们是心情沉重的。

这往往使人不那么愉快。但是我们知道，任何时代傻傻的欢歌者总是大有人在，这里并不需要一个好的散文作家赶来拥挤了。相反，那些牵挂者、提醒者总是少而又少。

一个追求完美的人不会轻易得到满足，也不会轻易相信许诺。

回头看某一类"散文"，它们大致差不多，似乎都想讲究一点文字，都很情绪化，虚虚的。

从这一段时间的副刊散文看，似乎是从未有过的"繁荣"，其实从另一方面看，也是从来也没有这么多人一块儿动手来糟蹋它。

好的散文作家很少或从不代表其他人的倾向。有价值的人总有一份沉甸甸的人生，这是他与一大批散文作者的区别。

一个人不能轻易流泪，更不能让眼泪染上醋味。本来是一个很正常的人，一写文章就变得弱不禁风，什么"我的爱""我的心""我的孤寂、惆怅……"让人在无聊中感到腐败和没出息。

坚　守

有人会一直走下来，走到自己的目标和终点上去。这只能让人多一份敬重。一个文化古国可不那么容易从精神上被摧毁，坚守者不乏其人。这里说的"坚守"并非专指文学。

有信仰的人多起来，那才会是一个大时代。

坚守者是醒着的人——任何时候，我们都会痛感提醒生活的人太少。都忙着随声附和，喊哑了嗓子也无非帮了历史的倒忙。这真的还不如"自吟"——用心灵的自语去启迪和呼应，寻找心与心的交谈。谁如果嫌这一类声音弱小，那么就一起加入交谈吧。

这一类声音因为包含了深刻的意义，将来很难消逝。

相比起来，那些在某个时期震耳欲聋的喧嚣，终将化为泡沫。

抽　象

的确有这样一些文字：它们因为写得很抽象，所以有人在理解时可能觉得不方便。这种写法主要出自两种人：渴望成熟和已经成熟的人。对于后者，有时不抽象就没法表达。

有时一个思想者要说明的、回告给这个世界的，往往是无法言喻的事物，又一时找不到更具体的对应。而艺术是需要回到具体、通过具体，以此传递抽象的意味。

在某些散文家这儿是反过来了，于是粗读时会觉得空泛、短促、繁琐。但也需要指出的是，他们的这种抽象是有深度的。

但是这种特征对他的局限还是非常清楚。

很多长于思索的人对具体的事物没有很大的热情，多半渐渐走入了抽象。但一个艺术家还要从抽象中走出来才好。

他们必会从那里起步，回到一个具体的世界中来。

思想者

叙事艺术家是稍稍隐蔽了的思想者。这种隐蔽不是将思辨埋入文字，而是指隐蔽了对抽象事物的热情。好像只专注于具体的分析和描绘，没有什么结论和界定。

对于一个艺术家和哲学家而言，他们有一个共同的"家园"，即"抽象世界"。但叙事艺术家落于凡境之后，至少看上去能够"乐不思蜀"。这就是艺术家有别于哲学家之处。

有的散文家太迷恋"家园"，于是就不愿在文字铺成的小路上徘徊。实际上这是一个感知痛苦的过程，他们总有出走和回归的日子。

坐得住

在这个芜乱急促的世界上，现在需要一批坐得住的人——有人可能说对于作家而言，这仅是一个基本的条件。其实不然，因为这需要看到了什么时候。一个人走入文字生涯，也许就成了时代的"打坐者"。他们要有自己的坐功。

这样写出来的文章才能"不走神"。

翻开那些热闹人的热闹之作，发现他们压根就心不在焉。常说的一句话是"默默耕耘"，这当然好，不过谁能做得到？

一个人有一份日子，既不能相互取代，又不能相互模仿。一个人过了三十岁还在不停地模仿别人，这个人肯定没指望。人的独立精神才使其变得有了意义，才有存在的价值。

一个写作者的安然沉着，简直就是他文章的生命。

1993年3月22日

散文写作答问

一

一个时代，如果散文写作热烈，就会有利于好作品的产生。

任何时期的创作要繁荣，都不可避免地要伴随泥沙俱下的态势。好的作品会淹没一些、留下一些。

二

散文的定义，大概只能从古代传下来的创作及言论去综合。我们难以有新定义，因为这需要大学问和大学术来归纳。总之散文是诗和小说、戏剧及通俗演义之外的文字。但宽一点算来，只要不是虚构的文字，好像都可以统称为散文。

三

好散文就是读来觉得非常好的文章。标准会因时因人而变，非常复杂，并非几句话就能概括。常常说散文要朴素，可是有的好散文就很华丽。无论怎样写，一再受到有极高修养的人、非常多的人赞许，就是好散文。经受了时间检验这句话，无非也是如上的意思。

四

因为有许多人来写，自然就能抓住这个时代的复杂经验。不需要虚构出一个人的心情，也不从虚构的心情出发，其语言方式就会与小说、诗歌不同。

五

举几个例。鲁迅散文：深刻，内容丰富，作者善良。雨果散文：浪漫，豪情万丈且不枯竭。庄周散文：想象自由怪异，阔大无边。索尔·贝娄散文：复杂，现代智慧及见解。充满了这个时期西方后工业社会的学问。他代表了今天理智可以达到的高度，以及很大一部分智者的心情。

六

真正的好作家本质上往往是一个诗人，只不过他会选择一个更合适的形式来表达。能诗则能一切，他会或多或少地写出一些不同的文字。

七

只要不是特殊的时期，比如文化专制时期，散文创作肯定会突破主题的单一性。无论处于什么时代，既然许多人都在写，主题就会各种各样，这是精神的自然现象。

八

说到我自己的散文，大概有三篇稍好：《穿行于夜色的松林》，以少胜多，心情遥远。《融入野地》，有些冥思，心情遥远、真挚。《筑万松浦记》，讲了真故事，朴素。

（2007年，答《中华散文》）

谈阅读

理想的阅读

在琳琅满目的书架前，我们有时候难免会想：这么多书，究竟如何选择？况且今天的印刷术极其发达，制作书籍简直成了一件非常简单的事情，印刷垃圾遍地皆是。由此带来的一个问题就是怎样提防被这种垃圾淹没和伤害，是阅读的苦恼。所以我们期望一些好的选本，借助它们来节省时间——特别是用以开阔自己的视野，强化自己的判断。

那么作为一个读者和作者，假如由我来编选一本小说选或散文选，我会作出怎样的抉择、收入哪些篇目？我为什么会收入这些而不是其他？我的取舍标准到底是什么？

看来极简单的一个问题，实际上却包含了许多内容。这其实也是对选者的一次鉴别：我是怎样一个读者。

我选取的过程会是这样——

首先将自己多年来的阅读从头回忆一遍。正常来说，一个写作者同时也必然是一个勤奋的阅读者。大量的阅读，不能停息的阅读，这是他们的共同特征。这是人类的"疾病"之一，无法医治。我当然是这样的一个"患者"。那么在这样的回想和总结中，总有一些书、一些篇目会是印象极为深刻的，它们的名字在这个时刻会倏然跳出。有的会暗淡一些，有的则会彻底遗忘。

如果是一个优秀的读者，他对作品的感动、对作品印象的深刻与否，往往不太受教科书的影响。众所周知，让他人强迫自己改变内心的感动是困难的，尽管这样的事情多多少少也会发生；对于一件事或一本书，我们总是因为感动而不能忘怀，这是大致的情形。

那些难以从记忆中搜寻的作品名字，此刻会被忽略，但这种忽略常常并不是一种遗漏。

在这种感动当中，单纯的理性判断是不存在的。文学的难言之美、迷人之魅，正是她的主要特征。我不会在繁琐的思想和艺术的分析之中、在这样的推敲之中，去选择一些优秀作品。艺术品的完整鲜活的肌体才会保证她是有生命的，而只有这生命本身才能将人打动。

真正的艺术始终具有直抵人性深处的力量，必会因独特而触目，并进而根植于人的心灵。从作品的规模上看，她不会因为篇幅的短小而显得单薄，也不会因为字数的累叠而变得冗长，而总是给人饱满丰腴的感觉。过分精巧的、卖弄类似于曲艺那样的噱头的，容易为某些读者所注意，在我这里，肯定不会将其当成优秀之作来选取。

无论是故事、语言、人物、场景、才趣，或是由这些综合一起而形成的美与诗意，无论是什么因素，只要是真正独特难忘的，就会让我记住并把我打动。我选择或喜欢的理由也许非常复杂，它有很多方面很多条件，一时难以尽言——是一次综合；但它往往又简洁到仅有一条：让人在新奇的称许或感叹中长久吟味，不再忘记。

作为一个写作者，他在阅读中会极为敏感地注意到一些领域，如作者在文字中展示的非凡个性、思想的能力、文笔的精湛，等等。对我而言，总是在阅读中接受了艺术的感染、被隐在书中的神秘的生命射线击中，而非仅仅依赖概念化的分析——是这样决定了对一部或一篇作品的评价。

我于是选择了这些篇目，它们首先是给自己看的，是可以长期收在手边而不至于陈旧或引起厌烦的文字。"己所不欲，勿施于人"，这当然应该是自己喜欢的，而不须找那些只可装点门面、实际上却是难以卒读的东西。

那些在文学史中特别具有"史的意义"，被反复从"思想"上加以赞扬和强调的作品，往往是最经不住阅读之物。我们选择和接受的，是文学的魅力，而非从活的艺术肌体上割裂出来的一块"进步的排骨"。我们需要面对整个生命的感动。

我们当然要准备在阅读中接受教育，但这仍然不是正襟危坐的一次听取，不是简单的学习，而是与另一个生命的相互交流——在目光与声气的对接交换中，获得一次更大的愉悦。这里面有奢华的文字享受，有诱惑，有顽皮冲动的再创造，还有放肆的想象。

那些过分服从于商业化的写作，通俗的、未能进入诗性的写作，当然也不在选择之列。

如上既是我个人选择的依据，又是文学阅读的理想。完美永远被追求着、向往着，却难以抵达，但是我们要一次次向前。

作为一个选本，遇到的另一些遗憾可能是：由于版权的关系，有些绝妙的作品无法被选入。

2006年3月26日

春天的阅读

对美追求不倦

这是青年时期读过的作品——我被弥漫于文字之间的美所感动,再也不能忘怀。许多年过去了,在所谓的日渐"成熟"之后,回头再读,仍然获得了一股蓬勃激越的力量。它所描述的少年和湖水,明朗单纯,却又有着让人入迷的魅力。看来真正的好书是不会陈旧的。

人们把书的作者看成一位儿童文学作家,就因为他写了那么多脍炙人口的孩子们的故事、让孩子着迷的故事。但在我的心中,却一直没有成人作家和儿童作家这样清晰的划分,而只有优秀和不那么优秀的作家——他是一位内心里燃烧着诗情的、真正优秀的文学作家。在当年,就是在这样的心情和向往中向他学习的。而且在他的影响下,自己的文学道路一直往前延伸,并且也写了一些可称之为"儿童文学"的长短故事。当然还会继续写下去,因为童心几乎等同于诗心,也等同于纯粹的文学之心。

透过那些精湛的文字,我们读到的是一颗对美追求不倦的心。他一直苦寻的就是诗与真。他所谓的儿童文学作品的全部精髓,也就是诗意、诗性和真实、真理的结合。

手边的这部新作将人深深打动。书中所展示的似陌生还熟悉的生活和人物,让人揣摸再三。时代与风气变化迅疾,时至今日,网络斑驳泥沙俱下,这本书所讲叙的,对于孩子以及稍为年轻一点的人,也许竟成为一个无法相信无法理解的故事。尽管细节是真实的、栩栩如生的,人物也是切近可触的,但是却难以相信在并不遥远的一个村庄曾发生过这样的大迁徙。人生下来还会有这样的奇特遭遇?谁会相信一个满目新鲜的童年,会看到这样不可思议的人生?这真是一出荒诞的戏剧,就在那个年代里真实地上演了——而且从文学的角度来看，这是以现实主义的风格一幕幕呈现的。这就愈加显出了它的荒诞性。今天再看这样的故事，我们会追随书中的人物、他们的命运，将歌哭隐于心中。

记忆对于今天的孩子以及成年人是多么重要。我们许多时候对往昔岁月，甚至是一段椎心的历史表现得淡漠，差不多已经丧失了追溯的兴趣。这是可悲的。昨天的一切，正是当下这棵活树之柢。我们如果是寄生于无本之木的某种稚芽，就不会活下去、更不会成长壮大。这就是我们阅读它的理由。还有一个更为重要的理由，就是它固有的艺术魅力：进入之后难以割舍。

精神的芳邻

诗人在不同的时期都留下了脍炙人口的佳句，思索不倦，探求不息。就因为许多这样的吟唱，诗坛才不寂寞。

一直在寻找诗的兄长。三十余年过去了，我未能写出自己满意的诗章，未能摘取诗歌这颗文学皇冠上的明珠。我知道，仁慈的心和诗人的心是相通的，互相映衬的，所以才有快乐，有不能停止的吟咏。

诗人是精神上的芳邻，生活中的挚友。每一瞬间的诗意都为他所钟爱，让其驻足，流连忘返。他对人的纯洁、对大自然的热爱、对万事万物天真无邪的心情，是最能感动我们的。

打开诗章，享受处处洋溢着的朴素真挚的人间温情。随着时代的变化，物质主义的盛行，这种温情已非随处可觅。而今要保持年轻人的新鲜和锋锐已经很难了，但在诗人这儿却是一个例外。他给人永远年轻的感觉。因为他对生活有一种不倦的爱，有天真，有友谊，有拥抱生活的信心和热情。最好的诗篇会源源不断地从他的心中涌流；无数的友谊，还会随着日月的增加而深入。人生不全是艰苦的拼争，还是一场吟唱，是诗意的向往和寻找。

水上仙子

我喜欢荷。喜欢任何一种花卉都会找出诸多理由，但喜欢荷，理由简直太多了，第一条理由当是"出于污泥而不染"。这句话被人重复了无数次而仍然不能舍弃，就因为它说得太精准太传神了，以至于怎么也找不出另一个说法来替代。人的一生、生存的境况，如果非要找出某种打动人心的比喻不可，那么亭亭荷花的荣与枯就是最好的一例。

这是一种神秘的美丽。它在绿波下孕育，在风浪中积蓄，在污浊的沉淀中结成块根，最终还有一次绚丽的绽放。一个人对生命没有全面而深入的理解，要诠释这样的美、这样的过程是困难的。

我们这样注视它的一生：用纯洁明澈的目光，也用赞美钦羡的目光，最后还有深深的怜悯。它的旁边应该有一首真挚的诗，这是情不自禁的吟唱。一遍遍吟唱，徘徊，走近又退远，围绕着一个水上仙子，一次次激动到不能自已。

我们关注荷的一生，追赶它匆匆的身影，即便是风雨寒霜之中、酷暑隆冬之季，都未曾稍有停歇。它的长叹和呼吸、轻微的一句呢喃，都被小心地捕捉；脉搏和着它的每一次心跳，悲欣相谐，感同身受。

光影斑驳的黎明中，水世界里一盏闪烁夺目的灯。它微微的绿与紫、因为波光的投射而变得水晶般透明的苞瓣，会令人在诧异之中产生一份感激之情。这幅画面将让人沉入长久的回忆和想象，并从心底叹服。

在一种至美面前，一个人常常会失语忘言。我每每陷入这样的境地。它的蓓蕾，它的颜色，它的风韵，它的叶与茎，一切都完美到超越语言所能企及的高度。它的生存自身就是对整个世界的一次响亮的礼赞，在它面前，我们应该对于美的追求抱有更大的信心和决心，还有勇气。

歌颂荷，就是歌颂清洁，歌颂勇敢和伟大的宽容。

它像任何生命一样，要经历冷酷的冰期。可是它总能带着更温柔更灿烂的笑容，重返我们的生活。在寒风呼啸的日子里，面对千里冰封，谁能想到最阴冷最黑暗的深渊，正培植和准备着一次最惊人的绚烂和怒放呢？

荷的一生，是韧忍坚强的一生。

荷的陪伴，是人类最大的幸运。

满目新鲜

散文家以自己过人的勤奋和非凡的才华，赢得了读者的尊敬。几百万言中不乏脍炙人口的篇章，它们不仅仅以迷人的文辞，而是以开阔的视野和激越的情感，打动了他人的心灵。

阅读这些草原和大漠的文字，常常在心里赞叹：一个多么有活力的人、勤奋的人；行路何止万里，纵马放舟，不知疲倦；不是守在书斋里的虚构者，而是一个两襟扑满旅尘的行动者。的确，好的散文家多是这样的人，他们有性情，多豪迈，能奔走。只是呆想神游的那一类，到底不够坐实。也正因为如此，好的文字等于一幅幅活画，翻动纸页时，呼吸生动，满目新鲜。即便是辞章诱人，工于造句，也仍能保持一份自然在那儿。这也是练得文章内功并深谙法度的人：漫漫文路，须得从头走过一遍。

历史上不乏豪迈的散文大家，他们为人津津乐道，成为一道绮丽风景。满溢的才情使他们口吟手书，运思奇异，动辄万言，立等可取。他们不仅十分多产，而且格外放达。从边疆到内陆，从当下到远古，千载名句援引自如，各色掌故随手拈来。作文纵情千里，却又能于细部紧实处见出真性。一些文字来自实感的捕捉和分寸上的把握，虚实相辅，而非随处可见的大路慨叹。

草原上的日出日落、骏马与白云，都是被前人反复抒写和咏叹的。但是到了作家的笔下，却能够新意迭出，词富意丰，并焕发出属于他自己的别致气象。既写故乡的亲切与细婉，又写大江大河的澎湃和浩荡。远如天山，近如邻巷，莫不织入缜密的文思。这种文字具有纵横驰骋一泻千里之势，疾风阔浪呼啸拍击，浩浩滔滔，读来常有一种酣畅淋漓的快感。

从作文描述的技术角度看，我们一般不太喜欢状语部分太过发达。但好的散文家却能将这样的抒写进一步变得天真烂漫，并注入自己的生命，让人在阅读欣赏之中，产生出同步共鸣，从而步出语境，兴致勃勃，乐此不疲，最后是工于砌造之后的某种满足。

喜欢他们

比较起来，还是喜欢这样的写作者：扎实，有责任感，做事认真，风气严整。现在已非过去，名利可以把人逼疯，什么禁忌都没有，什么都敢想，什么都敢做。而另一些人却能背向风头，本分自守。这些说起来容易，做起来极难。什么"生命"啊，"解构"啊，"能指所指"啊，这些堂皇的半通不通的词句他们都不会说。有人用这些词儿引诱他们，鼓励他们，他们还是不会说。他们知道仅有那些词儿是不顶事的。换一副眼光端量他们，就觉得这不是笨拙，而是成熟和自信，是朴实的、代代相传的劳动精神。

他们没有骂过鲁迅。从过去到现在，诚实的人不会骂鲁迅。他们知道该骂什么不该骂什么。他们也没有油嘴滑舌，没有痞子腔。

离得太近是看不清事物的。仔细想想，如果今天没有了这些沉潜坚实的气质，世界会更加浮泛空洞。一个人或许没有做出什么值得声张的业绩，但一代一代累积的精神总是宝贵的。

这个时期最需要读的就是鲁迅的书，看看鲁迅先生当年是怎么说的，因为现在出现的许多事情当年也都出现过。

奇迹发生之地

这些散文大多是写西部的，细腻的文笔描述和记录的，是粗粝的自然背景，以及这个背景下发生的一些故事。我阅读这些文字，时常感受到作者那颗特别的心灵，对事物体贴入微的、柔善的、长而又长的牵挂。我知道在当今，这并不是一种司空见惯的抒写，不是一种随处可遇的情感袒露。真挚和质朴的文字与心情一道，已经远离了这个时代的种种喧嚣。就此而言，它们即是难得的个人写作。

作者所体验的日常生活，在我们东部沿海人看起来真是新奇。我至今没有去过西部，却对西部写下了不少想象和向往：那里对许多人来说一直充满了梦想。在我的心底，西部是各种奇迹的发生之地，是向东部低地发出召唤的一片高原。如果说"人往高处走，水往低处流"，那么西部将是人生行走的一个远大的目的地。就是受诸种想象的牵引，我对有关高原的文字总是非常留意，手边收藏了许多这样的书籍。这次仔细阅读的篇章，同样收获了一份愉悦和感动。这些风景让我神往，让我感悟着不同的生存。

收藏在作者心屏上的印象，不仅是它粗犷的外部形态，还有它的内心与皱褶。这些画面和情愫，无法使人无动于衷。我们会思索和沉湎许久，在永恒的循环和莫测的命运面前忍住一声惊叹。西藏的音乐，西藏的蓝天，西藏的云与湖，当这一切记忆之絮飘过现代都市的水泥丛林时，会闪烁出格外醒目的光泽。

作者怀念爱的往昔、战友、亲人；一株小草一盆小花都引起她的无比怜惜，让其寄予深情。在难眠的午夜，她历数过去，喃喃细语。

一切善良的诉说都是珍贵的。

所有的心声都是留给自己的。

拽它不动

2003年下半年至2004年上半年写了三种文字：一是关于万松浦书院，这些文字带有更多的体温，且很感性。二是叙事散文和读书笔记等。三是对文学和思想的议论。四是一年来接受的提问和采访记录，这部分文字涉及了许多现场问题。

散文写作对我来说是越来越难了。我发现自己已经不能"洋洋洒洒"了。随着年龄的增加，一支笔变得沉了，有时甚至觉得有点拽它不动。

但我今天却更加喜欢这种文体了。

滋生诗情

自1975年开始发表诗，屈指算来，不知不觉过去了三十年。这许多年来一直在写，有时写得多一些，有时少一些，但总全力以赴。西方一位艺术家做过这样的判断：真正的艺术家没有"业余"的。他在说艺术需要全力以赴的意思。常常感到自己的愚钝，却有一种不间断地从事写作的欲望。随着年龄的增长和写作时间的延续，对大自然的热爱、对劳动使人安宁的原理的理解，都进一步加深了。

这许多年里常常住在南山，或龙口海滨林中一个叫万松浦的地方。在这里写出了长篇以及短章。这里使人心中滋生诗情，使人安宁。

安宁才是最重要的。安宁下来人会沉浸于劳动，会有想象，有艺术赐予的幸福。

猫是经典动物

有人说真正的画家和诗人是转达者、传达者，而不是表现者、表达者。这仿佛说出了艺术内在的神秘性，但实际上也是一种十分质朴的理解。读一部画集也有这样的感触。作者如此自由放松地歌唱，用色块和笔触，用光，用透明的水汽，以及强光达不到的阴郁。几乎都是纯色，是强烈对比的涂与抹。生命纵横就是胡涂乱抹，是画布上见，是童年的稚声与哈哈大笑。仿佛作者使用了机灵挑逗的文字，任性和创造，探求和探试，拘谨和放肆，胆大妄为和有所忌惮，都熔在了一体。

转达和传达的本源是蓬勃的存在本身，是没有离体的神的欢舞与隐喻。作者感知的是有灵的物性，是内美和惊奇，是他者无声的嘀咕，是本来就没有的怪癖和突然而至的灵机。延长到此的声音、思绪、幻想、叹息、哀歌、放纵等等一切的综合，在这斑斓中滞留下来，悬挂或装订成册或张口能诵。

表达和表现则需要更充足的工艺理想，需要嗜好和匠心，需要门内修行，需要忘我。遗失了本性的功力是非常强大的，它可以通行四方而不知疲惫。它还可以诲人不倦，以身作则，可以跟随也可以师承。作为一种专业的光荣和秘籍般的设定，一种绵延千里的香火，一般的风气是吹不息的。

我惊奇于传达而敬重于表达。我希望于二者之间认下真谛。我甚至期望着一个沉默的来者，从表达之门走入，从传达之门走出。这样的人是归来者，是满面欢欣的新人。

看这些鲜亮的声音，听这些斑驳的光色。有一幅画上一猫一鱼，再就是静物。猫是经典动物，百画不厌，流俗最易。可这回来的是憨胖之物，激尾高竖，双腿强壮，笨如泥虎，急急乎于缸内红鱼。还有一幅真是烂漫，粉红翠绿及茅屋小篱、影绰绰肚兜小儿，硬是把天然情境化为一大幅最和谐的窗外一眺。花，山与月，树，天籁，这些都是虚长朴直的情诗，让人激生出一些遥望和念想。

而作者却热衷于画单纯的女孩。她们与大猫在一起时正襟危坐，她们走上街头则小心翼翼。但是她们或者需要满面欢欣的、同时又是沉着于艺术世故的新人去引领，或者干脆就这么稚稚可人地生存着。她们如果变小，变成一个背影、一抹远迹，于天地间大放欢声，那又是另一番境界了。

作者如此歌唱下去，正没有个终了。我们不仅是期待，还有同乐，并在同乐中被感动被熏染。这些大幅的歌声一旦像星月一样披挂起来，就有了同声嚎唱的欢乐。

为吟唱而生

诗人也许天生就属于这个别样的世界：为吟唱而生，并将终生如此。他敏感多悟，对事物常有独到的视角。不记得从什么时候开始，他能够随时吟哦。他的举止做派很有一些豪放文人的特征。他常有一些激动，一些低吟。他从来都是真挚的、炽热的，一群人总是因为他的存在而变得活泼。

岁月中大家各奔东西，每个人的志向都在匆促漫长的时光中或多或少地落实着。生活其实很累，这是人人都有的体会。在那些独处的日子里最忘不了的，就是我们的诗人……那些日子在整个人生经历中最是独特。它让人历久难忘。那时的生活清苦也单纯，朴素而执着。一种向上的精神贯穿始终。几乎所有将那个时期的热情保存下来的人，都能够在事业上取得成功。他还像当年那样，可以说是变化最少的一个。这真是给人惊喜的一个现象、一个事实。相聚一起，大家都会不由自主地寻找过去的痕迹。然而它们常常隐匿和消失。它们被生活的沙子和水流冲刷磨损之后，已经所剩无几了。我们怀念往昔，怀念关于美好青春的一切。所以我们不由得要感谢那些能够帮助追忆的人，感谢他们所呈现出的一些细节，包括一句话、一个动作、一声提醒。

诗人再次吟唱。它们是真正的半岛之歌，明朗通透，火热烤人，没有一点倦意和阴郁。它们在表露不安和痛苦时，也大大有别于其他地方的寂寞文人。他写得是如此的具体，踏实，真切。他的诗在感染大家，他的精神在激发大家。我们不由得想，如果自己在面对生活中的一切困顿不安时能够像诗人一样不畏不惧，意气风发，那该是多么令人钦佩。

他不是一个在吟唱中虚幻作兴的人，而是一个真正的强者。他那并不伟岸高大的身躯内，的确潜藏着一种过人的力量。在超负荷的工作之中，在可怕的病魔纠缠之下，他最终都能够做一个胜者，一个大步向前的人。在今天，也许只有这样的人才更有权利吟唱。我们这一代人几乎在猝不及防中迎来了一个全球一体化时代，身不由己地挣扎于精神和商业的纵横大潮之中，真是需要一个顽强的灵魂。而我们的诗人就是这样的一个人。

他的诗章中没有现代主义的癔症，没有挖空心思的比喻和着魔一样的猜想，更没有普遍的颓废无聊。他对自然有一种持久的迷恋，有一份终生依伴的情愫。他对世间万物的怜悯和感叹有时是这般深沉动人，他让我们注意刚刚从冬天苏醒的那只青蛙的眼睛，还让我们去理解和体味一只蝉的振翅。

诗人对于身边的这个世界有着多么善良的期待。他总是用最美好的心情去理解生活中的人和事，以至于愤慨和欢悦都跃然纸上。这就是通常说的"赤子之心"。

一个深深执着于诗意的生命，无论被多少琐细缠住，心中的火焰也仍然不会熄灭，而只能熊熊燃烧。这是千真万确的。

深深地爱着

1982年令人难忘。短篇小说第一次在如此大的范围内被阅读和传诵。八十年代上半期，大多数活跃的作家主要倾情于短篇，而许多刊物也用主要的篇幅来刊登短篇。好的短篇作品会引起广泛的注意。这不仅是因为八十年代文学作品的影响大，还因为一份刊物所具有的权威性。

那时候朋友见面，常常会问一句：你看到刚出来的某某刊物了吗？他们在说其中的一部短篇。

作者和读者如果都同时信赖一个刊物，是十分不易的一件事。

任何事物，一旦有了公信力，就变得有了力量。公信力靠坚持力，靠信心，靠无私的劳动，靠对事业的爱与知，靠气度和胸襟——这一切建立起来。在一个物质主义时代，深深地爱着文学是很难的。但好的作者和读者，更有好的刊物，似乎都别无选择。

丹心谱和风情录

一位在实际工作中付出了许多心血、长期兢兢业业做事、拥有深长阅历和丰富经验的人进入了写作生涯，当是别具意义。这些文字的朴实和健康、从中透出的人格力量，不是一般的职业书写所能具备的。它囊括的是从未付诸文字描述和渲染的人生，其中的蕴涵和蓄积格外巨大。从这个视角来观察和理解，会有更多的悟想：我们读到的其实是一部异常丰厚的生活之书。

这是一些实用文字、思绪断想，是平实的记叙和议论。它们综合起来就有了特别的丰实感和开阔感，有了时间的纵深和空间的广延，终成浑然一体和丝缕相连的心书：在不同侧面的展现和辉映中，完成了统一完整的人生表述。

给人印象深刻的是记述童年的一页。这样的场景或许并不陌生，因为许多人都有类似的记忆，但不同的是深度有异，表述有别。我们这里看到的是另一片乡野的淳厚风土，感受的是那片黄土对人的塑造力：经受了那片水土的哺育，形成了自己特有的性格与行为方式。在这里，祖辈父辈的亲情之爱深浓至无法言说，记忆中某些特别的细部和节点，极简极精地绘制出一幅幅旧时农家风情画、辛苦劳作相濡以沫的动人场景。

另一页是大学生活的记录。这样的生活环境对我们有一种特别的亲切感，其中的一部分熟悉，另一部分则十分陌生。比如六十年代的饥饿校园，除非是亲历者而不能详述。那时的苦许多人说过了，但乐并没有多少人提起。可是我们知道痛苦和欢乐在许多时候是并生的，而且由一位从僻地他乡来到城市的青年说出——在那样的境遇之下，他也拥有自己诸多的憧憬、美好的希望和独特的欢愉。这些记忆的图片逼真鲜明，让人过目难忘。大学时期同属于人生的重要关节，许多人都由此走向各自的明天，进而展现生命的斑斓色彩。因为对母校的一往情深，那支笔稍一触及，立刻就使人感到了真挚和灼热。

只有心书才质朴无华，诚实无欺。它没有卖弄辞藻的倾向，而是有一说一有二说二，如实地记忆，本色地讲述。没有煽情，没有隐喻，没有夸张。这是人与文的同一。这样的文章看起来踏实，字里行间生出的说服力也是强大的。

我们称其为：一个人的丹心谱，一个时代的风情录。

原汁原味的民间艺人

他是当代文学史上某一流派的代表，四十年代的作品就获得极高的声誉。他的创作可分为建国前与建国后两个时期，一般认为他建国前的作品更为自然流畅、无拘无束，具有更高的艺术价值。

在整个解放区的革命作家当中，这算是一个异数。他因为不是从外部进入农民内部和底层的那种知识分子作家，所以不需要刻意地去体验民间生活，而直接就是民间艺人的身份，传统的乡下说书人的身份。他经受了深厚的民间艺术的滋养，所以他的创作就能够更深入地植根于土地。他的视角是农民的、乡村的，也是大众的。他的作品形式，正是农民最容易理解和最容易接受的，其淳朴和真实是天然形成的，因而更具有经得起时间磨损的魅力和品质。他四十年代创作的作品，与革命政治意识形态之间的冲突并不大，因而能够较好地保留个人创造的自由空间。他对于生活的淳朴认识、真实体现生活的愿望，也较为符合当时解放区所推动的农村变革的要求。总之这时在创作上是如鱼得水，可以自由地、最大限度地发挥了他作为一个作家的全部优长。基层生活的错综复杂、人物性格的纷纭特异、各种矛盾的纵横交织，还有山西民间的风情俚俗、趣闻逸事，都得到了淋漓尽致的表达。这一切鲜活的生活与艺术的内容，在当时并没有受到政治意识形态的框束，于是就可以不打折扣地得到全面呈现。

他的作品中，很难看到一个十全十美的所谓英雄人物。这与解放区的许多作家作品都是有所不同的。尤其是他四十年代的创作，其中的正面形象都是那么多趣和平易近人，充满了人间烟火气息，有着生活中的真实人物才有的丰富性，以及充实饱满的人性内容。这正好体现了一个优秀作家才能具有的对于人性的极大的好奇心。而这种好奇心一旦被政治理念所制约，作家就要收敛起来，就必须按照一定的规范去塑造人物和表现生活，想象力再也得不到舒展。事实上，到了五十年代，他的创作与建设新社会的政治理念即不能高度一致了，因为其底层经验和淳朴的民间艺术品质，已经不能完全适应当时越来越高的政治意识形态要求了。所以在这个时期，来自当时较权威的文学评论，对他的创作也不像过去评价得那么高了。但是，即便是他五十年代以后的作品，其中的正面人物都不是理想主义的英雄人物，而仍然在尽力忠实于生活，保持一个来自生活底层的艺术家的丰富性和真实性。

作者在一种写新的时代英雄、新的时代精神蔚成风气的大气候下，为什么能顽强地坚持自己的艺术观念，为什么具有不可思议的免疫力，这正是他留给文学史的一个最值得探讨的命题。他的文学自觉其实正是来自一种深厚的底层文化土壤，植根越深，越能够抵抗时代的风吹雨摧。他的求真求实的个人品格、民间艺术培养起来的审美趣味，也是支持他坚持下去的重要因素。当时要求作家写"农村两条路线的激烈斗争"，大批作家的创作都被约束在这一政治框架内，很少有人能够例外，但是这个时期的作者，其创作的兴奋点却仍然是按生活的实际去刻画有个性的活人。这些人饱含了生活的原生内容，并没有人为地加以提纯，没有按时政的要求去贴上概念的标签。政治上的条条框框并没有使他丧失一个优秀作家对人性的不可遏止的好奇心，这表现了他艺术上的清醒，但更说明了他作为一个人性探索者的强大生命力、一个杰出艺术家的本质属性和过人的才华。生命力和才华，在很大的程度上可以帮助作家战胜平庸的依附性。当我们研究文学史上的创作现象时，特别不能忽略作家个人的生命力量和性格因素，不能忽略这些与真正的才华深入结合而形成的一种品质。

总之，四十年代以前，他留下了更自由更自然更本色的创作；五十年代以后，他留下了顽强坚持自己的真实见解和艺术趣味的创作。他为我们的当代文学史留下了意味深长的话题，也留下了发人深省的案例；他的整个文学生涯，都是留给我们的宝贵遗产。他的许多方面令人想起另一个来自解放区的优秀作家，但二者又有极大的区别。他更具有底层性和民间性，是一个更本色地、更多地保存了原汁原味的民间艺人。

有了好的开端

这部记述日常生活之书，语言上不太朴实。有的句子长，读起来憋气，中间缺逗号。另外，"他说"二字用得太多，其实大多应该去掉。对话单独一行，加上引号，就简练多了。这样就沉闷、琐碎，有些絮絮叨叨。

偶尔不加引号的对话也允许，服从某种语境的需要。但读起来一别扭，应赶紧恢复规范文法。自然朴实是为文的要义。

有的篇目单薄，而且有不洁的描写和内容。在这个放纵的时代，金钱和性已经太多，写作者有志气，就要分外小心地对待。不能投世俗所好。这些裸露的描写不洁，趣味不高。

值得赞扬的是书的主题和主要内容：关心他人疾苦，对基层的无聊和弊端给予了揭露。这些生活似乎"一般"，但有意志坚持写这些，而不是猎奇。从中可以看出对生活的熟悉，明白其中的细微奥妙。这是一份宝贵的贮藏。有了它，就可以有更大的发现和升华。这是写作的根。生活的具体、底层情状、日常岁月推进……这对于一个将来要"浪漫"、要"哲学"、要"博古通今"、要"惊心动魄"、要"学贯中西"的写作者太重要了。这样无论怎样进步，都不至于中空。现在不少作品花哨非常，写了许多"奇特"的感觉，实际上空洞无物。

"画鬼容易画狗难"。这本书在画狗，画大家都熟知的东西。这里没有时代流行的病症：一开始就画鬼。谁也没有见过鬼，所以怎么画都行，但那是无用的。

写得比较扎实、有内容。偶尔也受时文的影响，比如缺标点、不加引号等，但大致朴实。

稍有可惜的是，这些内容还不太吸引人。应该更有趣一些。比如说，应该把更重要的发现告诉读者。现在的"发现"还小，还不够令人震作和战栗。这就有个值不值得写这么多的问题了。篇幅长，发现就要多、要大，要与字数相称。

写了看似平凡的生活，但细细一读，或兴奋得不能自已，或感到特别的温暖，或增加了莫名的羞愧，或长久地挥之不去，或有了很奇怪的思悟，或增加了新鲜的欣悦，或浮想联翩，或跃跃欲试，或激愤难忍，或浑身一震……总之要有个像样的结果。

这当然很难。不难怎么会是创作？既不能写有害的耸人听闻的东西，又不能写谁也不需要看的味同嚼蜡之物。

有了好的开端，就要不厌其烦。学习写作是极其令人厌烦的，但烦到寻找捷径之地，损失会更大。

倏然闪过的一念

要说的话太多，一时不知从何说起。

这些文字让人想起了八十年代初，想起了那时的灿烂风景。当年活跃的青年今天都过了中年，正往老年的路上走着。一代代人来来往往，构成了所谓的时代。

可是在记忆中，那样意气风发的青年是不会老去的。大家尽管风格不同，志趣不同，却有着同样的文学心情，即在攀登之路上无比执着、苦苦追求。那时候，大家对于生活、对于新的作品和新的文风是如此的敏感。多少热望，多少不眠之夜，写满了一页页稿纸。

这就是昨天，生气勃勃清新健康：无数的争论之声犹在耳侧，无数的激动聚会刚刚散去……

不过一切毕竟都是过去了。一个始料不及的物质时代说来就来。物质压抑精神、消磨精神。要重现过去的时光，大概只在梦里、在倏然闪过的一念之中。时过境迁，物是人非或物非人亦非。我们如果稍稍正视就会发现：文学也变得苍老了。

哪怕是最时髦的文字妆扮一新，脂粉也仍旧掩不住一道道深皱。

有哪些不曾甘心的中年和青年热血奔流，在为心中的理想奋力一搏？他们在哪里？

这是难忍的、多少有些廉价的伤感。不过我们还会时不时地抬眼寻找——如果我们还有足够的冷静、不那么意气用事和一味颓丧的话，那就不得不承认：即便在这样的一个时代，类似于当年那样的文学青春、那样的真挚和热烈，也同样是存在的。

其实蓬勃的生命力永远不会消亡殆尽。追求完美的信念和力量依旧在支撑着这个世界。

这里拿文学做一个衡量指标、做一个观察，令人精神振作的人与事依然显现。比如，那些纯粹的坚持者、自我苛刻者，那些在精神上执着如一的人，正在一如既往地走来。

也许他只是这其中的一个。在如垃圾般堆积的文字荒野里，他能够处变不惊，小心翼翼地种植，勤勤恳恳地开拓，一丝不苟，永志不移。他的文字多么干净，意境多么深远，描述多么生动，气息多么浓烈。他笔下的大平原上，一切都生气勃发，人喊马嘶，水汽氤氲。而今，他的健康和质朴已经生出根须，扎入泥土，茂盛为树，结出了至为感人的艺术之果。

这种向上的气概和积极的心情，让人如同回到了过去，好像再次置身于上个世纪八十年代的初期或中期。这就是我们面对这些文字时，总是不能平静的原因。

它让我们回忆起另一个文学时代，并对当下滋生出美好的希望。

农事诗

我喜欢这样的散文家：文章像人一样敦厚、深沉、质朴，文字给人格外的温暖和特殊的安慰。如果写到了乡村——那是有别于我们熟悉的胶东乡村，是另一番情致、另一个天地。可她们又是相同的：同样的淳朴、亲切和安详。作家如果没有深深植根于一片土地，而只凭一支生花妙笔，无论如何也无法感动读者，无法传递如此深切和复杂的意蕴。乡村情感和乡村经验在许多有过农村生活经历的人读来，既似曾相识又极为新奇。其中给人最大异样感和生鲜感的，就是记忆中那些不能忘怀不可重复的细节——连带血肉深情，如同回忆母亲。

从这个意义上说，写作是没有尽头的，道路无比长远。前方就像人的感情一样辽阔。

这些篇章与一般的记述散文有所不同的，即它们因为细部的丰盈和生动，几乎常常让人想到是在读一篇篇虚构的小说。然而文章中的一切却又是真实发生的，并且大多是作者的目击和亲历。这就说明作者对他所触及的现实有一种深入身心的紧密，是绝对不能分离的关系。

我们平时读到的散文是各种各样的，其中有相当一部分是比较华丽的，文辞飘逸，所谓的浪漫才情——这里似乎是不多见的。然而这才是成熟和灿烂的风景，是真性情与文章内功紧实结合才有的气息与格调。

如果我们遇到了一位乡土诗人，或许期待那种激情澎湃一泻千里之势、时而意气冲动的文辞。可是更有可能是一切都被内在的自信力给多多少少地遏制了。作者所表达的，是另一种安稳和落定，是一颗沉沉跳动的原野之心。这才是真正的诗：农事诗。

来自区邑的作品

强烈的地方色彩，浓厚的乡土意味，独特的区邑文化——这样的创作将因为它的自主自为性、显而易见的类型性，而得到流传和保存。

诚然，这一类作品并非齐整划一、质量均衡，但其中的优秀者，即有着如上的性质。

一个根植于民间艺术土壤的写作者，必将突破表层的芜杂和平俗，进入兼收并蓄的宽容和宏阔之中。表面看无节制无选择，雅俗界限、表现形式、主旨倾向，诸方面混淆朦胧，实际上则包孕多方，内藏丘壑。这样的创作比起一些照本宣科的"弄潮儿"，倒要深刻有力得多。

立足于一个区域、一种地方文化的作家，实际上是极其需要勇气的。这勇气即在于坚持的韧性、不怕误解的胸襟、自甘寂寞的气度。在各个时期的所谓"前卫艺术""先锋艺术"的一帮喝彩者眼里，往往是没有区邑地方艺术家的位置的。

这就是对文化与艺术的误解。因为"前卫艺术"模仿的是时髦和习尚，它的本质是跟随，是貌似倔犟，实际骨子里先自有了一次妥协；而一些优秀的地方艺术，却是直接萌发自传统的土壤；地方艺术的模仿也有，但首先是源于民间艺术。这种源流将使其变得厚重和博大，要有根柢得多。

艺术沉浸于民间乡土，于机智、奇趣、村野之中，透露出稍稍的悲凉。其作品形象，是从民间繁复而简约的思想形象中提炼而来，因而绝不单薄。民间的理解方式、表达方式，永恒而多变的道德意识，深刻地影响和塑造了创作，它们在作品中总是得到了一以贯之的体现。

地方艺术谨依据自己对民间文化的深味和忠诚，来获取自尊。比起那些令人眼花缭乱的时尚，地方艺术显得陈旧和迟缓；有时甚至表现出拒绝和隔膜。被庙堂文化冲击得七零八落的地方艺术将是最尴尬最悲哀的艺术；但即便如此，它的音响色泽也仍然具有特异的风韵。它如果能够坚定固守自己，就会透出原有的伟力——民间的开阔自由和悠长无边。

这样的作品在漫长的时代风气变化中，有改易、有浸染，但总的看还是遵从了自己的心灵。这些作品也载道，但也任由心性，既言大又言小，于乡野俚俗的幽默之中表述了自我。这大概是此类创作最成功的方面了。

面对来自区邑的作品，常常为其间丰富浓郁的乡土情调赞叹击节。那种特别的睿智、从容、淳朴、憨厚，犹如观赏一幅幅乡村剪纸。它们也的确类似于地方刺绣、泥塑、风筝等工艺品，凝聚和沉淀了一块土地的文化神韵，深入了风习的大层，流动着难以消失的传统。也正是这样的作品，才能激活地方的历史，并使狭窄的区邑精神得以升华。它的生命力即在于此，它的不被所谓的"高雅艺术"淹没和替代的原因也在于此。

它们凸出的是一种不彷徨不犹疑的纯粹之美、自然之美、执拗之美。

感情和心愫

这些文章一般都比较短小，所以集中在一起显得层次繁多，有点光影交错。但它们由此也构成了一本比较丰厚的书，一本别致的、色彩斑斓的书。作者在表达自己的观念、情感和心愫时，用心专注，并稍稍含有一点执拗。这就有可能使之离开一些俗见，拥有自己的内容。

它们在独立成篇时，稍嫌浅近单薄。但由于作者一以贯之的分析能力、顽强好胜的心性，全部文字也就笼罩在这种统一的韵律之下，使它们能够相互折射和补充，宛如一章一节。

时下的随笔常给人浮浅凌乱之感，往往有过多情感夸张和即兴的冲动。如果一个写作者没有能力遏制泛泛的激情，一味任性，不但难以避免浅薄，而且还会留下许多有害的文字。率性、诚恳、敏思、慎言，它们在好文章中总是统括一体。在一个发言抒意相对自由的时代，在匆忙表演无所顾忌的时代，真正的艺术家和思想者反而要三缄其口。也只有在充分的自我把握之中，在慎重的选择之中，才能表现出真正的勇敢和识见。无论在任何时候，一份笃定的心情，一种坚毅的立场，都是弥足珍贵的。

劣章俗文，再包裹以华丽辞藻，就会愈加劣俗。它构不成语言和文字的河流，而仅仅是泡沫。将这一切拂开，展露一片激越和汹涌，创造生气勃勃的意象，才是真正意义上的创作。我们常常在写作中倡扬一种真性情，其实也是基本而艰难的要求。这本书庶乎做到了这一点，它无论是批判还是赞颂，都敢于流露自己真实的心情。它的目光比较朴实、自信和明亮。

书中的许多篇章是读书手记之类，写得放松、从容，乘兴谈去，或能深得要诣。这些文字有时还嫌过于简略，但却时有悟想。它们如果是谈同一篇文章同一部书，能让读者在阅读中去系统综合，也就接近了应有的深邃圆通。这就是好的读书文字。与此相反的是，现在丛生茂长的这一类文字中，不着边际的恣意妄论太多了。该书作者在这些小文中使用谨慎的、温情的口吻议论人文物事，表述着一份心得，转达着自我的体味。

从写作状态而言，洒脱松弛与严谨庄重是一对矛盾。僵硬的辞章不好，但过分的嬉戏更不好。这其中的分寸感不是由技艺所决定的，而是作者的理念、判断力在起作用。内心清明而苛刻的人，对待这个世界上的某些东西是绝不敢嬉戏的。谬误与琐屑，真理与永恒，当然存在着无法弥合的巨大分野。人面对一个复杂难言的世界，茫然不知所措时有发生，但总的说来，人仍然还应该有朴素的向往、有不间断的追求。这才是人的常态，也是对人的基本要求。也正是在这些方面，这本书令人赞赏。

阅读中，会发现书中偶有一些伤感。这似乎使其变得平凡了一些。

有相当经历的人生和书籍是来不及伤感的。

这也许是过于苛刻，也许还需要别人心悟。伤感、慨叹、沉吟、低回，它们之间也当有区别。往往是廉价的艺术才有最多的伤感。

有些文字纤细而敏感，这既是一部分作者所独有的，也构成了这本书的一个重要特色。作者由此进发，当能进入一个更开阔、更旷远的艺术世界。

回忆的芬芳

这些散文随笔是在工作之余写成，是个人心迹的流露，所以让人珍视和爱惜。其实散文这一类文字并非是专业作家才写得好的，在我们漫长的文学史上，那些散文名篇大都是作者于日常生活中留下的。自由、真性、淳朴，这才是散文最好的品质。一个专业的散文作家，有时会让人觉得难为。因为散文往往不需要过多的心机，而只是记录，是抒怀，是个人生活中留下的文字备考。

散文如果不真实，就是很有害的文体。以前我们读过的范文中有许多虚假的编造，它们卖弄辞藻，夸张情感，以此博得浮名。这部散文显然与那种道路界限分明。无论是议论还是记叙，一眼望上去就是真。一份真实的情，一段难忘的事，一种可以交流的生活，成为一部书中最主要也是最可贵的内容。解剖自己，记叙友谊，回顾往事，摹写风物，无一不是口吻清新，一派真挚。

一些未能返璞的专业文学作者常有的文笔气味，这儿是没有的。过多的修饰、言过其实，在行文中也是不见的。文章的真正华美不是巧妙的构思和新异的词汇，而是意气和性情的高阔超拔。人的全部修养，人的品质倾向，会从根本上决定文章的格调。所以，一个作者仅仅从文海中求得妙文，实在有失偏颇，因为坎坷文路上毕竟有比读书更重要的事情需要去做。这是长久的、有时甚至是默默不察的一个过程。这个过程其实就是日常的生活，也就是生命的过程。

文学说到底是属于回忆的。散文中的回忆常常是感人至深的。有人用散文告诉我们近在眼前的事情，这当然很重要。可是我们也需要去触动往昔岁月。一些隽永之作，常透着回忆的芬芳。

鲜凉的潮水

这本书的作者是个诗人，他曾为读者写下了优美动人的诗章。现在他贡献的，是另一副笔墨。

诗与叙事作品在形式上的差异较大，但其内在之核却往往一致。从这部叙述节奏多变、语言相当流畅自由的小说中，仍可见往昔诗作的风韵。初看，作品似乎重叠堆砌，通读之后，这种感觉即消融于和谐之中。小说有浓重的即兴色彩，可以看作是一个诗人的手记、自语、流浪见闻之类。

所以，这样一来作者在叙述和阐发上，也就获得了较大的自主性。他正充分利用了这种优长和便利，文笔得以铺展，有时甚至有些恣肆不羁。这给整部书的文风带来了新的因素，生成了别样意蕴。

小说的叙述一旦进入作者熟悉的领域，比如乡间生活、村野故事，都写得生动逼真，令人喟叹。一些民间独有的意趣、掌故，在作者笔下尽意流泻。人生的欣悦、折磨和痛苦，得到了令人难忘的表述。具有民间生活经历的读者将会受到感动，因为他们能找到共鸣。读者会从开阔无边的民间、隐秘四伏的民间找到自己的急需，补偿心灵。一部书能起到这样的作用，也就是成功了。

中国的"流浪汉小说"并不发达。这可能受到了文化的制约。儒学中的一部分思想有碍于人的流浪精神。但儒学的创始人孔丘则是一个浪迹天涯、周游不息的人。所以孔丘严整而肃穆的入世思维，与放浪的行迹并非水火不容。为什么流浪？为什么满脸哀凄远走他方？人的回答也将不同。但总要有个回答。

此书即做了类似的回答。当然，这种回答更多的不是直接作出，而是诗化了的，不免时有隐喻，甚至是疯迷痴唱……

要诚恳朴实地写出一种真实的、当代身与心的流浪是非常之难的。因为这很容易跌入油滑嬉戏的泥淖。时代风气中有一些虚假和矫情的潇洒，它先是毁坏艺术，复又毁坏生活。流浪的人生远未那么洒脱，它原是充满了苦痛和磨难的。人在流浪中歌唱，是因为愁絮的缠裹。这歌声之凄切、之悲凉，恰是最难以传递的。

透过技法的阻障，我们看到了诗人笔下的哀歌。

有许多真正不朽的书，都在写这哀歌。这可不仅是时代的哀歌，而是人类的哀歌。这也不是消沉，而是生命走向奋发不屈的过程。

书中那些可爱的不幸者，有的死去了，有的身遭不测和污浊。他们是我们的兄妹手足，让人无法忘记。正因为有这样一些人在陌生或熟悉的异地存在过，所以我们自身的境遇也就生出了参照。这种联系对比之重要，即在于它能让人的心灵产生出难以承受之物。我们相当谨慎地对待，注视和抚摸。

透过这本书，人们会进一步关切急剧变动的生活给一部分人带来的艰辛。这部分人是正在成长的青年。他们惯于寻找榜样，但时风吹送的榜样或不被他们认同，或不足为训。于是剩下的就只有怀疑中的远游，背井离乡。这"井"也是滋润心灵的精神活泉，而不仅是实指。

为了抵御时尚的创伤，他们踏上陌路，裹紧衣衫，寻找温情。一有机会他们就彼此投入，相互安慰。这就有了作者写出的许多故事。美好的青春，可怕的伤害，无以言喻的折损，他们都一起拥有了。作者的确在写通常意义上的悲剧，可是角色已然改变，背景也在置换。这哀歌这悲声，掺在风中吹拂，如何令人忍受。

这里以不太收敛的笔触记录了二十余万言，读后如一排鲜凉的潮水迎面涌过，留下了复杂的感受。书中的一些人物遭际，以及作者对美好光阴的留恋，使人过目不忘。

生活纪事

这本书是一个家庭的通信集，记录的是一对夫妇的情感和劳动，他们的日常生活，他们的孩子，他们对世界的看法，种种喜悦和忧虑等等。这本书给人生气勃勃的感觉，而全然没有一些时下流行的无聊和颓丧。被书中明亮的阳光所打动，也就一口气读下来。

书中写到的细节有许多是感到陌生的，如公司的事情。但其中的主要部分是我们人人都能理解的，这就是辛苦劳作中三口之家的温情，这用以支撑人生长途的至为宝贵的东西。全书直接抒写情感的文字也许不多，但浓烈的情感却又溢满了纸页。

作者在一个海角上的城市里工作，丈夫却在遥远的京城公司创业。二者的生活内容差距很大，不同的记录却又统一交织在一本书中。这中间还有独生女儿的介入，孩子的稚嫩之声时而环绕，就像彤云上有了一道金色的镶边。

我们在说到书籍时总要强调其认识价值。而这本书对于时代的特殊记录方法，是那些惯常的书所不能取代的。因为真实、具体，几乎没有什么情感的粉饰，故而也就特别珍贵。后来人或他乡人可以从这些文字中，得知一个家庭在世纪之交的中国怎样生存，怎样希望和奋斗，特别是他们对于国家民族以至于自己社区的良好愿望和祝福。十三亿人口如果丧失了这样的祝福心，一个民族也就没有了希望。这使我们理解了一个消耗巨大的国度是怎样维持和和生长的，理解我们正因为有了无数这样善良和美好的家庭，才有了今天。

这本书带给我们的是另一种深刻。它的细致或者繁琐，是真正的生活纪事难以回避的部分。它是日记，是通信，是情书，也是一份当代家庭通报。它在爽声言说和相诉之间，那么准确地表达了一种生活，那么清晰地辉映了自己的时代。

在海滨吟诵不息

通过诗才认识了一个来自高原的人，并与之交流诗章。诗人在这个时期不免常常沮丧和激动，情绪起伏动荡，于是一切就不停地从笔中流泻出来。诗人是高原性格，定居平原后又努力适应这里的环境，但效果一般。他的诗仍然是高原血性，铿铿锵锵，没有过多的低吟。

我们这个时期更喜欢小夜曲，偏爱缠绵。其实两种都好。他在诗中文中混淆了西部与大海，让二者交集起来，浑然一体。南音太稠，多有靡靡；北方凄冷，需要慰藉。所以整个江北都唱起了软歌。这些歌不停地欢爱和泣哭，等待，沉沦，男人不愿劳动，躺在地上。无边的胡思乱想，终于让人有些怀疑。他则没有这么多毛病，他比那些人干脆许多，他写男人的站立，愤怒，还有怀念和感动。

半岛的风比预料的还要湿冷。他在此地生活呼吸，过滤着风中的盐，心中多有悟想。他一次次摆弄从西部带来的刀，羚羊角，还有酥油茶砖之类。他想标榜自己的西部传统，稍稍怀旧，并以此傲世。结果他还是尽快化入了当地民俗，喜食鱼粮果蔬，啖些海边茶饭。与此同时，他的诗文刚柔相济，渐入佳境。常有粗粝骨骼，下手武断，然事后修葺，总能工巧。

诗文为人生的呼吸吐纳，不可杜绝。我们袖中有诗，宛若杯中添酒。在海滨吟诵不息的男人，是最能抵挡寒风的生命。

平原的吟咏

这些散文气象颇大，于深邃处运思，文气通畅，情怀热烈。这些篇章中有许多写了故乡原野，但不入套路，也毫无常见的仄逼和拘谨，而是视界大开，把目光投向了高远。

作者是一片大平原上的吟咏者，是滔滔黄河的和声。与山地和半岛的写作者皆不相同处，是他的辽阔奔放。他的文字既具体真切，又悠长远逸。他发现了平原上日常存在的神奇，比如孤寂男人的酒、盲人的笛音、古堡和僧人。与这些对应的，是手推车和石磨、树与沙，是艰辛的日月。

一般的写作者，会将神奇事物写得飘忽、中空和虚脱；会把平凡生活写得陈旧、停滞和琐屑。我们翻开的这本书，却全无这些流弊，而是中气十足，意象新颖，开笔即能走远。他的议论往往用情很重，口气沉郁，一直牵挂到最后。这是十分不易的。

我曾在那片大平原上走过，为这里的坦荡无垠和坚实质朴所感动。这样的一种生活，一片土地，必会涵养精神，孕育思想，生发诗意。于是我们不止一次读到了美文。

翻开这些篇章，会听到苍茫的呼应之声，它在呼应平原的历史。文章写到了往昔，追忆了过去；但这里说的呼应，是更深层的精神观照和意境联结。轻轻掘一下这里的文化沉积，就会发出压抑不住的惊叹。

长路吟

如果有一个沉默的作家，在某一个时刻里，因为某一个原因引起你的注目，那么这种注视常常会是长久的。像那些创作态度颇严谨的作家一样，那种自我苛刻的创作不仅没有使其艺术显得贫瘠，而呈现出一种丰饶。

他留给读者的不是一个"作家"后继创作的悬念，而是信任与期待，是多种的可能性。

值得庆幸，他不属于那种下笔千言一泻千里的作家。"下笔千言"的下一句也很可能是"离题万里"，离生命的求索之题又何止万里。在目前的这样一种情形之下，能够自我苛刻实在是一种了不起的品质。

置身文学之河会发现，那些语言的魔术大师们曾怎样令我们眼花缭乱，他们仿佛有着不竭的创作力，一生都处于艺术的"喷发期"。但这样的大师在人类历史上总是寥寥无多。也正是在他们的光焰照耀之下，我们的躬耕才不舍昼夜。回顾文字和文学的历史，可以发现物欲横流的特别时刻，往往出现一些语言垃圾中的沾沾自喜。让人感动的是，我们面前的作家早已用自己的创作表达了一种时代的觉悟。他从一开头就划出了那道区别的刻度。

另一个区别可能还有，在如此"时髦"的一个时期，他竟然至今仍是一位"乡土作家"，一位不少写作者羞于如此自我判定，而在他却是感到莫大光荣的作家。

是的，在我们看来，更多的光荣总是属于"乡土作家"。这其实并非什么奥秘，而是由文学的属性所决定。"乡土"更多的不是一种外在修饰，而是一种血脉。基于这样的理解，到现在为止，他没有在自己的创作活动中去做一件危险的事情：动手割断自己的血脉。而时下有一个误解，好像一个生命既然处于技术主义盛行的世纪之交，那么生命的维持和诞生就不再需要泥土了，倒完全可以改用化纤及集成电路块合成。很不幸，这种认识仍然只能停留在幻想中，现代时空仍然会拒绝这样的生命，文学的殿堂里就尤其拒绝这样的生命。

也正因为是一位"乡土作家"，所以更能够在自己的创作中贯彻现代精神。

我们面前的作家有时也流露出潮流中的痛苦。只好从头索起，做一个底层的记录者，一个自泥土上萌发的器官。他的沉重乃至于"笨重"，倒是最为吸引人之处。他的全部希望也正在于他深扎泥土的、不能抽脱的根须。他在创作实践中偶然性地尝试过"抽脱"，结果总也不能。于是他就有了希望也有了力量。他正以扎扎实实的写作，以这种千年不变的人类苦役，充实自己和鉴定自己。

他的劳动几乎没有喧哗之声，而是十几年如一日地默默劳作。劳动姿态有时也决定着劳动的性质。他的朴素显示了他的自信，他的非常肯定的选择。

正因为他选择的是这样一条路，所以就显得太长了。

长长的一条路有什么不好？短短的一条路就好吗？长长的路，长长的吟唱，就不会令人感动吗？

文学的力量来自"乡土"。人世间哪里的路最长？回答是"乡间"。哪里的歌最悠长？回答还是"乡间"。

当然，我们所说的文学"乡土"不会是一种实指，也不再是一种具象。因为长期以来对于"乡土"两个字误解得太多了。这儿我们必须指出：看一位作家称不称得上是一位"乡土作家"，绝不在于他是否一直写着乡村乡野，而在于他能否一直坚守自己的那片"心土"。

自己上路

作者从大西北来到东部沿海，在这里继续自己的文字生涯。这期间他还在另一个世界闯荡过，那就是南方。

行路难，长旅难，漫长的文路更难。一切刚刚开始。好像都在期待之中，第一步更要走好。现在的人有时偏偏不是失于长路，而是迷于起步。一起步，就踩在了名利场的泥淖上。

他对文学的挚爱比较明显。可是渐渐他会因为对正义的忘我追求，而更加走入文学的内部。在此让我们一起重复一句老话：一个真正的作家应是声音，是表达底层和自底层而生的器官——是的，舍弃了这样的文学之途，就会变为怅然若失的无聊者，而且必有那么一天。

文学是一条长路，如果他就此立志的话。然而并没有几个人能够真的走下去，尽管初踏此路者差不多个个自信。

文字是什么，也并没有太多的人懂得。不懂得，其实并没有上路。文字对人是相当苛酷的，它基本上没有什么情面。它可不像看上去的那么简单：一些符号，一些墨迹。它时刻都在揭示和袒露，无论你愿意与否。

一个生命的性质难以侥幸地隐入文字之后。不管文字以什么方式组合，不管是小说、散文、理论、戏剧还是诗，都会显示各种各样的灵魂。

这个世界变得比过去更为芜杂，用文字来表达自我的判断就更困难，更危险。但总要判断，总要写出自己的文字。这就是人生的难题。

想到了自己从很早走入文字生涯，真有些后怕。

带着这样的目光和心情来看待一个更年轻者，是因为意识到自己已不年轻。还有，也因为太多痛苦的经历。这种种痛苦，可不是世俗的折磨，而是来自自我的检视。回眸，从头，一寸一寸鉴别，这样的时刻总要来临：只要你还想向前。

所有的文字都要自己存活，自己说明，自己上路。

诗章引领抵达

这些诗章使我在海边居住的日子里变得充实而幸福。我一遍遍读着，将其携到了林中。这些不知看过多少次的树与草，还有洁白的沙地，仿佛都在滋生诗句。我知道是那些刚刚读过的诗章在浸漫淹流。诗在一切之中，诗在土壤中生长，也在阳光中飞翔。我们伸出双手，有时能感到诗就在十指间自由穿行；如果我们适时用力，它们就会被我们抓住。

自然美妙的、不可言喻的情与境，还有其他，渗透和联结着他人的经验，闪动灼人之美。我在吟味山楂花，听马的鼻息，享受时间的果实，它的甘味。我知道这一切只有诗才能够引领，引领我抵达。

诗集中更多的是人的忧愤和惊心——于一瞬间的触碰而引起的怵栗和恐惧。还有悲欣交集，缅怀慨叹。这儿淤积了多少绝望和伤创，这里碰破了多少新结的瘢痂。是诗人的长吟召集了生命的云霓，使这个干枯的世界得到一次播雨。可是众生不知感激诗人，因为诗人就在他们中间。

这是长达几十年的吟咏。诗人已变得苍劲含蓄。一般来说，双手大举的呼号在他那儿是没有的，他只是一个平安质朴的朋友。可是我知道这样的诗人心底埋下的弦更粗韧也更深沉，只不轻易弹拨。弦在体内，共鸣有期。几年前诗人来荒野蹰躇几日，不曾写过一句诗。他在大海边观鸥眺浪，心寄邈远，那在海风吹拂下稍稍变紫的嘴唇时而翕动，引而不发。更多的是谈平常话语，远近消息，玩得高兴时，就饮几杯。

打开这些诗章吧。

诗人写得并不多。人们从来尊敬少言谨语、掷地有声的人。平凡地生活，不平凡地思想；不，一切都不平凡。诗人是这个时代里真正的奇迹。当我于日常中遇到诗人时，并不知道他头脑中正激荡着闪电一样的诗句。实际上他存在诗就存在，他生来就是为了与诗同行。

我在这里看到了妩媚动人的句子，令人心碎的句子，还有其他一些句子。我收拾我需要的、我动心的、我不愿遗忘的；我的目光掠过通常的赞美，再掠过其他一些句子。我最后注视着这本书，就像注视着诗人。

半生心事

一个治学严谨、博学多才的人；一个歌者，一个诗人和一个散文能手。

一切都与他诚实谦逊的品格分不开。我很少见到这样质朴和勤勉的人，能够在工作中一丝不苟地学习、寻觅、比较和借鉴，以书为友，以人为师；既平和达观，洞察社会百态，又始终怀抱良知，坚守责任。

在商品经济时代，人的浮躁在所难免，可是他却能潜心学问，孜孜不倦。他的散文和诗何等浪漫飘逸，可是他笔下的记录文字却又翔实可亲，触手可及。能文能书，且能安于日常事务，这才是不可多得的人物。于他一起共事者都有一个共同的体会，就是一旦将工作事项托付于他，即可放心。

这本书薄薄一册，却是凝聚了作者诸多心血。文分三辑，意有多重，折叠成书，半生心事。

琐碎隐秘的生活

创作之活跃、笔力之雄健、个性之独特，每每让人感到惊讶——这里当然是写农村题材的居多，但几年来仍然没有令人耳目一新的力作出现，不能有更多的发力深长的后起之秀。如今在极大的程度上弥补了这个缺憾。坚守执着的精神，蓬勃旺盛的生命力，显示了新的希望。

长期以来，我们在写作学上总是强调"怎么写"，而多多少少忽视了"写什么"。综观许久以来的写作实践，我们终于发现"写什么"也是非常重要的。因为我们从一些好的榜样身上，看到了一个事实，即他们的笔很少涉猎或从来就不曾沾染过某一些领域。在"写什么"的选择上，在选取的对象上，恰好表明了一个作家的自尊。而这种自尊，从来都伴随着一个人的远行。

写作者可以扎实用力，却并非个个都具有这种自尊。

这些文字让人想起了美国的福克纳：专注于邮票大小的一块地方，从平凡的乡邻生活中孕育出现代传奇。这是独一无二的生活，琐碎而又隐秘。这种生活包含了一个时代的全部信息，甚至是整整一个时代的软肋。从这里，我们既感到了自己所熟悉的那片土地与之差异巨大，简直是迥然不同；同时又觉得对方描叙的这一切，已足以托举当今生活的全部不幸、怪诞、奇异和华丽。

这样说，是指写出了当代中国生活——千变万化和光怪陆离的依据和基础。

这里已经出现了倔强有力、卓尔不群的青年人。他们没有沾染这个时期的浮躁病，正一步一个脚印地往前。

自然温婉的叙说

有些散文给人一种出乎意料的享受。这种愉悦感只有文学阅读才能给予。质朴流畅的文字、自然温婉的叙说，很快将读者带入了另一个天地、另一种想象。这些篇章如同大自然抖落下来的叶片与花瓣，存留了她的芬芳和色泽。

一些描述田野的篇目就给人这样的印象。大山脚下的风光、劳作和收获，各种生活情状，都传达出天然别致的音韵，分外动人心弦。这样的文字因为饱含了情感，并葆有鲜活的现场属性，故能够活泼激扬起来。没有这样的生活根柢，就没有旺盛的萌发，且极容易流于浮泛。唱颂劳动和故乡，抒写田野情怀，是文章中最常见也最不易出错的，然而对于作者却有极大的风险。原因是泛泛而谈反而会淹没个性，华丽辞藻也将增添额外的俗腻。作家需要一方自己的土地，因为自己的土地与他人的土地毕竟是不同的，自己的土地即情感浸透之地、常常入梦之地。他以这片土地作为基础，写出的文章才能落实，才有纹理，所涉之一草一木，皆出神采——哪怕是向西一望、一瞥，哪怕是对茫茫秋野的一次顾盼，都会产生出真挚之情，都会有具体的、非同凡响的发现和喟叹。

另有一些描述生存世态之类的篇章，也都写得真切入里。细节之绵密，情愫之揣度，人情之常态，世相之特征，都把握得极其准确。阅读这些文字偶尔如同小说，有情节，有故事，有起伏，但又给人以散文的记述实感，也就与一般的虚构作品有了区别。目前报刊上这一类散文远比写景抒情为少，原因就是它似乎需要更强劲的文笔，更长期的训练，更多的生活积累和人生阅历，也需要比学生时代的作文练习走得更远。

没有时下副刊散文的痕迹，没有流行腔，已是至难。文章中，一个时期的某些流行词汇出现多少，往往也成为衡量写作能力的一个指标。对这些耳熟能详的腻词和八股腔具有了免疫力，对惯常的一些文章套路能够疏远，才算踏上了文章初步。

网络时代的众声喧哗，并不一定有利于散文的繁荣，但真正的大散文家仍会出世。

艰辛流转于苦难大地

剧烈变动的时代可以淹灭显赫的痕迹。比如曾经在现代文学史上占有显著地位的一些作家，而今竟没有多少人知晓。有过风靡一时的长篇小说创作，身兼教授、诗人、编辑家、记者和评论家身份，可以说做过了文化界的诸项功课，且每项皆有可观之绩，并与当年的鲁迅等文坛巨擘过往频繁——拥有这般传奇的经历，只由于大半时光在海外度过，再加上时过境迁，其名字已为大陆读书界渐渐淡漠。

也有的在现代文学史著作中占据了很小的篇章，或对其甚至只字未提。这并非是个别的现象。

也正因为这样的缘由，另一些研究也就具备了重要的意义。那些活跃在当代文坛上的、别具洞见的著名批评家需要做这样的挖掘。他们应该以同时具备的清晰的理性、生动的文笔，以及展示丰赡细节的能力和潜入钩沉的耐心，对人性与历史做一次双重穿越，抵达一个相当圆融的、具有深刻说服力和感染力的学术与艺术的目标。

　　一位重要和特异的文化人物，必然与孕育他的那个时代胞体紧密相连。我们在阅读中会不时地听到一颗诗心的激越跳动，看到奔波于艰难时世的那个清瘦的身影。有的足迹遍及大江南北、欧美南亚，从祖居地开始了漫长的人生起步。有的情感起伏，文弱而顽强，矜持更诗狂。他们的经历已经构成那个特殊时代的一部文坛风云录，这其中有文人间的曲折交往、笔债和掌故，更有恩怨源起、旧时情事，抚今挽昔，从头道来。如果文笔始终追随了他们的行踪，以时为序，以纵揽横，丰实而不冗赘，特别是写到艰辛流转于苦难大地的那些篇章，后人读来就会如同亲历，细节俱在，声气可闻，领略浓烈的彼时气息。

　　写文学人物，在传与评的比例和关系上，有时会纠缠一体难分难解，它们随时随地相互依存，不可分开和剥离。只有潜入研究和描述对象的人生与心境，才有可能做出这样的化解和诠释。一言可中肯綮，却又掩映于流畅的叙述之河，正可谓游刃有余，在纷繁人事与瞬息光阴之间思绪翩翩，一翔万里。

　　这样的书写似乎是朴素平易的，但是其中囊括的妙结，细致的拆解方式，又需要显示别样功力和匠心：俭言探微却又溢于言表的精准。这就是安静外表与激越内心的结合，是与评述对象在气质上的一次高度契合。

　　阅读之快，即是阅人之快。挖掘那些不为人知的历史、历史中某一个不可忽略的心情，该是多么重要和有趣的事。

日久功圆

　　在大喧嚣大热闹的时代，反而会有一些认真冷静的人。这些人潜在寂处，埋头做事，十年经营，最终或许成就起一份伟业。这样的人在任何时候都是少而又少的，但任何时候，又总是由他们展现了一个时代的气色。

　　其实没有哪个时期是不嘈杂的，关键是这嘈杂能否迷乱人的心性。一切都取决于人的内在品质，而真正美好的资质却不会随水流逝。

这个人本来偏嗜热闹，爱动，率性，喜欢酒水相伴。他从艺之前习武，打拳击球，无一不精。但后来到底还是关上门户，走向了无边的苦修。

人们都说这个人不时地失踪，而且一连数年音信全无。

直到这个夏季的某一天，他从密室走出，一路笑声朗朗，看上去好不快活。悉知底细的人明白：因为他刚刚完成了工笔几十幅，励精图治十余载，硕果捧在了手里。可是细细打量，又会发现他脚步踉跄，泪水涟涟，顽童般的双眼不敢迎视阳光。

这是一个出来"放风"的"囚徒"。供他享用的户外光阴并非太多，转瞬间又将遁入。他被诗所囚，为五彩所困，终日沉浸而不分四季，日夜吟哦而不辨旦夕。他伏于案前，灯昏目迷，手动色生，绢帛上一片斑斓。困顿中一觉睡了三天，醒来正是午夜。他持灯来到画前，发出微微叹息，顺手又给画中人物添上一绺长须。于是纸上精灵更加诡秘。

统观此一题材的绘画杰作，总是艺术的反叛绘制了反叛的历史。这是民间精神的飞扬，更是山野气息的流灌。

人届中年，纵笔狂涂的激情已经收敛，而今更多的是细细打磨的耐性。十年心血，千百人物，宛若梦中画了一幅万里长卷，滔滔豪情如水泊淹向蓬山。有许多时候，他已经不说今人语汇，而是操着古腔，比如将"零钱"叫成"碎银"，语调刻板且抑扬顿挫。这就是沉湎的结果。在漫长的艺术生涯中，他由世俗的成人变成了纯稚的孩童。

人们眼中的画家极为爽直明快。他微微上扬的眼角透着顽皮和机警，还有聪颖。但是我想他心灵深处时时感到的却是人类的悲苦、时间的渺茫。没有这样的认知，就不会忍受那样的自我煎磨。让岁月砥砺心志，才能日久功圆。所以他要常常销声匿迹，闭门思过；所以他要抱揽长河之书，圈点宋人笔记，触摸人类文明史上浩如烟海的典籍。对画家近观细察，会发现他动时欢悦，静时沉郁，远视前方则惆怅满怀。

画中人物，无一不于大幽默中透出古典气息，也无一不从亦庄亦谐间泛出画家的神采。

其间该凝聚持笔者多少汗水，多少劳绩。

由此反观时下画坛，一挥而就的所谓"大写意"泛滥成灾。胸襟从来没有蓄过正气、文气、浩然之气者，却格外偏好"写意"，不知意从何来。草率的笔触恰好画出了空泛的心路。没有缜密的思维，没有严格的逻辑，就不会有笔笔求工的心情。从某种意义上可以说，一切真正的艺术家——包括诗人、音乐家，都必须首先拥有一支工笔。他最后一直依靠的，也仅是这支工笔而已。

他正是以工笔取胜，绘出了一个灿烂的大世界。

小小一帧

如此精美的工笔人物画，浓缩为小小一帧，是确凿无疑的艺术珍品。它让我们抚摸，叹赏，爱不释手。

作为这些艺术品的创造者，有理由骄傲和欣慰。熟悉这种艺术的人，会将他的工笔人物、水墨山水和青花瓷绘视为三宝。我对画家极为钦佩，一直惊异于他不竭的创造力、怪倔的思维与触目的个性。

就这些工笔画而言，它们印成了小小一帧（邮票），更是质地如锦缎，绚丽如丝绒，熠熠生辉，实在是光彩夺目。它们丝毫不因其小而显得单薄纤弱，相反却是如此的丰腴和富丽。在这里，令人神往的浪漫主义又一次得到了张扬，古典的情愫则给予了细致的诠释。

我偏爱工细严谨的艺术，并认为这是所有巨制的基础和根柢。艺术家的匠心与能力，都会在这个过程中纤毫毕露地渗透出来。

画家是一个唯美主义者，一个艺术大匠。他能抑狂放于凝神一瞬，纵幻想于方寸之间。天地鬼神尽收笔底，人马古树齐欢共舞。繁中有约，简中含富。宁静里可闻刀枪鸣响，斗室间可感边塞风寒；大历史与小情趣俱在，华丽与朴拙共存。

比起某一类潦草的纸上涂抹，我更喜欢这一丝不苟、笔笔求工、发力深长的精心绘制，并将它们看成宝物。

也许正是有了这样的宝物，才有了其余二宝：水墨山水和青花瓷绘。

展开这一册，等于打开了一盒晶莹璀璨的宝石。

书是什么

这个世界就是这样：有人能够思想，怀念，激动和幻想，而有人却不能——不知从什么时候丧失了这种能力。后一种人觉得前一种人脆弱而又奇特，甚至还有些费解；而前一种人却认为自己拥有的一切都是自然而然的，并葆有一种充实的幸福。

复杂的世界的确可以用两分法一直分下去，比如形形色色茫茫人海其实也可以分为如上的两类。

现在到处都是书，可是那些书的作者却不尽是前一种人写出来的。书是什么？书是真正的人才有的心事，是他的副本，他滚烫的投影。

然而许多书并没有感情，或者说没有真切朴实的感情。这样的书也能算得上书吗？如果仅仅是印上满纸的花言巧语、卖弄、粗鄙的发泄，装订得再好，在我看来都不能算是真正的书。我们应该被一个人的心事牵引，走向很远。我们于是会在这时候想起自己的一些事情，咀嚼生活，滤过流逝的时光。是的，在极为有限的生命历程之中，假如没有这样的回顾和思念，没有情感之水循环往复的浸洗，将是多么可怕。所以我们常常感谢那些真诚待人的文字，那些真正意义上的书。

作者关于童年、田野、小院，那一束不能忘记的小花；还有从来如此的敬仰和欣悦，与别人相似的叹息，以及悄藏起来的温暖……这些既是永恒的东西，又是他自己的东西。我们在阅读中不由自主地将自己内心的一切与之交换，从而获得特别的欢乐。

当然，如果堆在面前的是一些虚假赝品，我们是不会与之交换的。

看来我们，他们，世上所有的文字，最重要的还是一个"真"字。只要真就会诚，就会亲近和亲切。苍茫人世，渺渺光阴，我们还是需要这样的一份感觉——只要是给人这种感觉的，无论多么稚嫩的文字我们都欣然接受；而另一类文字，无论多么高深我们都将本能地拒斥。

这本书中有许多文字是读外国作家诗人的感触，写他与他们心灵上的沟通。这是感人的，并有一种向上的力量。在拜金时代和数字时代理应有这样的心灵和声音，并以此去寻找和召唤。我们不能眼睁睁看着自己的时代被作价卖掉，或被浅薄生硬的技术主义分割禁锢。我们必须向往"诗意的栖居"。

作为一位极年轻作家的书，其中较少涉及自己民族的诗哲，较少共鸣传统。这也是时代的通症，使人稍有遗憾和某种不满足感。

也许我们进一步挨紧自己五千年的文明，才会真正取得与世界对话的权利。这个时代必要承接自己古老而伟大的文明，因为无论对于物质还是精神，这在今天看来都是别无选择的。任何一种当代文明都有自己的基础，我们哪怕稍稍失去了这个基础，都不会获得稳固的地位。

但是我们还会读到他的另一本书。

他还会写许多书。

山石之爱

这部书是拍摄下来的石头形象。各种各样的石头，任人想象。人自古就容易被石头打动，也容易被水打动。比如"高山仰止"的情怀，比如江海之前的浩叹。打动人的往往只是很大的石头和水，小的石头和水，人就不太感动，而只是玩味它们。

喜欢和好奇是人的天性，所以人们到处寻找"巧石"。摄影家的眼睛，就常常捕捉这种奇巧之美。这是一种情趣，它由健康的心灵滋生。不过这也是比较普通的情感。真正的艺术家，优秀和杰出的艺术家，却始终会保持更为强大的感动力。

爱甚于喜欢，所以爱只能是感动的结果。

我看过的不少所谓自然风光摄影家，仅仅怀着寻找"巧石"的心情去拍摄作品。那些拍摄其他题材的，也有这种心情。这就难以产生真正的艺术。真正的艺术，无论是诗、画、音乐，必得来自生命的感动。

竞相比试"点子"，比试"巧思"，终究是小时代的艺术特征。

浑然淳朴的作品太少了。有一些经常受到赞扬的摄影作品，偏偏扭捏作态，既没有大欣悦，也没有大痛苦，思想苍白。

这部专门拍摄山石的图片书，倒令我大开眼界。摄影家安心丘山，目不斜视，可谓匠心独运。他倚靠一座山，骄傲而痴迷。许多年之后，他差不多已为一座山峰编出了一部内容周备的石头志。这里当然也不乏"巧石篇"，可是毕竟要复杂得多了。

这些图片给人一种神秘之感。苍茫大地上，时光竟留下了如此不可思议的结晶。这对于那些无缘亲历胜境的人，尤其会造成某种惊叹的效果。作者较少放眼浑莽大川、高岑险壑，而专情于一山的局部，细笔镂刻它的姿容。在他看来，这些石头之所以显得弥足珍贵，主要是因为它们各自像些什么。其实这样过于主观化、过于以人类为中心的艺术思维，容易显得逼仄；好在作者运用自己独有的语言方式，不断重复了一些疑虑重重的质询。这样才留下了余地，也有了深度。

人类是被一些更为永恒更为坚硬的东西所塑造，比如石头。人类在它面前理应有一些畏惧感。过多地玩味它们，倒显出了人类自身的滑稽。我在展读这些图片时，常常被一种肃穆所笼罩。我想，这恰是作者当时的情境作用于我的缘故。

另外我还想到，一个人能够长久地、几十年如一日地厮守一座山，进入忘我之境，又是何等感人。我仿佛看到，在作者无数次的抚摸亲近之下，那些顽石也变得光可鉴人，许多部位还留下了一处处指纹。因此，我由此又增添了一份对于劳动、对于劳动者本身的敬重。

一个生命在大千世界里发现了特殊的形象，特殊的美；这样的美无须命名。因为人们会在这些发现面前，想象倍生。

源于文心

商业时代，书画风行。弄书画者一天天多起来，化雅为俗，叫卖街市。如此情形下的一个书法艺术家也就难做了。其实任何时代、任何门类里的真正艺术，害怕的都是这种畸形的繁荣，因为我们不得不花费双倍的力气去维护、去坚守，既示以区别，又贯彻劳动。当然，这是一个自然而然的过程，艺术家们也正是在这种劳作和默守中成长起来。

展读一册南方之书：文笔清淳，流利多情。此帖一直让人心向往之。我像读书一样读他的字，从一撇一捺中感受心情。他的苍与稚、立与依、逸与拙、浑与清，尽可让人领会。这种从心中涌出的墨色，性情真，有口吻，能听能看。青春的气息在书中洋溢，文质彬彬。

人的性情既是先天铸就又是后天形成，这是无可争议的常理。所以一个艺术家总是从自身出发，再加以修行。这好比园艺学中的"就树留形"。如果书者作为一个生命的质地是粗率的，那就不会有今天的细腻。如果他不去学习和汲取，也不会有现在的温文。

文心绝非一日养成，攻读不可稍有偏废。现在摆弄书与画者，一般不做读书的功夫。他们误以为纸面上的东西尽在效仿，全是技艺。其实这才是荒唐大谬。所以走上市场，尽可以看到满眼狂涂，却没有半点法度，没有自矜自差。刺目的狂躁叫嚣，自以为是的游戏，不忍卒读的矫情，几近常态。这样污浊的空气在一个时期的弥漫是惊悚的，也可能是社会转型间的世相一种。

无论是书画还是其他艺术，我们已经看到了太多的"新"。以

"新"为是，唯"新"是求，造成了一种极为浅薄的风气。实际上"新"中所包含的往往会是最陈旧不堪的东西；即便是真正的新，也不一定就是好的。这是一个常识。而在许多人那里，对于新的追逐可以急切到放弃品格、丢掉操守的地步，更可以全然不顾基本的训练。我们从艺术史上不难体味：所有的艺术门类，其所以成立的一个原因，很大的程度上正是依赖于传统的维护。失去了传统，即失去了这门艺术。一门艺术的时代精神，它的先锋意味，是深藏于创作者心中的，而绝不是刻意罗列的表层之物。因此从这个意义上讲，每个时期最好的艺术家，往往都是一些感时命笔的恪守者，而绝不会是一些无根无柢的狂躁客。

一切皆出文心。沉潜下去，一如既往，就会走向自己的完美。

出走与归来

国画已经画尽了传统：传统的师承，传统的技法，传统的意境，传统的完美。这一切逼得后来者无路可走，他们必须想尽办法突围。这情形有点像西方绘画——整整一部现代西方绘画艺术的历史，就是一部油画艺术的突围史。细读下来我们还可以发现，在东西方的这两场突围中，恰是两种不同的审美理想相互补充和交融的过程。两种文化，两片大陆，都从彼此身上找到了自己的兴奋点。他们开始互相靠拢，取对方之"长"补自己之"短"。他们都在传统的世界里完成了一次反叛和出走。

当代画家已经是"突围"之后了。这一代在传统内外的徘徊、在回归与出走中的矛盾状态，都表现得空前严重和强烈。无论是变革还是守旧，两个方面的遗产都足够丰厚满盈。其次，一个民族到了全球一体化的前期，到了数字时代，新思维新艺术的大交汇，使这一代面临了极大的不同于前人的选择机会。今天的中国艺术家有可能比前一代人更多地张大视野，同时也更多地经受喧嚣和聒噪。

比起一般的中国传统画家，今人似乎不再那么倚重笔墨。这种原则性的背弃在整个的现代绘画中已变得不再新奇。国画被携到一个临界点上，画出了西画印象派后期的意味。水粉、蛋彩画、油画、工笔画，是这一切的糅合。但是绘画的取材内容却更多地靠近国粹，如陶俑、宫女、宗教、古屋。似乎可以说笔触逾越了国画的疆界，也可以说拓宽了它的领域。这是内容与形式的一次冲突、一次交织，并在这个过程中显现出新的、很强盛的张力。当然，这其中也充满了撕裂的痛苦，一种破碎组合中的无奈和窘迫。为了避免苍白，追求情感的饱满和酣畅淋漓的表达，在构图经营中已是煞费苦心。这种种努力都得到了丰厚的回报。

其中深得韵致之作，用心工细，精神沉入，唯美而不虚脱。另一些则表现了一种沧桑浑茫的意绪。这里的精神气质不仅是东方的而且是中国的，是对于中国文化、对于这种文化命运的一次次叩问。这些作品色调的斑斓与内在的沉郁，似乎构成了一对矛盾、一种冲突。它们由此而更加洋溢着生命的强力，传递出土地的大音，又似有隐约可辨的宿命的惶恐和悲悯。

另一些好像过分倚重了形式感，但作者同时也非常警醒，他们正提防心力的耗散、精神的飘忽，避免这些在不知不觉中折伤自己的艺术。一件作品的致密或中空，首先是君临艺术的绘画者在那一刻的生命质地所决定的。只有保留一个探索者的清晰和力度，保留可贵的勇气，心理境遇才能深沉开阔。

完全是个人爱好的原因，我非常希望能看到当代国画作者通圆精到的笔墨，看到深透腠理的斯文气和高古的情怀。我还希望看到对国画艺术传统的顽强维护：不仅在出走，而且还在归来。新世纪的中国绘画艺术，有可能是属于归来者的。

不同凡俗的质地

这部大著作真是让我找到了读书的快乐。很长时间，我一直为没有好书读而寂寞。因为我平时不太看电视，所以很依赖读书。我只能把更多的时间花在旧书上，可是总读旧书也不行。

这个大部头比我所能预料的还要好。它写得非常从容，真不像是这个年头的人写的。现在许多人都在写小书，写松软的、带俏皮意味的书。或者是写小品气很重的书、全力模仿洋人的书。总之都是行市快书。我想不出作者花了多长时间写下了这样的书。我不信这部书仅写了两年。因为没有十年八年的积累，不可能有这样的火候，不可能有这样的底气。

多年来，写大家族的书都模仿《红楼梦》。写多了，我们都熟悉的那种小说气太重，就俗了。有许多很用力的书，实际上成了通俗作品，没能进入当代雅文学的行列。当代的智慧、审美的苛刻，不动声色间流露的强烈个性，更有伸向这个时代的敏感触角、随时间而舞的语言狂欢——这一切并不会因为选择了历史题材而被忽略，被迁就或被原谅、被降格以求。也正是因为如上的一点做得好，才让我赞叹。

作者的语言张力、掌控局面的能力，令人叹服。写历史，研究的功夫不能没有，可是能做这么深透，耐住了心性的，还一时没有看到。

这种旁若无人的写作启示了什么？我想，无论中外，只要是商业社会，平庸的写作总是：行文时尽量把视点放低，成书后再加上恶炒，力争畅销，先赚下第一笔。其实从长远看，先不说文学的思想意义，仅仅论常销不衰这一条，作者也得志存高远。好作家在时间与空间的关系上并不一致，如鲁迅，当年著作印千百册，几乎谈不上多大的空间。卡夫卡，简直就没有空间。可是几十年下来，很少有书比他们印得多。当然也有例外，如雨果、歌德、托尔斯泰，在当年的空间就很大。从这个角度说，是指作者不应太过迁就读者。数字时代，商业潮涌，西风紧逼，人心惶惶。如今的创作和评论，不看众人脸色的是越来越少了。所以我想，这会是留下来的一本书，这不仅指它难以替代地、酣畅淋漓地写了一方水土，还因为它不同凡俗的质地、它文学上所达到的指标。

马拉松的胜者

文学不是一种赛事，但对于一个人所热爱的写作生涯而言，仍可以看成是一场马拉松。一次长跑，长到没有尽头。这实际上是一个人面对自己的较量，盯住的是自己的意志、耐心，耗去的是自己的激情。一种对于完美的不能抑止的渴望，使其生命不止劳作不息。

在八十年代初成名的写作者，今天仍能在文学之路上长跑，是越来越少了。他需要一直充满青春的朝气，这是一种文学的青春。他的激情要化为漫远的跋涉，不倦不怠，一直向前。

刚开始写了清丽明媚的短篇，后来就是脍炙人口的中篇。这些中篇小说的故事、人物、语言，都标示着一个成熟作家的非凡造诣。

凡有写作经验的人都会知道，一个人在有了一定的质和量的创作之后，每前进一步都是极为困难的。一个天才也不可能佳作连连。所谓的"大匠"，也仅仅是一部分作品令人称绝。所以我们常常将一个能够长久保持创造力的作家、将其不断更新的艺术生命，视为一种奇异。

这样的作家由于离我们太近而容易被人忽略：看上去一切都那么平易，随和温煦，朴素自然。不知从什么时候起，人们对于艺术界的杰出人物有了概念化的理解：他们必得狂妄怪倔，傲气冲天。实际上一切恰好相反——真正杰出的人也是质朴勤恳的人，这几乎没有个例外。

作家步入中年之后为我们捧出了一件厚礼，一部中国知识分子的良知良作。它的厚重坚实，无私无畏，不仅超过了作者本人以前所有的创作，而且在中国的长篇领域留下了沉重的一笔。

世纪末的时髦文学是令人厌恶的。作家以自己实践的勇气表达了自己的厌恶。从容写来，不费奢华，阔阔然犹如巨石落地。

看《水浒》绣像书

画家揣摩《水浒》多年。读一本书与读一万本书是一回事：深入腠理，得其精髓。这是读书的野心和志向，更是披览的大趣。读书破万卷的人会把其中的一本装到灵魂里。他不是第一个将梁山文字化为形象的画家，但他是当代视野内少见的水浒造像人。他的腕力与心性结合，悟想与工细并存，一笔一画，极尽能事。梁山泊野人豪杰个个放浪，浑脸粗人，眉眼怪异。这真是非深入者而不能为，率性自然，异趣逼人。看《水浒》绣像，成商业时代一大快事。

本土诗章

不断涌现本土诗章，是自然而然的事情。几十年来诗人以各种形式记录自己对于一方水土的感情、悟想和慨叹，缕缕不绝，情真意切。这可以是中国与世界诗史上动人的一页。其不同凡响之处，是它的质朴所掩映之下的灼人的热烈。这里没有喧哗与浮夸，也没有时下通行的晦涩呓语，作者把一片诗情如此稳重而深沉地托举起来，实在令人钦羡。

此部诗章当之无愧地构成了一部当地诗史。这是它的卓越和功勋。诗与史的结合从来都是文学的至境，是精神劳作的刻苦索求。试问有什么比一部诗情写就的历史更加令人感佩？这里的诗须是真正的诗，而非形式上的韵句；这里的史须是由局部到全体的把握，而非一般流水账式的冗繁或轻浮的点染。对于诗和史的认识并非没有争执，也并非是一件早已达成共识的事物。特别是当代诗史该怎么写，该确立一个什么标准，需要许多实践和探讨才能稍稍接近一点。也正是在这个意义上，我肯定并激赏此类诗章的努力。

一般的诗是紧紧追赶潮流的，而非凡的诗则是独立自守的。这部诗由心随性，诚实感动，既没有他人的时髦投影，也没有艺术克隆和洋泾浜式的学舌，更没有眼花缭乱的现代诗坛怪技。它更像山地一样本色厚重，沉稳大气，自然和熨帖。一棵苦楝树，一场雨，一头牛，一声吁叹，都让诗人久久注目而难能释怀。文字之间，一种深长不测之牵挂，一种千绕百徊之留恋，都是无法掩藏的。

我对于貌似拙讷的艺术从来都是另眼相看，心向往之；我对于洋洋自得的时新总是心存犹疑，有所拒斥。这类诗章正是那种貌似拙讷之作，所以引我喜爱，并让我从中发掘和寻找它的内力。在精神之域，情感与认识的保守态度，往往是一切好的艺术家的明显徽章。虚妄与滥情，追逐与攀附，常常会成为某一些时期的风尚。而在这里，作者依靠一种朴实和诚恳，一种本色，几乎毫不费力地就与之划上了一道绝线。我们经常说艺术与生活这个老而又老的命题，可见它是至难解决的。我们所谓艺术的表达和表达的艺术，通常偏重的只是有目共睹的那一部分，是大处着眼的那一部分，而总是忽视和简化其内部的奥秘与曲折。因为这样做不仅省力，而且更容易被认可，被一些业内人士所激赏。可怕的是如此下去，会陈陈相因没有终了，真正的认识和真正的艺术又哪里会有自己的位置？生活的最细部，它的腠理与底层，又有谁去发现与辨析？而缺少了这些深入的探究和实验，我们也就很难区别什么才是真正的生活和艺术了。

写诗弄文者写出一些时文是不难的，难的是写出自己独辟蹊径的洞见。遥远的探求之路上有许多东西难免背时，但它们却不改珍贵的本质。所以我重视背时的艺术和思想。望遍诗坛，像这样的本土之诗有人是不会理解的，其主要原因可能正是因为它平易切近到了陌生的地步。我们所说的表达日常生活，很容易就变成那种通常被首肯的习惯性表达，而不是自己的表达。表达方法会在不知不觉之中演变成一种标准和模式，去约束和改造写作者，使他的写作变成一种无聊的游戏，一种纯技法的事情。即便是现在的商业时代，写作说到底还仍然是一种情感，一种爱，一种不可以放弃的权利和欲望。诗在许多时候是不被冠以"乡土"二字的，但真正的乡土之诗必是一个时代的强音，是永远不会被淹没的、有自尊有内容之物。有人读了一些洋书，就开始鼓励背叛乡土的写作，其实这是既无聊也无济于事的。乡土才是永恒不灭的，是最富于生命力的。

人们从这些诗章中读到了自己熟悉的东西，尽管他们并非来自那里。可见一种扎根泥土的诗章是通行四方的。这样的诗句会始终拥有一种自信，它是不会羞愧的。这是由民歌演变而来的诗行，是由说唱艺术形成的特殊规范。如果没有深远的民间功底，就很难有这样的韵致。这里的诗句没有一行是古怪拗口的，也没有一字是多余的赘饰，这种冶炼的自觉和自然恰恰也是民间文学的特征。

说到新诗的方向，艺术人士讨论得足够多了。这到底是一个无诗的年代，还是一个销蚀诗人的年代？这二者是不可以混淆的。无论拖延多久，对于一个民族而言，诗是必要振兴的。我以为楚辞是一个大方向，民歌是一个大方向。二者也可以结合，但毕竟是两条道路。它们都可能产生出伟大的诗和不朽的诗。

现代主义艺术并未获得一种赦免权。现代的无聊也仍然只是一种无聊，今天，这种种无聊已经比比皆是了。现代诗尤其容易走向无聊。

本土诗章是走向民歌方向的艺术实践，它坚实的内容使它获得了真正的成功。它有一种民间的纯洁和干净，一种显而易见的天真。保持这种天真的气质，在今天的中年写作是非常之难的，可以说价抵千金。今天，狡狯的写作和没有廉耻的写作倒是容易的，而唯有纯洁的写作和天真的写作是困难的。这种艺术与人的品质即便被粗糙的阅读给忽略了，最终也还是会长期存在。

心吟手写的气度

一个有信仰的作家，比起那些没有信仰的作家更加让人肃然起敬。有信仰的作家在竞争激烈的商业时代，在纷乱斑驳的生活中，都往往具备另一种神情。他们即便在惶惑的应对中，在匆忙的酬答间，也会有一双不同于世俗的目光在睁大着。这是一种既能够击打时世也能够回顾往昔的、时而痛苦时而怜惜的目光。有时这样的目光会被忽略过去，有时它仅仅是一闪而过，但却会让我们又一次感到了，记住了。

当一个作家和一个人有许多故事和话语要说的时候，他是不屑于去使用那些捏拿文字的。他将变得相当直爽和干净。当情感的水流把浮屑赶开，剩下的就是真实的冲荡，是非常完整的一条镌刻的河床。岁月，日子，生存和苦难，人的笔下无非就是这些不必掩饰不必夸张的东西。但这些生活在作者那儿可以说是不加雕琢的原生状态的呈现，是真正称得上质朴和真实的展示。读者会忘记自己在面对一种虚构文体。也正是因为这些文字具备了这种性质，它们在阅读中才有了非同寻常的打动力。

真实是文学中一句永久的强调。有人以为艺术的真实就是用另一种形式诠释报刊，也有人以为真实无非是对于痛苦和艰辛的集中表达，还有人以为真实就是生活情状的自然而然的直接记述。这样的阅读，也许会让我们对时下的艺术真实有一点更深的理解。比如，真实是否还可以是一种深深植根于记录和描述对象之中的质朴之情，是它们的一部分：这一部分由于不可以剥离和分开，所以每当它要出场的时候，就必要连带出生活本身的血肉。至此，一个写作者的心情、感受，一切的慨叹和悟想，皆不能独自存在下去了。这可能就是我们看到的一种真实。

然而这样的作品也并非不是浪漫的。一个写了大平原大草原的人，不可能完全回避那一声婉转的长调。于是我们惊讶地发现，一个对于皮货生意十分专注的牧人之子，会拉那么好的马头琴。而且他给我们讲了这种琴的来历、其中的凄美故事。常年跋涉在贩卖皮货之路上的生活透出一种芒硝的苦涩气息，父子之情，夫妻之情，都被一种悠扬的琴声给笼罩起来。这种生活所透出的情调和魅力，恰是当今无所不包的网络消息的盲角。

同样让人神往的还有一代代追赶黄河的故事。黄河对于农民应该是爱恨交加的一条河。它的水是滋润，它的冲决是毁灭，那么它的淤积土呢？一代代农民为了一点淤积土上的播种机会，每到了一个季节就携家带口赶往荒凉的大河。这是一个多么苍凉激烈的故事，同时又是一个多么迷人的故事。作者没有使用一点渲染气氛的文字，可是我们却要在他文字的流动中被浓烈的氛围包裹和熏染。他只是不加宣张地告诉我们，这个过程中，所有的为文之技都如数舍弃，换来的却是真感动和大喟叹。

读着作者的文字，有时不免陷于一种奇怪的迷惑。好像这是一股与时下形形色色传媒绝缘、与当代各路艺术法门无涉的空穴来风。因为没有让人熟悉的因袭，没有语言套路，甚至没有你传我递的词汇。但换一个角度看，它们不时髦，却又绝无半点闭塞背时的晦气，而更多的是一种自信天然，一种心吟手写的气度。

于是，这里我们不得不又一次说到了作家的信仰。大概只有信仰才能让一个作家安定专注。有信仰的人不会轻易被时代弄得心乱如麻，也不会随随便便感染一些时代疾患。他们在面对生活中的一些煎磨时，会有一种格外强大的理解力和忍受力。同时，当他们回叙自己的种种经历、同胞的各种往事时，将有更多充盈着感激的忆想和沉浸其中的吟味。

我们面前的这部作品就是最好的例证。

一支坚韧的理性之笔

在流动的生活当中，我们常常呼唤"沉默的大多数"，呼唤他们的声音。这些声音是一度沉默之后的发声，而不是饶舌和喧哗。可惜沉默者总是沉默，而喧哗者愈加喧哗。从沉默到有声，从忍受到行动，需要的是希望和勇气。我每一次看到一个发声的沉默者，总是有难言的感动。

真正的沉默之声，生活的水流难以将其淹没，众声喧哗也不会将其覆盖，他仍然存在着，凝视生活，冷静岿然。他的声音犀利而温婉，尖锐而怜悯，有深长的讥讽，更有殷殷的劝慰。这是时代的提醒者，一腔热血，长夜无眠。如果茫茫夜色里更多这样不熄的阅读之光，更多这样的披览和思索，有血有肉的文字就会茂盛生长起来。

　　一个人在纵横交织的声色光影之下，在相互冲荡的时尚潮流之间，要取得一份坚定和自信是难而又难的。一支纤笔，可以掷于无声的尘埃，也可以化为弦上的利箭。当它风干脆弱的时候，要折断是很容易的；它还会腐朽和霉烂；可是它在心血的沤制之下又极可能变得相当坚韧，变得百折不挠。当年鲁迅先生把自己的一支笔称为"金不换"。我们在"沉默的大多数"里寻找的，就是一支又一支闪光的笔，不会腐烂的笔，不会折断的笔。相形之下，那些生花妙笔对我们而言就不那么迫切了。时代需要的不是妆扮，而是正义和力量，是思辨之光，是为人为文的倔犟和正直。

　　杂文的说理和议论，是为文的基柢。可是杂文的洞察和透彻，它的理性，它决不与平庸调和与妥协的精神力量，更是它立身的根本。文字背后是这样一个形象：十分顽固倔犟，总是伸出手指，指点真实，辨析驳正。如今杂文者，巧言欺世和婉曲附和者不在少数；貌似针砭，实则献媚者不在少数。杂不等于芜杂，文不等于粉饰，鲁迅的传统与笔法，仍然是今天杂文艺术的坦然大道。我所看到的美文，没有一篇不是针刺时弊，也没有一篇不是正气充沛。这就是文品的珍贵。当然，文品后面是人品。

　　作为一个杂文家，本钱应当是充足的：运筹谋篇之间思绪万端，神游四极，博古通今，信手拈来。他们有夯实的国学根基，因为而今崇洋者比比皆是，弄文学的人一开口就是洋人奇术，直做到让人烦腻的地步。只有双足紧抵民族文化之基，才得以坚实地站立。他可以从我们自己的历史中找出一面又一面镜子，将光影投射到现实的土壤之上。这是多么重要的工作。我们五千年的文化积壤厚比海洋，一个文化人的淘洗和搜寻才刚刚开始。对于一个步入全球化时代的民族而言，此刻坚守自己的民族个性，也许比任何时候都显得更为急切和重要。这正是我们取得胜利的基础。说到一个当代作家的贫血症，一方面指对于人类全部文化遗产的接受和吸纳不足，另一方面也指对民族经典的忽视和无知。当代文学真正繁荣的最重要条件，仍然是对中国典籍的吸取：唯有从此出发，才能走向一个辉煌灿烂的明天。说到杂文的复兴，也就尤其如此。

杂文作为一门艺术品类，当代性是它的显著特征。我们不需要无关时代疼痒的所谓博学之文，它们必然不会是好的杂文。当代性是否强烈，已经成为判断杂文优劣的重要标准。当代性不仅仅指它批判的辛厉，它的讽喻心机，更重要的还要看它所包含的时代智慧，它的不同于凡俗的真知灼见，它所具有的真理性。

游走和顾盼之间

有一个喜欢游历的人，到过很多国家。她在旅途上变得更加生气勃勃，活泼兴奋，所以感触敏锐。她的散文作品中，记游的文字占了很大比重。我们通过她的这些篇章，可以领略异国风情，获得不同的意趣。

她到西方多，所以更多的文字是写欧美国家的。这次写了印度，向我们展示了一条神秘的东方河流。一提到印度这个文明古国，我们马上会想到西天取经的玄奘，想到大诗人泰戈尔。

如果写一下泰戈尔的故居、他生活的一些往昔痕迹，那该多么好。每个人都带着自己的心情行走、选择自己的心灵摄像，所以读者又不能对他人的游记过于苛求。作者对异国的食物多有记载，比如咖啡和酒。

旅行者当然会引起读者的强烈羡慕，并在这羡慕中开卷掩卷。会有人想象异族人的生活、他们的情怀与志趣、他们的风景和历史。作者去看西班牙斗牛、听爵士乐、吹拂伦敦的凉风，还有，英格兰湖区的雨、半杯奇昂蒂红酒的微醉，都会引人心生小小的嫉妒。

她让我们在此岸观望，雾里看花，隔海听音，心潮起伏。

转过眼就是故乡的沙与土，是那条半干的小河。小河上老牛不再，水车无痕，往事如烟。

于是我们又想在她的笔下看到更多的"在场"——你在这里，你听这片古老的泥泞的呻吟，于午夜响起，直至黎明……仁善的眸子抚摸这一切，关怀这一切。

纸页就是土地，写作就是笔耕。

她曾经长期从事新闻工作，习惯于现场的记录与发现。在她的众多散文作品中，我们常常读到的是别致的思维、欣悦的叹赏，还有单纯的心绪。

她将朴实与善良的品质，稍稍掩护在时尚的游走和顾盼之间。

这本新作一如过去，却有了进一步的开拓和发现。她的文字源源不断，让我们再次倾听她的言说。

被希望之手轻轻叩击

读了这些短小的文章，竟无法不动心。它们没有什么现代时髦的形式与主题，甚至也没有那样的口吻，但却是如此吸引我们，让人一口气读到底，并在心底生出感动。

近一两年来读了不少学生作文，并且大多是由出版部门或学校推荐的范文。在读的过程中我常常想：究竟是我的鉴别力出了问题，还是他们？这样犹豫着，以至于无法下笔。我很难违心地写下一些赞语，因为还想有一点点责任心。

被那些人强烈推荐，甚至发出惊叫的"天才少年"的作文，其中起码有一部分，在我看来是廉价的东西。这是每个时代都有的劣质品：追风趋时，矫情，油滑，或者干脆直接就是放肆的嘲弄和可怕的放荡。小小年纪，却写下了满纸的荒唐，流露着出人意料的恶意。我心里充满了哀痛和悲伤。少年的明朗单纯，柔情淳朴，还有做人的最基本的正直，都跑到哪里去了？

只有不怀好意的大人，才有狂妄乖张的少年。

现在面对的是一沓从小学到初中的作文，它们由她的父亲辑起并加以评点。父亲的爱心分外感人，女儿的灵秀引人赞许。这甚至不仅仅是一篇篇作文集锦，而是一幅连续不绝的爱与思、情与意的知识家庭的生活长卷。

我从文字中看到了做人的责任，向善的力量，更看到了父女之间的真爱。

许多患了现代病的家庭，特别是那些一心追逐时髦的成人，在这样的文字所表露的情与境面前，会感到羞愧的。多么朴素多么健康，多么美好多么诚实。孩子不经意间流露的，是她生活其中的那个环境的一次综合呈现，是那里面至为感人的东西。

她的文字因为纯真而使人难忘。看了这些文字，我们会被希望之手轻轻叩击。就像走在长长的阴霾里，一步跃入了晴空白云的天地。这是儿童的、少年的情愫与真善美。

从文中我们可以知道一个小女孩的日常生活，特别是她怎样看电视、怎样读书、怎样看待文体热闹——本来一个儿童正处于最能模仿的时期，我们却惊讶地发现，她一点都不时髦，并且颇有主见。

她所乐于感知的，并且是极为敏感的方面，都是接连人生本源的、最有意义的事物。比如，她听到羊的叫声，就忍不住走上前去摸一摸羊的身体，并结论说：它起伏，柔滑。看到流水下的沙子，就要伸进手去，认为它"像绸缎，像皮肤"。三岁时在书店，看到后门外有黄色的银杏叶子，就感到新奇，要求到跟前看一看，摸一摸。楼梯上安装了声控开关，她就踩脚，说要把它"吓亮"；更有意思的是她发现了邻居家的那条狗：用叫声不断地开灯。

精彩处比比皆是。最使我不能忘怀的，是她对大自然本能的好奇与眷恋。一蝶一蚁一花一草，甚至是黑圆的羊粪，都让她长久注目，深以为异。这就是童心童趣，儿时的善良无欺，对世界长久不息的追问力的发端。

文学的村庄

许久以来没有听到新的乡村故事了。新的城市故事我们听到了不少，因为我们所处的时代是一个急于奔向城市化的时代，讲叙城市故事或许更受青睐。今天的小说作者似乎有更多的理由渲染这个时期的城市病，如现代的焦灼，现代的畸形，现代的空寂无聊。不过这类故事听多了，总也让人生疑，疑惑到底是生活中的这类故事太多还是讲叙这类故事的人太多。

于是我们偶尔也在切盼一个好的乡村故事高手。这个讲叙者最好不那么时髦，而只要忠实、淳朴，理所当然地有趣和绘声绘色。结果这样的讲叙者出现了：他们借重的地气不同，口吻有别，却同样能吸引我。

作者长期专心写他的那片故土，一个村庄，几个互有关联的人物。像中外文学史上的许多例子一样，这个文学的"村庄"对于一个作家来说不是太小，而是阔大无边。这里面可以有大气象、大格局、大蕴藏和大境界。关键是故事的讲叙者要有一种独到的眼光，有情怀；而且还要有耐性，能用心。这些，他都做到了。令我高兴的是，他所写的都是最基本不过的，是土地上的生长之物，如玉米、鱼和羊，还有与它们难以分离的人物，如村长、手艺青年、村姑、乡长文书等。

这儿的故事每天都在发生，意趣盎然。在我读来，这像生活一样，有无法诠释的厚度，有其流畅性与隐秘性。看上去无一陌生，实际上则别有匠心。这里绝没有那些耸人听闻的奇事，没有大淫大盗。如此写作，除非有大自信不可。因为这是个喧嚣浮躁到了一个极限的时期，人们常常失去期待，好像再也没有津津乐道的作家了。

我对作者的自信感到了多多少少的惊讶。创作上能够自主自为，这样的写作才是不会重复的，有一个是一个，生长着，挺拔着，秀外慧中。

他把乡村的底层与细部舒展给我们看。他能将一件事的发生发展讲叙得极为简约、清晰和幽默。更可贵的是他不做夸张，情感、关节、幽默度，一切都不做夸张。这样就有一种内在的力量生出，左右你浸润你，让你思而再思。手持这样的小说，离开乡村的可以重温，身处乡村的更能会意。我们的土地万象、民俗风情，构成了最基本的现实。这就是文化的土地，是民族的缩影，任何的可能性都源自它。我们如果能够展开想象，那么这片土地所提供的思维材料是足够多的了。我从中看到的是政治和文化，是现实和未来，是某些事物的总和与起源，是各种各样的可能性与不可更移的命运。

这些小说给人深刻印象的正是它的内敛性。我不能说在文学长廊中所有的好小说都具有内敛的品质，但可以说绝大部分好小说是拥有这种品质的。这当然不可能仅仅是一种风格而已，而更多的是由一个写作者的心态所规定的，是由一个人的内在质地所决定的。无节制的宣扬、唯恐读者不注意、聒噪、外在的一点华丽，这些都是小道。有人可能会把后一种等同于浪漫主义，其实这与它更不沾边。浪漫主义只能是真性情的另一种表达。作者在画一种"铅笔画"，他用一支铅笔画出的乡村素描初一看够不上斑斓，实际上却是墨分五色，缤纷多彩。

现在很少看到好的"铅笔素描"了。它所需要的功力，镂刻传神，素雅真挚，都是不能取代的。反过来，现在下笔千里的大写意又太多；油色横涂的疯画就更多。以画比文都是一样，我们这里的作者是"铅笔素描"的高手。

随海风流传

翻动一些报刊上的文学作品，以感受文学的潮汐。新人来而复去，鲜有心铭久驻。然而有一个作家常写海边风情，其中人物特异怪倔，比如常常背一杆老枪在海滩上转悠的守滩护林人、手艺超绝的纸匠、孤独的赶海者……这就引起了我的注意。一直写这个半岛犄角，把当地方言运用得娴熟圆润，不能不撩拨刺激人的味蕾。

他与内地作家的不同，在于字里行间没有那片干燥大陆的风貌，而是充满了渤海湾畔的腥鲜。二者的区别是那样明显，虽然同样执着、内向，顽强而自信。他的语言是典型的半岛风味，略有夸张、辛辣、幽默。除此而外，他所赋予的语言个性还有非同一般的坚韧、拙讷和沉着。这使他的作品无一例外具有了一种引而不发的较大张力。这正是时下文章所缺少的，真正属于背着风气而行的一种。能够这么做的，除了要有艺术勇气，还要有过人的天赋。

从四五十年代至今，半岛地区已经出了不少作家，后来者正尝试着把前人的基础进一步夯实，重塑自我。他们的这个努力在作品中处处可见，并在很大程度上取得了成功。比如说，他们的半岛小说再没有了以前常有的那种弱点，没有了那样的虚空不实，也没有了时尚表层的泛浮热情。以前的半岛文学，优点不必多言，缺点是离时势过近，偶尔缺乏自己的独见，不免流露出一丝平庸气。还有，半岛文化独有的那种空灵缥缈、亦仙亦幻意味，也每每被夸大了。这些在五十余年的文学实践中不仅没有给予纠正，反而被进一步发展了。这是一个地方的文学逐步失去内容和活力的一种表现。至此，这样的文学不仅没有了进步与创造，而且还会被虚假的乐观所淹没。粉饰与矫情，这里时有发生。

不必讳言，半岛是一片独特的土地，这里是东夷文化的核心地带。今天将半岛文学比一下内地，或者比一下西部，区别非常明显。半岛有大水，但与南方的水乡又有不同。南方水乡小而秀，半岛大水阔而森。半岛亦粗犷，但这就不是西北的粗粝了。这种粗犷是被水润湿了的。所以我们常常要谈到这片土地的灵气。当然，这儿是北方，四季分明，特别是有冬天的严厉。于是在粗与细、硬与柔、直与曲的种种矛盾组合中，呈现出半岛地区独有的文化特征。

今天的作品不必说成是对半岛文化的自觉诠释，但却是它不可规避的表现者。我们从其中海与人的不可分离中，从海滩人的狂放与野性中，更有天人合一的秀丽气质中，窥见它不可仿制的韵律。这片天地给予一个作家的恩惠，现在看是非常明显的。作家出身于富饶的海角，然而并没有停留在一种据地自夸、沾沾自喜的小格局中，这在我看来也是难能可贵之处。

不断揭示半岛人的特质与灵魂，发掘其本质性的文化内涵，这是过去与将来一切好的半岛小说所为。

半岛地区的小说具有较强的诗性。与一般作家不同的是，他们总能在叙述中弥散出什么，总能够给读者保留旷阔的想象空间。这是大多数胸有成竹的小说家所不愿或不能做到的，竹已成，形已定，思维直抵。但是具有诗人情怀的作家则不然，他们视这种想象的空间为艺术生命。故事中的一切都说尽了，白了，透了，一切也就凝固了死亡了，再也不能生长了。

新的半岛小说正在生长着，而且十分茁壮，生机盎然。

无可隐匿的心史

这是质朴而有内容的诗章，是在阅读中给人以深层快感的文字。它并非来自文学专业人士，来自我们所熟知和期待的文苑妙手。

它的作者是一位业余人士。忙碌的日常工作没有妨碍他的情感，也没有妨碍他的表达，这在我看来至少是一件怪事。那么质朴，质朴得让人想到许久之前，我们的一些朋友曾经有过的表述。这些文字里有真切的爱情，有源于底层的痛苦——仅此一条，它的作者就让人分外感动。我得说，这正是我们的诗章和诗意。

说到这里，我们很容易想到那些无法与时代对话的写作者，想到他们在艺术与才思方面的鲁钝与苦寂。他们那儿没有诗意，当然更没有浪漫，有的只是粗浅的感叹，以及没有根柢的卖弄。但我们现在所读到的却是另一种文字：我们必须说，这种质朴是真正的质朴，是不打折扣的。他的哀伤与他的感谢一样有力，他的痛苦与他的愤怒同等深长。

我们都身处流动的生活中，所以我们不会不知道要做到这一点有多么难。我们常常说的一句话是"存在决定意识"，那么我们存在于何时何地，我们又意识到了什么？非常简单的几个问号，要回答也并不简单。那就请读一下这本诗章吧，他用一支笔作了出色的回答。

在他的家乡有一群造反的好汉（水浒英雄），他们的故事已经流传天下，并且还将流传下去。从这本书中，我感到了作者心中萦回着他们的声音，而且经久不息。这一点，我并非是从他对这些人物的镂刻中感知的，而是从他所有诗篇的韵律中掌握的。这是一种脉动，一股气息，是无法消除的印记。

在那些生猛的人物身上，我读到的是作者所投入的柔细的情感。他对岁月喟叹，对生命敬畏，对土地感恩。一个好儿子无论被投放到哪里，执行何等使命，都会有善意和善举。这些文字正是心灵的记录，是他无可隐匿的心史。

一条界线

这些文章都是他自己的。看到这样的文章，就会一下被吸引住。因为满目新鲜。

现在书刊成堆，更不用说影视网络数字传播潮起潮涌。这样，一个人只要识字，只要能看能读，就得被这些东西埋起来。那么一个写作者想要守住自己的见解，保持自己的语气，大概是很难了。

奇怪的是现在越是活活埋进了自己的，就越是受到推举。

写一点朴素的，自己亲眼看到并引发了自己思想的事物，才是真正的作家所为。

他写了人的死亡、婚配、下雨，是这些基本的永恒的东西。但这都是他自己看到并深长思之的东西。多么结实的思维材料，多么质朴安静的表达。他的感想与记录是独一份的，别人无法重复。

这一切，与街市上风行的花花绿绿的纸片真是界限分明。今天，哪怕是一个稍有自尊稍有希望的写作者，大概一开始要做的，就是首先与它们划上一条界线。

花　鸟

作为一个女画家，她画了很多美丽的花，还写了不少精致的文字。这些文字都是谈自然、艺术和人生的雅章。

读她的文章，就想到了那些画。它们给人的感受是相似的。她的作品有一种稍稍掩敛了的奔放和浓烈，显出一片安静、清洁。事物在激越跳动之中偶有的一瞬停滞，被她捕捉到了。于是读者会拥有再一次的想象。

想象中一切变得更加绚丽。

好的艺术可以滋润和安定人的生活。她的作品离这个时代的精神多么遥远——唯其遥远，才更为人珍视和追索。我们在细细品味这些作品的时候，先留意一下作者的声气口吻。你会听到一种和缓的、爱护的、小心照料和丝丝规劝的声音。

如果说这种声音源于一种艺术的特质，还不如说她源于一种心地。这样的心地是充分女性化了的，柔细、善良、纤韧、多思。

她在这样的心地上培育着自己的艺术，等待着新的收获。那种意义是双重的，既有平常所谓的成功，又有着对自我的清晰确认。于是，一份完整的艺术生活就这样开始了。

一个人能在时下握紧一支纤笔，并非不需要勇气。任何时代，人们都往往更注重那些顺应潮流的冲击者，而忽视了独守个性、一意探求的人。非常自信、自尊，强调自己作为一个生命不可替代的力量，恰是一切创造者的共同特征。

她努力提示人们注意身边的奇迹。因为的确有人对这些奇迹视而不见。她领略了自然万物那种奇特的心灵，触及了它们的脉动，互通了心语，获得了非同一般的愉快。这愉快常常令她发出会心的微笑，她除了要将这一刻的心绪记录下来而外，还要轻轻压抑着奔走相告的冲动。

于是我们认真而谨慎地观察了一遍她钟情过的东西，若有所悟，进而也会走进感动。她的文章叙说着画笔流泻的故事，并进一步描述了自己的花鸟世界：鸟在天地间飞翔，双翅如同长空虹霓；花在含苞怒放，苞朵闪动着神秘的荧光。鸡冠花浓浓的红艳令人怦然心动，还有那千回百转的曲折、难以言说的纠缠……一个人沉醉于花鸟之中是再自然不过的了。

这些短章是对花鸟世界的再次注释。她写过了一些艺术家，男女老少，差不多也都是一些"花鸟"。她像理解花鸟一样理解身边的艺术家，感想真切自如。尽管我们会觉得这些文字太短了一点，但它们像一片花瓣一只羽毛。这是随笔，是提要，是画余小记，是酒后的茶。

我们惯常领受的艺术作品中的冲突波澜在她这儿消失了。一切归于简单、恬淡。人生经历了繁琐之后就需要这些，她的所感所思所述，正是老年人不期而遇的歌。

她想编织一些童话，梦见静谧空旷、洁白无瑕。她记下了梦想，流露着天真稚拙。这童话这梦想只适合交给两眼明亮的儿童、交给须发银白的老人。

除了他们，还有花鸟般的艺术家——他们一会儿是稚童，一会儿是老翁……应该有专门给艺术家讲述的故事，话语款款。那故事可长可短，人人听了都受用。

我很希望她写下很多，而不仅是画下很多。两副笔墨，同样心灵，图文并茂。

心蕾的怒放

最杰出的艺术应该有最杰出的接受者。这二者的相逢会有怎样的结局？必是一场盛大的心灵欢宴，一次久违的冲动和会意、神往和滞留，还有长长的感激。艺术品在这个奇特的过程中存在、生长，并把自己的生命力强化到极致。

眼前的绘画艺术即是如此。谁有幸置身于这些斑斓中间？谁能领受一种自然而神秘的开启？温暖，念想，回忆和激越，更有瞬间奔涌的滔滔诗流，会把人整个簇拥起来。

我常常听到这样的遗憾之声：我们走向了孱弱的末世，再也看不到激动人心的大艺术。可是我想说，当大艺术真的走进视野的那一刻，我们具有相应的识别力吗？比如说，你将如何面对这些绘画？

它让人想到一种生命的绽放，不，是怒放。一株心蕾，无声地吐纳，生长，于一个默默的时刻突然展放开来，周围的世界立刻变得灿烂、浓烈、芬芳，闪烁出逼人的生机。

一个天才的艺术家，对外部世界应具有极敏的探幽入微的能力，但又远远不止于此。比一般化的艺术家多出一份的，是她那种感知世界的方式和状态：新奇，欣悦，稍稍的惊悸，无法穷尽的悲伤，以至于常常袭来的某种愤怒感——对生命的无奈，失测的人生，迅逝的光阴……长期以来，我们对艺术家的创造生涯给予各种理解，常常对漾在他们心头的感动说了许多，愤怒却少有提及。其实没有愤怒就没有抗争，没有报恩也不会有过人的温柔。这是一个生命深深领悟的结果。

当这些绚丽的画幅簇在那儿，与你相互注视时，就会有一种不可遏止的心潮涨起。你闭上眼睛，像倾听，又像回避从无数窗口射入的强光。淋漓的浇泼，大力的投掷，而后是涓细的环流。这声与色、光与影的交织，终于在心界里汇成一道巨大的卷波，冲击过来覆盖过来。

画家在创作的一刻抵达了精神的燃点，于是才有一场炽烈的火焰。庸常和陈识全部打碎，再给以焚烧和蒸发。她焕发出令人惊奇的心力，纵涂横抹，将如数的陶醉温婉撞击撕扯和依偎、将大到苍茫宇宙小到丝丝屑微的一切，都括进画幅之中了。

真正的艺术让人无言。真正的诗行无法诠释。

我在这样的呈现和创造面前，只有深深的惊讶……

（1995年6月8日—2009年9日17日文学笔记辑录）

冬天的阅读

在倍感孤单的寒冷中，听到悬挂的冰凌跌落的脆响，听到风声，就更加渴望和求助于一种阅读……

阅读是沉吟和对话，与自己，与他人，与这个世界和未来……

里尔克，里尔克

谁能理解他和他所创造的世界。

这是在地球的某个角落里寂寞着、激动着、热爱着的一个人。一个比他更年轻的诗人收到他那著名的十封信之后写道："一个伟大的人、旷百世而一遇的人说话的地方，小人物必须沉默。"

是的，我们都是一些应该沉默的人。可是我们不能够，因为我们偶尔也像里尔克一样寂寞。冬天里的寂寞，春天里的惆怅和秋天里的伤感，就像当年加在里尔克身上一样，也会加在我们身上。

随着落叶的卷动，寒冷来临。屋檐上的冰凌被呼啸的北风扫在地上，像玻璃一样碎成杂屑。我们真的、实实在在地触摸到了那种寂寥。一个在旅途上疲惫已极，却不得不遥望没有尽头的土路，悄坐一块青石休憩……

在里尔克的世界里，在他的自语之中，出现频率最高的两个词汇是"寂寞"和"爱"。他认为寂寞是美的，因此人应该寂寞，必须寂寞。他认为爱是最美好的，同时又是最艰难、最高和最后完成的事情。所以他说一个年轻人是不应该急匆匆去爱的，因为他需要学习，需要懂得很多之后，才能够完成这最后的壮举。里尔克把爱看得那么神圣。只有这种爱，这温柔和煦的目光扫过时空，扫过遥远的世界的时候，一个人才能够证明自己是活着的——这个特异的生命，这个多病的自小孱弱的陆军生，在一种不可思议的欢乐和沉寂之中爱着、思索着。

他的呢喃留下了极为遥远和荒凉的一个世界，以至于在几十年、几百年之后的另一个角落里，还会溅起轻轻的回响。

后人因为他的存在而神往和沮丧，热烈和绝望。一个完美的人，一个抑郁和温柔的人，一个懂得爱的人，你的思想让人翻来覆去地阅读；你的思想像美丽的丝线一样将人缠裹。

雨夜，听着北风，低吟你的诗句，抵挡袭上心头的什么。许多痛苦退远了，温柔像远方的海波一样推拥过来，覆盖过来。

……想起苏联另一位类似的诗人，帕斯捷尔纳克，还有那个美丽的命运多劫的女诗人茨维塔耶娃——他们三个人的美丽过往和难忘的友谊。他们互相爱着。他们都是深深懂得爱的人，可爱的人，自我怜悯和自我骄傲的人。他们也懂得自豪，他们常常沉思和寂寞。

光彩四溢的诗人在著名的十封信中对另一个更年轻的诗人说："亲爱的先生，你要爱你的寂寞。"天哪，我们什么时候听过这样要命的字眼，这样特殊的劝慰啊。

他接着写道："负担它那悠扬的怨诉给你带来的痛苦。你说，你身边的都同你疏远了，其实这正是你的周围扩大的开始。如果你的亲近都离远了，那么你的旷远已经在星空下开展得很广大；你要为你的成长欢喜……"

我们不知道还有什么比身边的人同我们的疏远更能引起自身的磨损和痛苦。可是里尔克却说，"这正是你的周围扩大的开始"。我们的亲近离远了，可是我们的"旷远已经在星空下开展得很广大"，是"值得欢喜"的一种成长。这是何等自信的理解。这种真正的、不容动摇的自尊，这种由于长久地守护善良而引发的感慨和自豪，并不是很多人所能拥有、所能理解的。

在里尔克看来，那些离开的人都是一些"落在后面的人"。怎样对待他们？他说："要好好对待那些落在后面的人们。在他们面前你要稳定自若，不要用你的怀疑苦恼他们，也不要用你的信心和欢悦惊吓他们，这是他们所不能了解的。"是的，他们不能了解，这也是他们离去的一个原因。面对这种离去，一个人有时候难免顾虑重重、充满矛盾。我们只有听从里尔克的劝解，才会稍许安定一些。

他接着又鼓励我们："要同他们寻找出一种简单而诚挚的和谐。这种谐和任凭你自己将来怎样转变，都无须更改。要爱惜他们那种生疏方式的生活，要谅解那些进入老境的人们；他们对于你所信任的孤独是畏惧的。"

一个对人类多么体贴入微的人才能有这样的理解；对人，对世界，对生活——这个时世还会有谁对他人能够这样体贴入微？我们很少看到，也很难看到。

他拥有了自己所信任的孤独，而又愿意谅解那些畏惧这同一种孤独的人。对于那些"进入老境"的人、畏惧的人，那些在诗人看来过着一种"生疏"生活的人，他都愿意与他们"谐和"。可以设想，世上无论有多少种美丽的因素，都是从这种谅解与谐和之中产生的。

里尔克对世界和人生，对爱和寂寞这种种人生最大问题的思索之时，才刚刚三十岁左右。可是一种惊人的思维、独特的思路、特别的温柔和极度的内向、超常的敏感，一种饱满充实，都已生成，并从这呢喃之中透露出来。这几乎是一个奇迹。这不能不让我们想到生命质地的不同，天才与庸人的不同，特立独行者与世俗凡人的不同。

曾经在哪里看过里尔克的一个头部雕像。美丽的五官棱角分明，完全像一个圣者。是的，他是在这黑暗中默默远行的、不可多得的一个圣者。远行者和圣者的思维总向宇宙的远方升华，进入不可企及的高度和缥缈。他太爱我们了，所以他要离去。他的爱太广大了，所以他的灵魂要离去。

可是当有人因他的吟唱劳而无功而发出讪笑、惊讶和感慨的时候，他的脸上又会闪烁出怜悯的笑容。

一个诗人在繁忙的思索中，在艰辛的劳作中，竟然可以如此对待比他更为年轻更为稚嫩的人，向他详细地诉说这一类极为费解又极为需要的话语。世上有些原理，关于爱和寂寞的原理，是不可不加以深思并到处传达的；可是这需要多么崇高的心灵，多么安静的灵魂，多么清晰的思路。总而言之，需要多少关怀的力量、爱的力量。

他是一个永不失望的失望者，永不寂寞的寂寞者。就因为世界上出现了一个里尔克，就因为我们认识了他，我们就不该再对生活失望，不该对空气中袭来的一切感到绝望和无告。我们在任何时候，对我们的后来人、对拥挤的人流，都可以说上一句：我们曾经有过一个里尔克。

诗人，以及所有健康的人、向上的人，他们怎么会孤独。

在他的呢喃低语之中，我们会生出一种共享的幸福。

爱的浪迹

一个人为什么而流浪——这里指躯体的流浪和灵魂的流浪……没有尽头的游荡，曲折艰难的历程，这一切都缘何而生？听不到确切的回答，听不到无欺的回答。

如果说人生就是一场流浪，这一点都不过分。人无法回避走向一片苍茫、不知终点和尽头的那样一种感觉。生命的全部奥秘就囊括在这种奇妙的流浪之中。这或许是凄凉而美好的。它给人带来了真正的痛苦和真正的欢乐，唯独很少伤感。伤感常常是不属于流浪者的。

德国诗人黑塞对自己的流浪有过一段真实的记录。他回忆，他曾经常去一家饭店里聚会——这回忆是他背上背囊，在山村旅行的路途上开始的。他承认他常常去那儿，是因为那个饭店里"有一个年轻的女子在座"。他这样描绘她："浅金色的头发，两颊红晕。"他说："我同她没说一句话。你啊，天使！看着她既是享受，又是痛苦。我在那整整一个小时里是多么爱她！我又成了十八岁的青年。"

值得注意的是"那整整一小时"几个字。这是一个单位时间——仅在那时候，黑塞是那么爱她。而这爱与这旅途有什么关系？黑塞写道："这一切刹那间又都历历在目，美丽的、浅金色头发的快活的女子。我记不起你叫什么名字了。我爱过你一个钟头。今天在这阳光下的山村小道旁，我又爱了你一个钟头。谁也比不上我那么爱你，谁也不曾像我那样给予你那么多的权力，不受制约的权力。"

诗人有着那么具体的执着、真实可感的"一个钟头"的爱恋。可是这一个钟头的爱恋，由于发生在一个真正多情和能够爱的生命身上，就可以无限地闪回和延长，可以化为他浪迹山村的动力，成为一点可以追忆的、不为世人所知的隐秘。他爱着，深深地爱着，品咂着那种爱，并不需要其他人去理解。

那个被深深缅怀的少女，两颊红晕的少女，他甚至不知道她的名字，不知道她的年龄，也不知道她的出身，她来自何方。他仅仅知道她坐在那儿，他见过她，但没有和她说过一句话……在他那"只为爱本身而去爱着"的这一类人那儿，也许仅有这些也就足够了。他可以从诸种美好的事物当中寻找到同一种灵魂和生命。这才是他爱的本质。

他写道："在这没有尽头的流浪当中，终于明白了这个世界上所有角落里活动着的流浪者，各式各样的流浪者，实质上都不过是在渴望着一次艳遇。"

大胆而真实的假设使人怦然心动。遇到什么？遇到一个美好、一个真实、一点感激、一点怀念和一次沉湎……在他看来，一个流浪者"最得心应手的就是，恰恰为了爱的愿望不能实现而去培育爱的愿望"，他们正在把"本该属于女人的那种爱"，"分给村庄和山峦、湖泊和峡谷，分给路旁儿童、桥头的乞丐、牧场上的牛，以及鸟儿与蝴蝶。我们把爱同对象分开，我们只需要爱本身就足够了。一如我们在流浪中从不寻找目的地，而仅仅享受着流浪本身——永远在途中"。

迄今为止，我们很少看到像黑塞一样把这种爱与流浪之间的奇特关系，如此准确地剖析和镂刻。至此，我们完全理解了那种不倦的探索——人类所有的不倦的探索，究竟源于哪里。它们原来不是源于恨，而是源于爱。如果爱和恨——其实爱和恨是同一个东西——它们源于这里，而不是源于其他，不是源于其他的欲望。他们爱，他们寻找，他们才不倦。他们的爱太广泛、太深厚、太多，装得太满，于是就溢出，就不得不分布给这个世界上的其他——像黑塞一样分布给儿童、桥头的乞丐、植物和动物。这种爱是无所不在的，目光所及，心灵所及，他都可以将其分布出去。

黑塞在这里说自己"属于轻浮之人之列"，因为他爱的只是"爱本身"。他说他自己可以被谴责为"不忠实"——这些"不忠实者"啊，这些流浪者啊，都天性如此。但也正因为他们爱的只是"爱本身"，所以才有可能把爱同对象分开。他们只需要"爱本身"就足够了。所以他说，他在流浪中从不寻找目的地，而仅仅是享受流浪本身。他只存在于旅途之中，他不想知道那个脸颊红晕的年轻女子的名字，而且不想培育那种具体的爱。因为那女子不是他所爱的目的，而只是他的推动之力。他必然地、常常地要把这具体的爱送掉，"送给路旁的花，酒杯里的闪闪阳光，教堂钟楼的红色圆顶"。所以他可以"造谣般地宣布"："我热恋着这个世界。"

他在旅途中不停地思念和梦见那位金发女子，疯狂般地热恋着她。我们为此而受到了感动。

这样的一个人，一个美好的人，他把由土地而滋生的真实的生命，挥发得如此感人。在这样的生命面前，我们只能感到自卑，感到生命力的孱弱和无力。我们不能够像这个生命一样地欢呼——"为了她，我感谢上帝——因为她活着，因为我可以见到她。为了她，我将写一首歌，并且用红葡萄酒灌醉我自己"。

最可贵最真实的是，这瞬间的激动、热恋，都能长长地闪回，与他漫长的寻找和流浪的一生贴合在一起。她不会消失，是的，他用葡萄酒灌醉了自己。他想写一首歌，这一首歌将无限绵长，无限悠远，一直可以唱到生命的终点。

这就是真实的爱，这就是爱的奥秘。

　　我们在今天不断可以看到那些卑视流浪的人。由于他们自己没有勇气去流浪，没有被一种爱力所推动，所以既没有身躯的流浪，又没有精神的流浪。他们在一个被物欲折磨的角落里苟延残喘。也因为庸俗的寂寞的嫉妒，他们要截断所有流浪者的去路。他们以此来发泄自己的憎恨，把仇恨的诅咒散布在气流之中，让它们织成一张羁绊之网，包围所有的流浪者（爱者）。

　　有一天，当诗人脸上皱纹密布，白发丛生；当岁月的手无情地摧残了他的面容的时候，我们从他的目光里，仍将看到许多热烈美好的闪回。是的，人走到了进一步的完美，脸上的皱纹尽刻着旅途上美好的故事。它们是种种记载，是一首又一首长诗。它们是因为那"一个钟头"而产生的那首诗的延长和续写。这首诗还将写下去，直到诗人自己在尘寰中消失。

　　当人类第一次有了流浪的渴念，懂得为什么而流浪的时候，大概人类才真正懂得从动物群落里脱颖而出。流浪者迈出的第一步，也就是向着人类自己的方向所进发的第一步。从某种意义上说，那些能够去为爱而爱的人，才是真正的人，才能够动手驱除狼藉，创造出自己的完美：完美的自我的世界、人的世界。旅途上的人应该是多情的，人应该行进在旅途上。人是流浪者，而不是其他。

　　在这个寒冷的冬天，我们倍加珍视这刚刚获得的启迪。我们想说，风雪、严寒、披凌挂雪的山岭，都不能阻隔流浪者思维的触觉和流血的双脚。他翻山越岭走向远方，去迎接那一片灿烂的春阳。爱是无以名状的，一如旅途的遥无目的、茫茫苍苍。爱因此而变得开阔、无敌，变得无所不在和没有尽头。这就是"仅仅是因为爱而爱"的人生。

　　严冬里，爱是无所不在的阳光。

木车的激情

　　在现代旅行中，我们常常因为交通工具的不够迅捷而焦躁和苦恼。我们祈盼乘坐的车辆眨眼之间就到达目的地，幻想它能像闪电一样穿越莽野。我们有时甚至为最现代的旅行交通工具——飞机——感到焦急，比如说为机场的长长滞留、耽搁，感到愠怒和不安。

我们总是那么急于从甲地到乙地，总是有那么多事情要做。现代人太忙了。可是我们为什么而忙？我们的行程真的那么紧迫？我们的事物真的那么重大？可以设想，如果现代交通工具变成了一辆马车或牛车，我们只能坐在吱吱纽纽的木车上，在辽阔的原野大地上往复奔走，又会是一种什么心情？

那时候我们大概要拒绝旅行，而尽可能多地待在自己的那个小窝里了。

我们碌碌奔波，催促我们行动的激情是那样脆弱和渺小。我们怎么能够想象几千年前，有一位思想者就乘坐着一辆缓慢的牛车或马车，在大地上往复奔走。

是的，他为了自己的思想，为了自己的理念而不知疲倦，并这样终其一生。

他就是我们所熟悉的古代哲人孔子，还有他的一群弟子。他们都是一些为思想而激动的不知疲倦者。我们不妨把这些人的一生，把这一切，称为"木车的激情"。

由于车速是极其缓慢的，里程是极其艰难的，因而我们今天更有理由说，他的激情才更为强大、更值得信赖。

枯叶铺地，北风呼啸。在冬天，那个哲人也不能舍弃自己的旅程。这在越来越聪明的现代人眼里是不可思议不可理解的。一位不可理喻的执著者，让世界感到畏惧了。这是怎样的一种人生，在今天真的颇费猜度。

"政治"这两个字在现代或许已经变质。我们现代人几乎仅仅可以从那辘辘的木车声中，听到"政治"的真正含意，领略它的本质。它那时候是人、旅途、木车，是面对土地的求索，是这样的不知疲倦。原来在古代，"政治"和"诗"是合二为一的。一切失去了政治的诗都带有几分虚假气。伟大的孔子正是将这二者合而为一，才让后人生出了永久的崇敬。他不倦地向各个阶层诉说他的思考，他的思想，他对这个世界的观察，他探索到的各种各样的原理。无论如何，这都是令人至为尊敬的。作为一位布道者，一个启蒙者，一个诗人，大概这个世界上没有几个人能够与他比肩。因此人们可以承认他是前者（布道和启蒙者），而不愿承认他是后者（诗人）。

可是，现代人在这个寒冷的冬天，在北风击碎冰凌的时刻，真的不能从辘辘的马车声中，听到和看到孔子那一腔燃烧的诗情吗？

这是一首长长的、写在大地上的诗，是人类的诗，是可以从东方播散到西方的长卷。它就像高空的彩虹一样，横跨万里，放射出璀璨的光辉。

我们相信，一本《论语》只是微薄的纪念，只是简短的记录，它那真正的、更为渊博的思想，的确是由车轮和双足镌刻在大地上的。它们化在了历史的尘埃之中，需要无数的后人在气流和土末里感觉和辨析，去接受它们的渗透和感染。

现代人对于一个古代的思想家、诗人的继承和求索，也远没有尽头。他身上凝聚了人类的所有奥秘，是人类的一粒元素，一粒种子，一个遗弃在几千年前的土壤里、不断萌发的生命之籽。一代又一代人因为他而自豪过了，但还远远不够。

有多少自豪是盲目的？有多少自豪是不自觉的？我们不知道。一个人只有在冬天，特别是在长夜里抚摸、吟哦着那个伟大的诗人所留下的这薄薄一卷，才会真正感觉到一点什么。

它会焕发和刺激起现代人不绝的激情。它存在着，并不遥远，就在手边。它需要我们站起来，需要我们透过狭窄的窗洞，去遥望前几个世纪和后几个世纪。无数的人这样遥望，才能接连起永生的希望。舍此，将没有任何出路。

现代的嬉戏者和嘲讽者是羞于谈论孔子的。他们即便诅咒和诽谤那个不倦的哲人，也找不到一点辛辣有力的言辞。他们更多的时候是一些失败者和自卑者。

卑微者的诅咒恰恰是被诅咒者的光荣。无论对于历史，对于现代，原理完全一样。当年那个智者受到了无数污浊的包围。可是这污浊却不能够有效地涂到他的脸上和身上，因为他的本质就是纯洁的、高贵的，不被污浊所污染。

那个颠簸的木车，把激情撒播在中国大地上。他成了中国乃至整个东方的骄傲，也成了整个人类的骄傲。他的行为表明了人类在某个方面的认识和耐力。他可以指示我们走向多么遥远。他有怎样光辉的言行。这是一项真正的奥林匹克纪录。他不仅属于古代，更属于现代和未来。

对于这样一位伟大的言者和行者做一鉴定，我们也许是无能为力的。可是我们很容易就会发现，这起码不是人类的瞬间激情所能够继承和完成的。他抓住了更本质的东西。他是这样的一种生命，所以他才能走向未知的远途，才能够驾驭颠簸的木车：乘载那么多思想，驶进茫茫历史长河之中，驶进一片灿烂之中。

今天，在偏远的农村、山区和平原，我们偶尔还可以看到一驾木车，被一只高大的动物牵引；那当然行驶得极为缓慢了——今天我们无论如何难以设想，可以乘坐它到远方去，做极为急切极为重要的事情。政治、抱负，伟大卓越的思想，怎么可以和缓慢爬行的木车联结在一起？

遥想那个古人的身影，我们似乎会明白一点什么。

原来只有激情，只有它所击打出的思想的闪电，才可以超越一切交通工具的迅捷，使一切现代传播工具相形见绌。思想才是真正迅捷的，阔大无边的，可以笼罩整个宇宙。激光、无线电波甚至都很难拥有这样的速度和力量。

当我们人类不断地将自己的智力和激情变为现代科技，变为非常具体的器械和工具的时候，我们也常常会忽略了它的源头，忽略了它们正是来自人类共同的心灵——这样一个基本而重要的事实。无论怎样现代的工具都不能取代心灵的性质。抽掉了心灵，一切都无从谈起。在那个伟大的心灵面前，即便是缓缓爬行的木车，也不能阻断万丈激情。激情的燃烧可以使他穷尽一切艰难险阻，可以穿越十万大山。枯竭而渺小的现代人即便拥有了火车，有了飞船，有了一切的一切，也并不能阻止眼前的危机。

也许当我们现代人懂得一遍又一遍怀念木车的激情的时候，才会走向自己的觉悟。

思念和隐秘

一个人在安静下来的时候会发现，他这一生要同时面对"短暂"和"漫长"。这是一对多么巨大的矛盾，可是不可避免地交织了人的一生。这种矛盾使他焦灼和痛苦，而且难以自拔，不得挽救。到后来，他或许可以寻到一种自我搭救的方式，比如获得自己的隐秘，造成自己的思念。

是的，这是他自己的方法，也是人类的方法。它有时是行之有效的，于是不断发生，不断延续。它真的是属于我们人类的生存的方法。

所有人都在自己的空间和时间里存在。他们来去匆匆，各自获得了一份安宁和安慰。他们不愿舍弃自己的东西，却愿获得许多额外的援助。这就是一场流动不息的生活所包含的奥秘，任何人都不能游离于这个奥秘之外。

在这同一时刻里，他在寒冷之中，你却在温暖的南国；他在水边，你在山脉；他在干旱的大漠，你在温煦的湖泊之畔——在那个美丽的湖畔……你忙碌着，悄悄奔走，迈动着不大的步伐。

他还记得你的微笑，善良的微笑。你是否从来如此，他不得而知。可他说，他觉得你那细小的牙齿在启开的双唇之间，显得那样美丽……类似的思念给了你，给了他，给了我们所有的人。他不能够理解你正在忍受的生活。他认为这是一种忍受，可是这世界上又有多少人能够理解别人的忍受？忍受和安度、欢欣的忙碌，它们之间到底有多少区别？我们不知道。只有这美好的永恒的劳动，给人以最大的安慰。我们找到了生活的根据，也找到了一个出发的通道。人生的路口就在劳动的双手之间，在汗水和茧花之间。我们看到了前进的溪流，看到了旅途的果实：它怎样被滋润，被采摘，被收藏。

我们正在阅读自己所钟情的这一切，它们使人着迷，使人猜想，使我们和很遥远的那个心灵对话。他不知道它对于你是否同样重要……从那一刻开始，你就消失了。他可以使你重新出现。可他觉得那是无聊而稚拙的。他在自己的角落遥望着，思想着。多么美丽而安静的人生。你那光润的额头上永远顶着一片清朗的天空，你深邃而凹陷的双目，正茫然执拗地看着这个世界。那是一双精明而无知的眼睛，也是一双迷人的眼睛。它吸引了很多隐秘，也吸住了许多光阴。你不是在成全自己，而是为了成全别人，成全那些你从来都不曾知道的生命。很多寂寥的人，因你而变得丰富和幸福。他们不愿把这些告诉你，他们在自己的仰望之中走得越来越远，步伐坚定，心情美好。

八十年代初的一个上午，交通车、黄河、北郊……好像是一个初春，冻土开始融化，燕子飞来飞去，没有冰，只有春水……那以后他将消失，无论你怎样询问，都没有回音。他从来不说那个容易混淆的要命的字眼。是的，它可以融化，可以囊括很多琐屑；它是一切柔情的生命和光泽。即便在这个冬天，在呼啸的风中，一个人也将依靠着它。

人好比一辆蒸汽机车，需要热力的支持，需要燃烧，催发热腾腾的蒸汽，推动自己的活塞，让它奔腾，焕发出轰鸣和力量。可是那个灼热的种子很可能在遥远地平线的那一端，不过它的确存在着，并无时无刻不在准备着萌发。

当他打起背囊离开时，选择了一个像现在差不多的冬天。结果他在那个真正孤独的地方生活了很久。那里离你更加遥远了，遥远得你从来都没有听说过它。在那个小小的空间里，他把背囊放在一个角落中，从此开始了另一种生活。

这种跋涉是困苦而欢愉的。对于一个人，他大概不会有更多的机会了。太好了。默默的守望之中，他反而可以离隐秘更加亲近，也可以由此把人生变得更加安详。他不需要他人理解这一过折和变故，也不希望在有一天让你那双惊心动魄的目光扫到这个角落。这是他自己的角落，他怀抱着自己的温暖和隐秘劳动。也许你在轻轻呼唤着。那莫名的呼唤充塞了所有空间。可是这呼唤他也充耳不闻。它本来就应该落在一个空洞的地方。在那个深渊里，他看见迷人的吉祥草翻涌着升腾起来，长满崖壁。它们开放得何等绚丽。它们诱惑了所有的人，却唯独让他驻足遥望。他没有走向近前，只在远方盯视着。他看到红色的云彩在它的上方轻轻流动，落日就从那儿滑过。一天结束了，夜晚来临了。

在这往复不止的长夜之中，他感觉着自己的安逸和幸福。他的吃语像海潮一样时急时缓，但没有终止，没有停息。它就这样继续下去，一直到另一个人来继承它，捧走它。

在河边丛林，在一颗摇摆的小蓟的花朵旁边，他似乎看到了你的笑容。这平静的笑容再一次感动了他，引起诸多怀念。他不由得要向你讲叙这半生的流浪和长夜的煎熬、不倦的阅读、无头无尾的对话和诉说……他想让你倾听，当然这不能够。好像在冥冥之中许多东西都已确定了——这种宿命的猜测已经多次将他打动，摇撼，让其心向往之……

假如一切如此，也就变得可以理解，可以容忍了。

两个人好像一起走到了一个分水岭上，然后各自沿着自己的方向往前，都是下波，是溪水奔流的方向。后来他们走到了自己的河边，随着流逝的水，汇入了茫茫之海。那里的阔大淹没了他们，各自回头，都寻不到对方的声音和踪影。这很好。这样的沉默和怀念才真正美好。有多少人能够享受这种美好？正因为这美好，人们才变得善良，变得能够宽容也能够识别"宽容"。

感谢这温暖的夜晚吧，感谢这寂寞中、北风呼啸中的温暖吧！

诗人的命数

我们甚至愿意相信，他们总是被一种神秘的东西所决定着，不可更变。经过或短暂或漫长的燃烧，有的爆出闪电般的炽亮，有的发出长久的红光；最后的灰烬撒落在大地上，留下墨痕。这墨痕曲曲折折，指引着后来者，让他们一遍又一遍在奇迹面前发出惊叹，目瞪口呆。

诗人们简直囊括了人类所有的奇迹，是无法诠释、无法破解之谜。

当我们说到天才的时候，常常要想到法国的少年诗人兰波。他仅仅十岁就能用法文流畅地写作，十五岁的拉丁文诗作就获得了科学院颁发的头奖。这时他的作品已经显示出相当娴熟的技巧。他创作的旺盛期到来的时候，也仅仅十六七岁。

这是一个何等奇特的、不宁的生命。

十六岁那年夏天，普法战争爆发。兰波卖掉仅有的几本值钱的书，换成了车票，要亲自去巴黎，目睹第二帝国的战败。可是由于违章强行坐车，他在巴黎车站被扣押。后来经过朋友的解救才脱身返回家乡。仅仅过了几天，他又徒步旅行去了比利时。他想到报馆工作，最后还是失望而归。这一年他写了那么多诗，有歌颂起义者的，有为穷人的苦难而写的，还有对教会的诅咒，对战争的抗议；但最多的是对远游的渴望——有一首诗的名字就叫《我的流浪》。

著名的巴黎公社起义爆发时，兰波真像一个流浪儿一样在国民自卫军中，在人民群众之中。他这样生活了半个月，写出了抗议和赞颂的诗章，高呼："我是受苦的人，叛逆的人！"

他称自己为"通灵者"，写下了一些神秘难测的、无法猜度的诗章。它们是任何一个诗人都不能为之动容、感到阵阵惊讶的神奇之作。一个少年的笔触伸进了人类灵魂深处、伸进了最隐晦的角落，摹绘出一条变幻莫测的彩色河流。这河流后来滋润了万千生灵。从东方到西方，人们都对一个光芒万丈的少年诗人感到由衷的惊叹和敬仰。

后来者看着他的画像，在他那不可思议的额头上行着自己的注目礼。他们要把一份心情转告给朋友，转告那一刻的慨叹和激动。

寒冷的风中传导着兰波那不朽的铿锵之音，人们仿佛仍能看见他那细长的双腿在冰凉的大地上跋涉。

他十几岁时再次来到了巴黎，找到了当时的著名诗人魏尔伦。他们生活在一起。也许这段日子影响了他的一生，也许这种畸形的爱恋只能属于兰波这样的人。他为此写下了许多诗章。两位诗人已经难分难离，互相追逐，又互相抛弃。

1873年7月，在比利时首都布鲁塞尔，当这个神奇的少年诗人再一次决定同魏尔伦分手时，魏尔伦一气之下拔枪击伤了他的手腕……而后他或者蛰居家中，或者旅居英国、德国、瑞士、意大利，学习了七种以上的语言。他把自己所经历的各种各样的风波、长旅、苦闷、矛盾，各种各样的折磨、一个受苦受难的形象，都加以真诚的描述……这些描述完成之后，他也就完全终止了自己的写作。

他那颗不宁的心灵又指引他走入了全新的途程——冒险家之旅。他与诗歌诀别时，仅仅二十一岁。他的写作生涯只有六年，却留下了那么多不可思议的、脍炙人口的诗章。

兰波在荷兰参加了殖民军，不久又开了小差。第二年在汉堡一个马戏团里当翻译，随团去了瑞典和丹麦。几经劫难之后，他又到塞浦路斯，为岛上的总督建造宫殿。而后到瑞典，在皮货公司和咖啡公司任职。接下去的一年多时间里，他甚至远去非洲，在一些无人地带从事勘察，并且向地理学会呈递报告。1887年，他做起了武器生意，还组织了一支商队，从欧洲贩来枪支倒卖给阿比西尼亚的统治者……就在这时，他左边的膝盖上生了一个肿瘤。

不得已，兰波在当年暮春回到了自己的国家。

在马赛，他截去了宝贵的右腿，但这并未阻止他的厄运。就在这一年的初冬，兰波在马赛死去。天才的诗人只活了三十七岁。

他留下的诗章的一部分却一直堆放在地窖里，直到1901年才被人发现。一个神秘的、惊天动地的诗人，好像不可能活得更长久了。他来去匆匆，遗下的诗作留在了地窖里。

像所有人一样，他也经历了自己人生的四季。不过他的春夏秋冬都那么短促，在他所独有的四季里，却有着惊人的收获。他把伟大的人生浓缩了，把浩瀚的大地、山脉、河流和荒漠，都一起在心灵中浓缩了。

他探幽入微，一眼即看到人生长旅中那可怕的险峻和迷人的绚烂。他那灰蓝色的眼睛让人感到现代天空的隐晦莫测，他那蓬松的头发让人想到青春的火焰在燎动不停。

同样是在法兰西的土地上，还摇动着另一个更为伟岸和不可思议的身影。他也是一个诗人——伟大的雨果。这同样是一个强盛、奇伟的生命，活了八十三岁。比较兰波而言，他拥有漫长的一生，尽情地挥发了自己的生命，写出了数量惊人的诗歌和其他作品，绘下了波澜壮阔的河流。除了他大量的小说和戏剧之外，仅散文就写下了七百余万言，诗歌一万余行。

他这一生历经了那么多的风雨，那么多的爱、追逐和遗弃，受过那么多来自王室的恩赐和优厚的俸禄，却又经历了那么多的围捕、游荡；他流亡国外长达十九年之久。流亡期间，他先后定居在比利时的布鲁塞尔和大西洋的英属泽西岛、盖纳西岛等，从未终止写作。

1870年，雨果结束了长期的流亡生活回到巴黎时，受到了人民的热烈欢迎。普法战争爆发之后，他持反对态度；但普鲁士军队侵入法国、围困巴黎时，他又以高昂的爱国主义热情投入斗争，发表演说，并报名参加国民自卫军，捐款铸造大炮。

巴黎公社起义时，他表示了极大的同情和更多的不理解。但刽子手对失败的公社社员进行屠杀的时候，他却挺身而出，将自己的住所辟为他们的避难所，并为被判罪的公社社员辩护……

就在去世的前两年，他还写下了那么多诗章，写下了戏剧、政论集，一口气完成了四部诗集。他的生命似乎是不会熄灭的、永恒的、熊熊燃烧的火焰。他的笔点石成金，所向披靡。有人把他比喻为"奥林匹斯山神"。

就像所有神秘的、不可思议的天才一样，他拥有巨大的爱力。他有具体的爱、抽象的爱，有对整个世界的无穷无尽的眷恋。

比起兰波，他的生命太长久了——他们的诗章同样永恒，他们的命数却差异巨大。

他们都是人类星空中耀眼的亮点、恒星、永不熄灭的光。

牵　挂

呼啸的北风中，我仿佛看到你们挤在一起，瑟瑟抖动。可是我又没法去支援你们……

深夜，你们自己抱着寒冷的躯体，却要像我一样牵挂远方的亲人。午夜里，我一次次醒来，走出去。我裹紧了衣服，看着天上闪烁的星斗，知道在那一边，在大地的那一边，还有一些不眠的眼睛。我属于他们，他们属于我……在目光与目光的交接中，相隔着一片开阔的大地，大地上还有另一些不眠的眼睛，它们也分别属于不同的人，也在相互遥望。这就是各种各样牵挂的目光交织了大地，像巨网一样密密麻麻。

牵挂的世界，不眠的夜晚。就是这目光在不停地穿梭、交流，把空气磨得灼热，渐渐迎来一轮太阳。就是这目光，使土地变暖，季节转换，使严冬终将过去。人的牵挂迎来一个春天，迎来鲜花，迎来遍地绿草和各种各样的蜂蝶小鸟，让动物开始欢唱，河水奔腾远去。

可是人在温暖的季节里，又会怀上另一种牵挂。

雪白的头发、花白的头发，婴儿光洁如苹果的脸，老人布满了皱纹的脸，颜色黯淡的脸，忧虑的眼神，急切的目光……一切都汇拢在这个夜晚、在我的面前，它们闪烁不息，让人不安。

为什么会这样？思绪和目光的奇怪连接、奇怪的挂念。我知道这种折磨或许也是一种幸福，一旦它在某一天突然失去，那才是真正的不幸……

回想着我奔走时经过的那些密密麻麻的山村、与我有各种各样交往的人……他们的痛苦和欢乐此刻都离我那么遥远，我无法分担，也无力承受。特别是我不能够帮助他们缓解劳累和哀痛。可怕的磨损仍在不停地加到他们身上。

那一年冬天我又看到了他们。式样老旧的衣服，被北风吹裂了的手足和粗糙的面部肌肤。我想起了很多往事。年轻的时候，我曾经跟在他们身边，一起登四周的山，听故事……一转眼就是十年、二十年。山河依旧，人却变得如此衰萎。

他们说我没有令其失望，可是他们却让我如此痛楚。我遮掩着自己的心情，转过无力的目光。那种感觉一直把我引到这个寒夜，留下空荡荡的苍白的牵挂。

他们是无辜的，正像许多人的无辜一样。这个世界上真正"有辜"的又有多少？这寒冷、这北风、这冬夜，它们才是有辜的吧？

一切都将处于忏悔之中。我听见远方的溪水汩汩流动，知道它们是由幸福和痛苦的泪水交织而成的。两种泪水总掺在一起，流个不停，流进苦涩的海洋。

……你曾经连夜跋涉几十里山路去看望我，因为你听到了不祥的消息。见了我，你大喜过望，却不善表达，肥厚的嘴唇甚至说不出一句连贯的话。可是你的目光却告诉了我一切。

再不敢回想那些岁月。我离开了，离开了很久。令人难以置信的是，我一次也没有回到你们身边，可是那个春天，你却从很远的山里赶来看我。你被汗碱渍得几片雪白的帽檐上，有几缕银发伸出来……

这个世界上也许仅有一部分人才有那么多的牵挂，他们被分扯着，难以举步。他们在疲劳中倒向路边，直到最后一刻留给别人的还是牵挂。收下这牵挂的只会是与他们相似的人——同一类人，他们在这个世界上延续不断，生生不息。他们耕作、劳动，睁着一双无望而热情的眼睛。无数个像眼下一样寒冷的时刻，正是他们在瑟瑟发抖，遥想着远方的人：亲人、友人，各种各样弱小的人。

……我不知道你为什么要回到故地。你走得太匆促了，不听劝告。你太瘦小，也许弱小的身躯急需到故地去寻一个倚托。可是就像我预计的那样，故地有时会同样寒冷，你的厄运进一步加重，而不是减轻。

你离开的那个早晨是个秋末，一年中最后的一场雨把落叶打在街头。踏着落叶送你。简陋的行装，小小的、破了边角的皮箱。我们一块儿提着、抬着，赶到了车站。就这样，你永远地离开了这座城市，回到了一片说不上是自己的或是别人的土地上。

后来就是各种不祥的消息——精神失常，住院、治疗，各种各样的传说。你失神的或湛亮的眼睛我都见过。你曾领着美丽的妻子到我的旅居地去。那是你少有的一段快乐的日子。你很平静，也很幸福。我们一块儿做饭。

后来，就是我所见过的那个美丽的人背弃了你。这个消息传来时，我知道有什么可怕的日子快来了。

你又一次神经错乱，不可遏制的疯迷。一切很快结束。一天深夜，你从四层楼上跳下，想寻一个干净利落的归宿。结果没有。摔碎了左胯骨，有了一个加倍苦痛的下半生。

亲人只能帮你一部分，友谊也挽救不了你。你巨大的才能对此也无济于事。你正在度过一段可怕的、漫长无告的岁月。

这个夜晚，我似乎听见你在欢乐地吟唱。那欢乐的歌声掩饰着什么，我已经从中听得明白。我怀念着我们在一起的时光。那时我们常常散步到南山、到郊外、到水库边。你为我绘过一幅肖像，我把它印在了一本书的扉页上。你给我的所有书信，我都完好无损地保留着，但很少打开看，任它们蒙上一层灰尘。所能做的，我似乎已全做过了。你或许让我看到了人生的缩影，无论怎样变幻，发生怎样的变奏，都是同一支曲子。你值得让所有人同情，你却深深地同情着所有人。你是一个讲不完的故事，就在我的心里、我的血液中，我的亲人之间。你不是我的亲人，可你似乎又是一个离我最近的人。

旅途中，我见过很多非常瘦弱、非常衰老的人，他们给我留下了难以磨灭的印象。他们都在这个寒夜里浮现出自己或漠然、或欢欣、或痛苦的面容。我惊异于自己的是，我只一眼就记住了他们。

为什么要让我看到这一切？我不知道。为什么要让我走进这时光的河流？为什么要让我忍受光和水的沐浴？我不知道。我只知道自己不幸而又有幸。因为我与你们处于同一片星光之下，是你们使我奔走，使我痛苦，使我爱恋，使我无望地惆怅和叹息。也正是因为这无法忘怀的种种纪念，我才没有滑落……

山凹之月

不知多少次，夜晚，当我抬头看到这个山凹……山凹上方正升起一轮晶莹的明月，它的四周、它的上方，就是那清澈湛蓝的夜空，宝石一样的星星；一丝风也没有，清清的，冷冷的。

我心中常常蓦然一动，闪电一样的感激从心上划过。于是我再也不能平静，伫立那儿，看着这山凹，这月，这清水洗过似的天空。

——简直是一丝不差的移植，从远方将整个的山凹，不，将整整一幅夜色和图画，移植到了这座城市的东南方，它靠近我现在的居所。我觉得这是上帝对我的莫大恩惠，是我难以报答的恩典。或许是神灵怕我遗忘了什么，给我启示和点拨，它告诉我：你在艰难时日里曾长久地凝视着这样一个山凹，每天都要迎着它走去……

是的，二十年前的流浪之途上，有一个小山村把我收留下来。我后来在一个山间作坊里找到了一份工作，得以免除饥寒交迫的生活。我做夜班，每天夜晚从居所走出，涉过村中那条小河，登上岸，一抬头就看到了这样的山凹——它上面是刚升起不久的月亮，是一天繁星。

山间作坊就在山凹下边，半山坡上。

多少年过去了，山凹之月在我心中却是永不消失的图画。我记得是这幅图画搭救了我，挽救了我不幸的少年……后来，直到几年之后，我才翻过那个山凹，走上了人生的另一里程。但我心中，作坊里的嘈杂、幸福的欢笑，就像离它不远的小河一样，永远喧腾和流动。我与他们的友谊，我们一起的故事，一生难忘。

我将记住自己是一个被搭救者，一个刚刚找到居所的流浪少年，头发满是灰尘、脏乱不堪，是朴实无华的山里人收留了我。

记得这个苦命的作坊烧了两次大火。

第一次大火烧得可怕，屋顶全部燃成了红色，不停地往下落着红色火球。作坊的东西刚刚抢出一半，火势逼人。他们再不敢扑进燃烧的作坊了。那时我突然想到作坊是我的命，就像自己的肉体被点燃了一样，我不顾一切地腾跳起来，独自冲了进去。我在刷刷下落的火炭中跑动，背上、脚上，到处都挨了燃烧的东西。可是我对灼痛浑然不觉，只拼命向外抢。紧接着，更多的人也跟我扑进了火海之中……

事过很久之后，我抚着身上的伤疤，似乎觉得难以置信。但我心里再清楚不过：这个山村、这个作坊，真的是我一生的恩情，是生命所系，我维护它真的就像维护自己的肉体……

第二次大火，我恰巧出门不在。回来后才知道，就像第一场大火一样，那些救火者在半夜里呼号着，勇敢无比，把燃烧的物品，甚至是汽油桶拼抢出来。

有一个四十多岁的山村妇女，为了抢出一团熊熊燃烧的胶线，竟然一路抓牢了这个炽亮的火球，一口气跑到小河边，把它投入水中。结果她整整一条手臂都烧坏了。

那是一个夏天，我刚赶回来就去了医院。看着她躺在床上痛苦的样子，那烧得卷曲痉挛的手臂，我的泪水无论如何也忍不住……

这就是我们的作坊，这就是那个山凹下的真实故事。

很久了，我到更远的远方去了，再也没有回到那个山村。我越来越没有勇气回到那个山凹，心里装满了对它的亏欠。

面对此地的山凹之月，心情难以表述。类似的感触太多了。在我人生的旅途上，感念、恐惧、亏欠和怜惜，常常纠缠着，交错一起……我知道它们对于我多么重要，它们唤起忆想，触目惊心。

我不愿诉说，不愿回首。因为它不可忍受。

亏欠，幸福，报答，追寻，我自己深深知道它们意味着什么。我明白更好和更重要的，是叮嘱自己，是能够在这山凹之月面前感到惶恐和惊怵，是那闪电般的感觉还能回到心上——我将因此而不会毁损。

人的一生会留下许多残缺、很多不能完成的篇章。也许我在一个段落的中间就会止步不前，就会长久地休息。可是，我只想在充分的自我把握之中，悄然地结束……

作坊里有一个两眼漆黑的姑娘。她神秘地出现在小小的山村。她不太像土生土长的人，可又的确是从那儿出生的。那张苍白、没有血色的脸，瀑布一样的黑发，特别是那双又圆又亮的、浓黑浓黑的双目，都使人惊讶又费解。她突然地出现，又突兀地消失。我还目击了其他的故事，生的故事、死亡的故事，荒唐的故事和欢愉的故事。

那么多喜剧和悲剧在那个山凹下发生了。

我最后离开时简直是逃脱一般。美丽而苦难的山地装满了恐惧。我不敢更久地逗留，我必须逃开。

至此，我又重新恢复了一个流浪者的形象—— 一路奔波，奔向远方。

无论我走到哪里，山凹上方那轮像水洗过一样的月亮都随我移动。我走向山区、平原、城市、农村，走向海滨，走向城市的郊外，它都凝视着我，跟着我。它似乎在提醒我从哪里来，让我一如从前，像过去一样，没有一丝一毫的改变。我只可以长高、变老，身上增添皱纹和年轮，但不可以在内部、在灵魂深处有一丝一毫的变质。

我知道城郊山凹之月从哪里来，我由它的来路即可以找到自己的来路；我循它在苍穹划过的痕迹就可以找到自己的往日踪迹。

每个人都曾经披星戴月，于是人才可以记得起他的过去。他会努力地追忆许久以前的那轮明月、那一天星斗。他终于有一天会恍然大悟：就是这同一轮月亮、同一天星斗，随着他移动到西，移动到东，随着他从出生到死亡……他原来在领受宇宙之神不变的目光。

…………

那一天我仿佛听到了呼唤，一颗心都要急得跳出。没有别的选择，只有向着北方，我的出生地奔跑。

我不顾一切地奔跑。头发被风吹乱了，衣服被荆棘划破了，鞋子脱落了，可是都没有停止。翻山越岭向北，一直向北。月亮升起来，很快跟住了我——它大概不愿让我一个人孤寂地赶这么远的山路。

它伴随我飞一样来到了平原，来到了海边荒原。

我回到了亲人身边。是长长的呼唤把我牵引回来，我没有白来一场。

这一次长长的奔跑让我至今回想起来都要感激得流泪。我像孤儿似的从东到西、从南到北，游荡不止。漫游之路上只有月亮陪伴我。我停留它亦停留，我飞奔它亦飞奔；我痛苦，它就流下大滴的泪珠。

今天今夜，我来到了这个城郊，却站在了昨日的山凹之下。

山凹上方还是它，在那儿注视我。

耕作的诗人

俄国画家列宾给托尔斯泰画了一幅耕作图。它长久地吸引了我，让我想象那个杰出的老人、他与土地须臾不可分离的关系。也许这是一个伟大诗人与庸常写作者的最本质、最重要的区别。

有了这种区别，不同的写作者之间也就有了深不可测的壕沟。

在一个房间里专注于自己的所谓艺术和思想的人，可能不太理解一个耕作的诗人。对于他，稿纸和土地一样，笔和犁一样。于是他的稿纸就相当于一片田原，可以种植，可以催发鲜花、浇灌出果实。在这不息的劳作之中，他寻求着最大的真实，焕发出一个人的全部激情。离开了这些，一切都无从谈起。

在诗人的最重要的几部文学著作之间的长长间隔里，我们都不难发现他怎样匍匐到土地上，与庄园里的农民，特别是孩子和农妇们打成一片，割草、缝鞋子、编识字课本、收割、种植……他做他们所做的一切，身心与土地紧密结合。这对于他，并非完全是刻意如此，而是一个自然而然的过程，他只能如此。他就是这样的一个生命。他在它们中间。他可以融化在它们之中，融化在泥土之中。

我们现在可以看到诗人在亚斯纳亚·波利亚纳树林中那个简朴的坟墓。那是他最后的归宿。安静的树林、坟墓，都在默默昭示着什么，复述一个朴实而伟大的故事。这个故事不可能属于别人，因为这个世界上仅有一个角落，埋葬着一个耕作的诗人。

托尔斯泰的故事差不多等于大地的故事。他是一个贵族，后来却越来越离不开土地。于是他的情感就更为朴实和扎实，精神与身体一样健康。这就启示我们：仅仅是为了保持这种健康，一个写作者也必须投于平凡琐碎的日常劳动，这是不可偏废的重要工作。而当时另一些写作者所犯的一个致命错误，就是将这种日常的劳作与写作截然分开。偶有一点劳作，也像贵族对待乡下的粗粮一样，带出一份好奇和喜悦。今天，也恰是这种可恶的姿态阻止我们走向深刻，走向更深广和更辉煌的艺术世界。我们只能在一些纤弱和虚假的制作中越滑越远，最后不可救药。

一个人只有被淳朴的劳动完全遮盖，完全溶解的时候；只有在劳作的间隙，在喘息的时刻，仰望外部世界，那极大的陌生和惊讶阵阵袭来的时刻，才有可能捕捉到什么，才有深深的感悟，才有非凡的发现。这种状态能够支持和滋养他饱满的诗情，给予他真正的创造力和判断力。舍此，便没有任何大激动，人的激动。

托尔斯泰的鼻孔嗅满了青草和泥土的气息，两耳惯于倾听鸟雀以及树木的喧哗、马的喷嚏，还有其他四蹄动物在草丛里奔走的声音。黎明的空气中隐隐传来了田野的声息，空中连夜赶路的鸟儿发出悄然叹息，还有远方的歌手、农妇的呼唤、打鱼人令人费解的长叫……他眯着眼睛望向遥远的田野，苍茫中费力地辨识着农庄里走来的那个黑黢黢的高大汉子，还有他身旁的人：那个孩子、那个妇人。晨雾中，淡淡的光影里闪出了一头牛、一只狗、一群欢跳的麻雀。有人担来了马奶，原来是头上包着白巾的老妇人用木勺敲响了酸奶桶，她小心的充满溺爱的咕哝声引起了他的注意。他转过身，脚下那双粗大的皮靴踩在地上，踩出深深的凹痕；他胸前飘荡着白白的胡须。他站在那儿，一手掐腰……

就是这同一副装束和打扮，他迎接过另一些诗人。他们都是俄罗斯大地上最杰出的诗人——契诃夫、屠格涅夫等。他称赞过他们，同时也心存疑惑。当然，他们与他不尽相同，也许他们还比不上他的博大和质朴，尽管他们也是那么杰出——历史同样没有遗忘他们。但比起托尔斯泰，他们却更多地徘徊在贵旅的客厅、在钢琴旁、在沙龙、在剧场、在往返欧洲的漫长旅途中。他们身上的土末没有这位伯爵多，身上的打扮也远比这位伯爵时髦了些。这位伯爵的后半生主要是在田园、在土地上度过的。

他的去世也令人难忘。那也是一个触目惊心的故事。

深夜，老人乘一辆马车，抛却了自己的庄园，要奔到更遥远更苍茫的那片土地上去，与贫穷的人生活在一起。他仅仅走到了一个乡间小站就躺倒了。寒冷的车站上，一个伟大的生命临近了最后一刻。

这一刻向我们诠释了诗人的一生。

突然的出走和平凡的劳动，还有与妻子的频繁争吵……就连这些争吵也绝不是一般的夫妻口角，它们正透露出他们对于大地的不同态度，对于死亡的态度、艺术的态度，人生的真实与虚假……关于这一切的巨大分歧。

他与她判断上的差异，在她这儿是如此的不可理解。是的，她从伯爵的角度，从普通诗人的角度去理解自己的丈夫。而她的丈夫却愿意从土地、从人民的角度，从草、树木、牲口，从飞来荡去的鸟雀，从眼前的日落日出、满天星斗、草尖上的露珠，从孩子的欢声笑语，从一切最微小、最平凡、最切近的事物上去理解自己的诗、自己这一生和未来的、即将踏上的那一片陌土。她可能仍算得上一位贤淑而高贵的妻子，只因为他太伟大，太平凡了，平凡得让人不可理解，所以也深邃得让人不可理解。

这种真正的质朴没有任何一个诗人能够重复，能够像他那样经过生活中的长久发酵而散发出真正的芬芳。而有些诗人，甚至是同时期的一批优秀诗人，都因为或多或少的职业意味而在他面前感到自卑。要丢掉这种自卑，需要的或许不仅仅是勇气，也不仅仅是能力，而是一种能够融化的心灵。心灵融化在大地上，像大地一样厚实和博大，就永远不会消失。也许很少有人能够做到，因为没有谁能像耕作一样写下自己的诗行，没有谁能够始终如一地走进自己的耕作之中。

误　解

如果作为个体会产生误解，作出荒谬的判断，那么作为群体呢？一个民族？一个时代？遥远的历史？或许也都有可能。

多么可怕的误解。对自己，对他人，对土地，对一个艺术的精灵，对一个莫名其妙的艺术家……

出于对误解无所不至无所不在的恐惧，人们有时感到那么宽慰，又那么绝望。宽慰使一切都归于虚无，于是可以做自己认定的一切。有时一个人只需为自己做下去。这是一种特别不负责任，又特别具有责任感的一种觉悟和行为。比如在艺术界，如果不是一己的误解，那么就会发现，我们曾经不止一次地看到一个非常糟糕的、不成熟或者干脆是"半生"的艺术家，一度代表了自己的时代和民族。

由于语言和土地的差异，一块土地上的人很难理解另一块土地上的人。他们的巨大隔膜，就靠艺术无形的、奇妙的手指去沟通和连接。可是有时候我们握住的却是一双无比糟糕的、冰凉而颤抖的手。你不能讨厌，因为你对这一切还在误解的笼罩之下，毫无察觉。你误以为这就是那块土地上长出来的一个器官，它原本就是这样，本来就是这样。

我们都错了，无论是时代，还是历史；无论是小到一个个体，还是大到一个民族。我们错得抽象而具体。

那种源于本土的喧嚣，有时真的可以混淆一切，遮盖真正的见解，割断发自土地的悟性之根。一切都处于荒唐之中。"好像如此""差不多如此""大概如此""只能是这样"等类似的判断毁掉了最重要的见解，使我们错过了每个时代里仅有一次的机会。我们往往把并非优秀的东西奉献出来，而且做得极其殷勤、认真。我们甚至认为自己是非常恭敬而纯洁的。出于各种各样的需要——感觉上的需要、心理上的需要、情感上的需要，在不知不觉中做了折中。我们生命的一部分回到了平庸，于是我们作出了致命的误断。

也许只有隐蔽在角落里的某一个生命，他以超常的领悟和不受打扰的孤立姿态，或可使自己避免这种致命的错误。他或有可能看得清楚，将其视为一场又一场闹剧。但他也并非愿意随时伸出自己的手指；更多的时候，他只会抱以理解的微笑。在他那儿，一切都归入了谅解，一切都在充分的知觉和把握之中。于是我们就在这一类的宽宥和容忍里，进一步走入了一场荒唐的嬉戏。

而从另一方面讲，一个智者的大声呐喊和喃喃自语，也大多是无济于事的。他既引不起我们的注意，又不能干扰我们的嬉戏。他没有力量阻挠我们，更没有神力来启迪我们。我们就是我们，我们就属于这个时代。这个时代的命数就体现在我们——群体之中。

如果比起古代，比起十九世纪初叶，我们现代人更加没有耐心和能力去发掘层层掩埋的果实了。由于现代信息携带和惊扰了各种各样的灰埃，它们曾几经累叠，积累到不可言喻的厚度，芜杂和枝蔓进一步遮去了地表。当我们开始挖掘的时候，首先要把这一切——全部覆盖之物拂开。这是相当困难的。

掩埋着的美好果实是存在的，肯定存在。它们在那里默默地等你取走，等你拂去上面的泥土，让我们看到它活鲜的生命、动人的容颜、优良的品质。我们脚踏的这块泥土当中总是埋有这样的果实；遥远的不为人知的那些角落里，也当埋有这种果实。这种掩埋是多么冷酷无情，又是多么令人绝望。

我们有时候没有能力分辨一个艺术家的粗鲁、无所顾忌，一种不加修饰的野蛮和一个艺术家巨大的强盛的生命力——他在这种生命力的推动之下或可产生种种失常的、稍稍孟浪的行为——这二者之间的关系和区别。我们有时真的难以分辨。一个真正的诗人的矜持和一个平庸之辈的拙讷，还有潇洒与嬉戏，深沉与枯竭，天真烂漫与浅薄可笑，开阔的眼界与芜杂的思维，真正的见解与刻意的偏激，回归的朴素与苍白的见识，未来的代表与无聊的冲动，革命者与破坏者，理性与保守，科学与愚昧，开拓与愚蛮，甚至是专制的保卫者和来自底层的反抗者……它们之间的种种区别和界限也将会模糊不清。

在这个飞速旋转的星体上，有许多的确给搞乱了。我们没有时间，没有精力，更没有耐心和悟性去做我们亟须完成的、极为重要的一切。既然如此，我们还怎么能够判断这片土地上所出现的各式各样的精神的代表、五花八门的歌手呢？不错，我们常常被打动。可是这种被打动的持久和深度却是大不一样。出于各种各样的原因，我们记住了喜而忘记了悲，记住了今天而忘记了昨天，记住了眼下而忘记了悠远。

不幸的是，这种种谬误和遗失恰恰都在伤及我们这块土地、这个民族。

在层层误解的包裹之下，真正的智者和诗人会被蜇伤。他们大多数时间里不得不收敛起自己的热情和希望，走入最为朴素的劳动。他们再也不愿惊扰周围的世界和他人。也正是在这种沉默当中，他们才能走向更深远更阔大的个人世界，走进自己的内心，走入自己的灵魂。

　　这对于完成他们自己，对于再现他们全部的艺术，是一种必要和必需。可令人尴尬的是，我们将愈加不能辨识他们。

　　这就是群体和时代将要接受的指责。

　　当我们追究责任的时候，就像我们平时谈论过失一样，总不愿把它归于更多的人，尤其不敢把它归于漫长的时间、种族之类抽象和庞大之物。但真实的情况是，最巨大的错误和不幸往往就发生在它们身上。在某个时空之中，这种情形确在发生。由于我们没有勇气说出这种真实，所以就把我们的失误代代相传，把我们恍惚中所认准的假象当作事实本身，传给下一代，再下一代……

　　就出于以上的恐惧，我们在安定下来的时刻，在这个冬天，常常冥思苦想，尽可能地寻找自己的见解。我们想抛弃所有的教科书、所有现成的文字，只用自己的心灵去发现，并进而用自己的声音去传递。也许我们的声音是弱小的，弱小得根本不需要倾听。可是我们的希望还仍然没有泯灭。并且，我们希望用自己的声音去打动更多的人，寻找更多的人，让我们达成共识，去开掘和传导。

　　也许这不会劳而无功，也许这又是人类悲剧的一小部分。

　　所有堂而皇之的选择，所有专家气十足的选择，都往往包裹着最大的荒唐和荒谬。这种现象，只要后人打开历史的折页，就会看得一清二楚。

　　可是那些隐蔽在角落里、根本得不到任何记载、失去了任何比较机缘的人与言、心与事，我们又如何判断？如何认识？

　　好像已无可能。一切都没有可能，就像我们窗前破碎的那些冰凌，当日出之时，它将融化并渗入泥土——那么除了目击者之外，又有谁能够说出它们从生成到破碎，再到融化的全部状态和过程？不可能，完全不可能。

　　这就是遗忘。误解就是遗忘的开始，开始又促使了这种误解。

　　这就是我们感到恐惧的全部原因，这就是联结着我们"终极关怀"的一种判断。

梦中的铁路

那片平原显得太遥远了，远得不可企及……渴望着飞翔、滑动，渴望在更短的时间内，飞到母亲身边。

有什么力量和机缘能使我在这个夜晚，在北风消失的时刻，能迅速地返回那片平原，坐在母亲的面前，在那个稍稍陈旧的木桌前……

这是梦中的渴求。它或许不难做到，因为从这个城市到母亲那儿仅仅隔开了不足一千华里。

好像在五十年代中期，就有一个伟大人物端量着地图上的这段距离，用一支铅笔在纸上描画过：他说要在这个区间修一条铁路，单轨铁路。可是一连串的荒唐岁月把这位伟人的计划全部耽搁了，他自己大概也忘掉了，没有那个牵挂了。

在那里，我有一位母亲。

不只是母亲，还有母亲般的一片平原；那片沃土、海洋、无数的动植物，它们都是我心中的牵挂。我需要那里的空气，那里的河流和海洋。我的生命就从那儿滋生，我既需要从那里出发，又需要一次次的返回。我必须在这一段距离中寻找着自己的世界。可是我不能够飞翔，甚至不能够沿着两道铁轨滑动。

多少年一晃而过，这期间希望有了，又消失了。后来又是希望。我不知道这种循环往复还会延长多久。我没有这种创造和决定的力量，可又似乎没有必要指望他人。我在崎岖的道路上颠簸辗转，一次次回到那片灼热的土地。

没有人能够理解土地与土地之间的差异和奥秘，也不会有人对它们做出更多的解释。对它们、对他和她，对我的亲人和朋友，没人能够想象我这无尽的怀念。别人不知道当有人失去这些的时候，会跌入怎样难以承受的悲怆。那才是非常可怕的一天。就为了阻止那一天，他不由得要在近处盯视、守护，就像一个看护原野的人一样，总在那片土地上来回徘徊。

没有尽头的徘徊，牵肠挂肚、愁肠百结，一切潜在人心深处。它们藏在了心中，又被一把纤细的犁铧埋进土里。种种与人生一样漫长的耕作不会停息，只要生命尚存，就会继续。

梦中有两道锃亮的铁轨伸进了那片平原……

这不是一种懒惰和软弱的依赖，而是随时发作的冲动和焦虑所催生的梦境。让那两道闪亮的铁轨早些伸展和生长吧。

很小的时候，在外祖母的童话里，我似乎就看到了这两道锃亮的铁轨。后来长大了，走进了山区和城市，又走进了做梦也想不到的远方，童话就消失了，铁轨也就消失了。

那片平原的边缘就是海洋，那儿有美丽的码头和轮船。在很远的过去轮船就通航了。可惜我的居所却伸入了陆地。这个居所不能在水上漂移。这是多大的遗憾。迁居已不可能，一切都宿命般地规定了。各种各样的尝试都有过，最终归于失败。这种不可解脱的矛盾，时时涌动的不安，缠绕了陆地上的儿子。

我发现那些微不足道的小地方都有了锃亮的两道铁轨。沿着这铁轨滑向东，滑向西，有趣而无聊。感激这种滑动，感激这种陆地的飞翔。可有时那一阵连一阵的铿锵之声只能激起人更大的焦思。

母亲般的平原自己完全有能力筑起一条或更多条铁轨。我们如果真的失去了那样的能力，就只能是一些恶棍作孽的结果。仿佛魔鬼把一根吸管伸进了富饶的平原，正贪婪地吸取。他们把她的血脉抽得干枯了。母亲般的平原为了维护自己的生命，就得倾尽全力滋生，以便供养自己越来越多的孩子。她变得越来越贫瘠，形容枯槁，满面皱纹。她再也没有力气担负或托举自己的两道锃亮的铁轨了。

那些自私而贪婪的恶棍，为了自己，丧尽天良地从平原上攫取越来越多的东西，把它们送到远处，以便享用恩赐。他们是一些可厌的动物，一些背叛者，一些注定了要灭亡和疯狂的、可耻的生命。

我甚至担心在未来的一天，在某种外力帮助我的母亲平原铺设这两道铁轨的时候，是否也会出于其他用心。我担心除了那一根粗大的吸管之外，又有人将通过这两条铁轨运走她结出的果实、她开出的鲜花。那样她就有了双重的悲哀。

我站在这儿为你祈祷。我盯视着一片夜色，又看到了你那双慈爱的眼睛，你的白发，你伸出的颤抖的手——这双手透过一片遥远，抚着我的头发和肩膀……我感觉着这双手，它比过去更温热、更柔软。

我想按住这双手，把它捧在脸上。可是寒冷的风、夜气，它们很快把它掩去了，抽走了……

我明白，只有在你的身边，我才会有更好的歌唱。我的自语、倾诉、回告，都将变得更为切实和可亲，真实而动人。一旦离开了你，我将变得孱弱无力，苟延残喘。

我的飞翔滑动的渴望，无数次将我蛊惑。我甚至幻想变成一只鸟，最好是一只鹰，在不为人知的午夜，翱翔于空中。我以我的高度和自由，去获得一种骄傲。

到那时候，人将获得永生，自由的永生。

我害怕错失作为一个人的最后机会。这恐惧伴随我，使我阵阵寒冷。冰凌又一次掉下，发出清脆的回响。它又一次破碎，晶莹的破碎，美丽的破碎……记起小时候，小茅屋的檐下就悬挂着无数这样的冰凌，它们也在风中摇动；当风大起来时，它们就发出叮叮咚咚的声音；每有冰凌跌下，我们立刻箭一般飞跑出去，捡到手里，摇动着。你害怕冻伤了我的手，阻止我。可我还是把它紧紧地攥在手里，直到它化为水汁。我的手在冬天总是冻伤，还有耳朵、面颊……这就是那片寒冷的、风沙四起的荒原的回赠。我在灌木丛和沙丘那儿奔跑，不止一次掉进雪窟。我在那里呐喊春天，等待太阳融化冰雪，等待原野一片碧绿——那时候我的欢乐无边无际……

随着一次又一次绿色覆盖荒原，我心中有什么给点燃了。是母亲的手给点燃的。春天将无比的温柔注入了心间。这温柔在我心中萌发、成长，最后遍布周身。那温柔的网络包裹了我的生命。我有无数的感激要从喉咙倾吐而出。这一切都因为母亲，因为母亲般的平原。

为了答谢和回报，人总要把无穷无尽的感激撒向四方。人需要飞翔，需要滑动，需要以心的速度来往于他所理解的这个时间和空间。

当然，它只存在于梦中。

污浊的旋流

污浊并不总是静止和沉淀，也并不总是活在一个地方、笼罩在一个地方。当它获得了一种推力，就可以运动，甚至可以旋转。这时候它就不仅有笼罩的能力，而且还有卷裹的能力，卷裹它所接触的一切——落叶、植物、绿色，甚至其他的生命……

任何时候都有污浊，但它们大抵是静止的。它们由于自己的颜色和性质而聚集一起，这是自然而然的。它们不太让人感到恐怖，而更多是让人厌恶和躲避。可是在一些特殊的时世，情形就往往不是这样。当有什么需要这污浊的时候，就会让它移动、旋转，就会给予推力和搅动——这个过程很像鲁迅先生所谈过的"沉渣的泛起"。

先生说沉渣在任何时候都有，可是它大抵是沉淀在底下的。而一旦某种运动的激流荡过时，沉渣就会借力泛起，浮上表层。

泛起的"沉渣"，随着激流荡动冲撞，害处就要大得多。污浊也是这样。

在严寒的天气里，当污浊在一个地方聚集，寒冷的光泽中望过去是分外可怕的。可是这污浊如果正在旋转，正在冲荡，正在发生凶猛的卷裹呢？

一个真正的人对待这污浊不仅是回避，而且还应有抵抗——首先是回避，而后是回避不得，最后才是力所能及的抵抗。那些美好的青年无比牵挂抵抗者，他们甚至这样写道："我要离你远一些了，正因为我特别信任你。我怕你突然地转向，令我失望。那时候我就一无所有了……"读着这些话，让人一阵感动，同时也想到了污浊的旋动和卷裹是何等强大。这些美好的青年不仅害怕自己，而且害怕他们生命中的榜样突然转向。

这个时代的人，不知该怎样对待这种委婉而又严厉的规劝。他将不知自己做错了什么或是即将做错什么。他只知道危机是存在的。但他需要的倚托不是别人，而是自己的良知、自己的血脉——如果从血管里流出的都是血，那么他将不会担心它会有另一种颜色和气味。他将觉得自己可以信任。

今天残存着各种各样的机会，也掺杂着各种各样的混乱和污垢。在这个时刻，人接受着检验，人在目击、识别，也在自我注视。人不仅仅是一个评判者和谴责者，还应该是一个自省者和忏悔者——失去了后者，一个人将也不可能永久地站立。

在这污浊里，人要始终如一地保持着一种清洁。这是异常困难的。可是唯其困难才更为光荣。他会希望越来越多的、比他更年轻的、离他更遥远的青年发出尖厉的叮嘱。他们会使人心跳和脸红，让他更多地记住自己是从哪儿来、到哪儿去，记住他自己永远不变的目标和不断攀登的山路。这崎岖之路应该伴他一生。如果松懈下来或者掉转方向，那就形同死亡。

如果这是自欺的谎话和大言，那么他愿一直讲下去，讲它一生，让其与生命合而为一，让它渗入血脉。

各种各样的构陷和无耻，已经见得太多。凶险的设计，卑劣的诅咒，早已不算陌生。这种似曾相识的时刻、手段、机缘，好像在上个世纪里，在更早的时世，已经层出不穷了。原来人们的遭逢只是一次次雷同，仅此而已。

为什么要如此？漫长的冬夜，不会消失的冷酷……可是它难以把一切都葬送。

在冬天，在寒冷的北风里，人无论怎样颤抖，都有一个信念不会改变，那就是春天必要来临。在融化的春水面前，再次回顾严冬时节，就会是另一番情怀。

他走了很远，踏上了旅途。有时候是一个人，只肩负了一副背囊，背囊里装满了自己的东西。为了预防饥饿，他需要这背囊。为了一块儿抵御寂寞和不测，有时他也需要同伴和战友。他走开了，寻找了。他找到了自己的居所，自己的归宿。

但即便如此，追逐还没有停止。这大概是战士的命数，或许也应该是光荣的一部分。我们不是常常梦想这种光荣吗？我们不是常常追求这种考验吗？它们如今来临了，它们就在面前。

人应该交出顽强的证明。这种证明在人类社会当中已经被接受了千百次。可是还仍将接受下去。它是有意义的。它的意义就在于无数次的怀念、虚妄、无望和痛苦，在于它的没有完成，在于人的生活仍在继续。这继续的理由就是痛苦的代价，就是没有终结的、绝望中的希望。

他自信，也明白良好的愿望不需要报答。有时动机真的胜过一切。那摊污浊时不时用"可能出现的结果"来质询别人的动机。可是他们的动机直接就透着阴暗。我们会相信污浊的动机可以产生甘美的果实吗？它不会属于善良的人类，它只会蕴藏了毒汁。

人类要享用自然甘果，就得守护大地，警惕魔鬼留下一片狼藉。

魔鬼就是一群没有生路，没有明天的人。他们从来不在乎结果。魔鬼也会装模作样地、狂妄地质询人类的"动机"。魔鬼说到底都是一些胆小鬼，他们恐惧于自己的虚弱，因此就需要污浊的围拢和保护。

如果一个人心里的污汁变得越来越浓时，就渐渐与污浊混为一体了。他们曾经是茁壮成长、蓬勃向上的。可是当垂死的恶意充斥了心扉时，就会变为另一种人。他们变为扼杀者和欺骗者，投入魔鬼的怀抱。这绝不是当代童话，而是不断上演的、时代的活剧。

顽强的生命，蓬勃生长的生命，总是有勇气把自己交给真实，也总是有勇气维持日常的劳作，并且从不吝惜汗水。能够这样坚持下去、能够把自己的生命抵押给最朴素不过的劳动者，就是一个不欺的人、一个美好的人。他会与无所不包的美好自然融为一体。无论是他在劳作之中，还是在劳作之后；无论是他的生命正在茁壮成长的时刻，还是衰萎熄灭的最后光阴，脸上都始终流动着温煦的笑容。他最后将融于土地，融于自然，与之不再分离。

当面对那旋转的污浊，当进入恐惧和规避的时刻，最好的办法还是弯下腰，重新归于劳作。只有劳动会给人以强大的安慰，它来自心灵的安宁、来自永远挥洒不尽的向上的激情，来自自信和自尊。只有那些不齿的邪欲，才会帮助污浊——通过人的内心去帮助它——这才是一个人真正的哀伤。

在复旦

它大概是华东大地上最重要的一所学府了。人们走进它的怀抱，满怀尊敬。我想它具有深邃庄严的内容，也相信真正深邃和庄严的东西，都伴随着最大的真实和美好。一个人以这样的心情走近了它，才会有自己的理解。

比起它，一个人大概是肤浅的。可是人应该寻找与它的总体精神相一致的东西。一个人应该像它一样充满善意，应该溶解在其中。如果一个人没有这样的自信，就该远远离开。

朋友的邀请，使我们有一次聚会、有一些感兴趣的话题。这里有点空空荡荡，同时也有点忙忙碌碌。

雨天，可爱的年轻朋友撑着雨伞，把我接到一间宽敞的教室。我看到了熟悉的眼睛。这里曾经举行过很多讨论，接待过不同的客人。那些人曾经使人失望或是兴奋过。那些人有时未能满足一些起码的期待。雨哗哗下着，与室内的声音融为一体。这儿有许多熟悉和陌生的朋友，我们在文字和倾诉中进一步相识。人处于世纪末，总会有一些特殊的友谊和信赖。

想到这些，心中陡增感慨。它们难以表述。未来之路曲折而遥远，未来需要多么坚韧的生命。

这是一个美好的上午。共同的话题使我们忘记了疲劳和时间。我们都有着过多的期望。我们都关注着这个世界的声音，那些动人的或者并不令人信任的文字。人应该在一片目光中感到稍稍的不安。

雨下个不停。

……我想着那片平原、雨中的一切、经受冲洗的动植物，我此刻与它们的距离、心理上的距离……它们也在淋雨吗？

我知道人类——起码是有一部分人，总是试图与自然万物沟通——那是一种感激的心情；他们与之相互尊重、平等相待。我们应该依赖它们，指望它们，依靠它们的支援来度过艰难的岁月——在未来我们当然非常渴望它们的帮助。动物和植物对于我们，不是一般意义上的生物。这当然不是指一个人艺术追求上的需要，不是指倾诉的需要，而是生命底层的渴求——这或许有点言重了，但它是真实的。

……一片闪烁的眸子，难以区分。青春、明天、希望，它们常常从大学里成长。我的一些文字或许不应该使美好的大学失望。我不会疲惫，但我知道在生命的旅途上，原本没有什么奇迹的，它依靠的只是一种真诚和不畏艰难的信念，一份追求完美的执拗。这更多的不是表现为一种能力，而是一种品质。人一旦缺失了一种品格和质地，就完全没有前进和再生的希望。

在这所著名的学府，在这个热烈的教室，我进一步感到和想到，一个新鲜的、正在渴望前进或已经在前进的旅途上的生命，多么需要一种信念，坚毅的信念。与以往不同的是，现在的精神之路更崎岖、更艰难了。我们行走在差不多的旅程上，但有时又不尽相同——偶尔也会背道而驰。这些曲折之路正在大地上交织成网，它们指示着不同的人生轨迹。未来的考验对于我们同样复杂、同样频繁，我们都可能面临着差不多的诱惑。种种誓言、慷慨的话语，都代替不了事实。背叛，在这个时代是极有可能发生的。

背叛是可耻的，但背叛有时又是不可避免的，就像先于它出现的苟且不可避免一样。背叛不是对某个具体的人而言，背叛的分量常常是因为它面对了时代、真实、道义等最基本最沉重的命题……

时间很快地流逝。当我走得很远的时候，再回头望这所学府，会产生很多感慨。那里有很多学者，师长和同学；那里也是一个世界，并且与四周的世界血脉相通。一切都可以顺着那些血脉，进入它的肌体。

在紊乱而匆忙的精神之域，我接受了许多鼓励和支援。这愈加让我感到一份沉重，道路的长远起伏，还有其他……

我觉得自己已经走过了遥远之路。我的跋涉又像刚刚开始。未知的一切似乎皆在把握之中，又像永远面对着一片苍茫。我曾经被自己的坎坷所吸引。因为我可以藐视我的表达、我的艺术，可是从来未敢藐视我所经历的坎坷——这种坎坷不是一般的困惑，而是精神的艰难历程。记录下的仅仅是一部分，而且是一小部分。我像盯视一个陌生的灵魂似的，从中寻找共鸣。

这所对我来说显得有点古老的学府，让我感到分外亲近。奇怪的是那些经历浅近的院校，那些大楼簇新、树木还未来得及茂长的学府，却常常让我感到一些生疏。我需要经历、需要古老、需要积累、需要潜在的智慧，这大概就是我对于复旦的特殊情感。

这样年代久远的学府我还到过几个，它们往往让我感到特别的、类似的亲近。这里可以让我焕发出很多冥思，获得一种深层的感动。我从那些陈旧的建筑里，从或多或少的关于它们的谈论之中，感悟到一种精神的激励。这种精神不会泯灭，它或许就藏在这曲折的走廊、这各种颜色的建筑间隙之中。一种漫长的、不会消失的精神作用着这里的人，也作用着每一个走进它怀抱中的人。这是一种健康的治疗，是一种启迪。我觉得一个在大地上行走的人来到这儿，即可以微微地感到大地怎样在此凝结出一种精神、它们二者之间又怎样互为表里。

只有靠一点浅薄的知识和书本堆成的某些所谓学术机构，才会背离大地的精神。它们丝毫也没有大地的博大，她的兼容并蓄的气度。

匆匆而来，又匆匆而去。我们在雨中分离。

我只把心中的祝福留给了这座学府。

忆想那个春天

在模仿、拥挤、嘈杂和喧嚣之地，一切美好的东西都将很快被俗化，都将在不断的重复和仿制之中，失去它原有的意义。

我一度很乐意参加"笔会"。那是艺术的吸引，友谊的吸引。一些友谊和智慧的重逢，总是令人感动。在当年，那是很内向、很融洽的聚会。名曰"笔会"，真是再好也没有的命名。因为的确是笔与笔在相会。那种特别的安静和相逢感，会使人的精神更为健康，心灵更加充实，一颗诗心扑扑跳动，变得更加敏悟。

八十年代初的那个海滨笔会，是我参加的许多聚会里印象最深的一次。笔会开始时是在一个简朴的海边招待所，而后又转移到一个规模不大的海岛，时间近月。那个笔会集体活动和交流的时间大约占去一半，每人自己安静写作、思考的时间很充裕。没有什么标新立异，更没有什么乖张之举，大家的热情和探索都非常真切。作家分别来自草原、京城、高原，其中有文坛老手，也有刚出道的新秀。

十几年过去，时过境迁，风气流转，时代发生了如此惊人的变化，文坛已经不可想象。当年参加笔会者也各奔东西，有的不仅脱离了自己的艺术，而且背道而驰。当年的朋友今天扔掉了一支笔，这无论如何还多少有点令人惋惜；但更值得惋惜的是其他——因为一个人完全可以不扔掉自己的笔，却有可能扔掉更重要的东西。

每逢回忆起昨天的笔会就想到了自己这十几年的历程，这风风雨雨。许多人都会叹息坎坷无限，生诸多感慨。尽管一支笔没有松脱，但直到今天仍懂得珍惜，懂得自询，仍能够冷静和清醒，能够有起码立场者，也并非易事。

更多的时候，我们并不这样自嘱自叮，也走不到追忆总结的十字路口。当年活泼的青春，现在已成熟沉静，分别做了父亲和母亲；有的要相当劳累地应付日常生活，疲惫不堪。可贵的是他们仍在写作，在为自己的精神、为人类的明天而激动不已。是的，他们关怀的那一切正被越来越多的人所舍弃和漠视。可是他们仍在牵挂。就像当年笔会举办之地的那一片可爱的春水，仍然是那么温柔多情，那么亲切和不知疲倦……

仅仅过了十几年，世上的许多已经面目全非。时光的水流淹没了那么多岛屿，腐浊了那么多岩壁，它们不见了，仿佛无影无踪了。

昔日造化变幻的奇迹常常令我惊讶，可是如今，更多的时候是被另一些东西所惊讶。升迁、沉沦、消失、出没、淹息和搏击，这一切就近在眼前，在视野之内交替出现。它们已经让人无语。

后来我又参加了一些笔会，还有以笔会为名举办的各种旅游活动。我有过自己的愉快和收获，有令人难忘的友谊。可是遗在心头的，总是比不上那个海滨笔会的美丽。我在其他一些场合遇到了当年在一起的人——他们竟也像我一样，不约而同地发出类似的感叹。

不同的时期，不同的年代，差异到底在哪里？它们的区别大约是本质性的，它们所以才让人如此铭记。我觉得是有什么东西腐蚀了我们，它何止是一两次美好的聚会。

各种聚会仍在举行下去，其中不少是"艺术家"的聚会，"诗人"的聚会，或者仅仅是"爱好者"的聚会。斗转星移，时风依旧，聚会是不会终了的。

可是它们的气味变了，性质变了，它们再也没有那么多的魅力了。越来越多的艺术家在设法拒绝和回避这种所谓的聚会。这种聚会虽然说不上比这个时世上的其他各种各样的聚会更庸劣，但也不能说比其他的聚会更儒雅。它们有大致相似的气味和色泽，甚至同样令人惧怕。混迹的骗子、"会油子"、"二丑"，接踵入会，很快使人兴全无，以至疲惫异常。

聚会作为一个社会场所，就像在其他任何地方一样，有美好感人的一切，可也往往被另一些东西破坏和抵消掉。人们仍将珍存友谊，友谊是美好的。更不难看到秀丽的自然风光、文物古迹，可它们更多被那拥挤的人流、被这个时世所特有的商业气流给污染得一团糟。

看到你微微发胖的、多少有些虚肿的面容，不愿再说什么。我不知道你这些年所经历的全部，但自己也往往可以作为其他生命的说明和参照。那时候我还年轻，好像一切才刚刚开始……只一转眼的工夫，就到了今天。

你却变得英姿勃发，也更为严肃了。你好像有很多奏效的方略，处处得心应手，令人羡慕。不过我们的心离得很远。

在这忙碌的生活当中，一些人失去了许多，像被激流冲决和卷走了，他们正抵消着我们的快乐，增添着我们的痛苦。有时害怕询问故友。远远近近，再没有那么多感人的话语了，没有那么多动人的篇章……它们像是随着时光一块儿流逝了。

如果我们能够重新浸润到那个春天的水流里该有多好。这当然只是一种幻想。

记得那天，一艘船把我们载到一片碧绿的海洋深阔处，让人兴奋。我们要去那个海岛。有人晕船，但特别坚强地克制住自己的呕吐和眩晕。风浪渐渐大起来，巨涌像山峦一样排列。那是一次难忘的航程，许多人搞得很狼狈。但今天回忆起来，谁不神往，谁不愿重新拥有那样的一次漫游。

时至今日我们终于明白，更为危险的航程刚刚开始。无论是精神还是物质的海洋，隐含的旋涡与暗礁都令人悚栗。

我们将顽强地寻找人类最美丽的珍藏——它们被掩埋于地下，掩埋于时间的尘埃。我们现在所做的就是拂开尘埃，去寻求那原有的光亮——它们仍在那儿闪烁。

看来关于那个春天的忆想，只是一点微不足道的怀念，近似于无病呻吟——也是有病呻吟——我们都病了。起码是肉体的衰败和心性的迟钝。于是人总需要一点呻吟，这呻吟是一个人的低语，它可以伴人回顾总结自己的岁月。一个人探索了，劳动了，默默祈求了，也就无愧了。他所能做的，就是想方设法使自己不变质，不沿似曾相识的那个陈旧轨道滑下去。这也很难。

那是笔会的春天，也是写作和友谊的春天。那种感觉笼罩了一个写作者，留恋于那种感觉，会是很好的。参加那种聚会的人应该是幸福的。能够常常忆想那个春天的人，也会感到幸福。

逼 近

你往前走去，越来越远。很多人呼唤你，你像充耳不闻。你走进了。

于是你理所当然地迎来了一切，无法规避，无法拒绝。也没有退路，对你而言不存在撤退之路。你只能往前。于是你感到了，有什么在逼近……

它们逼近了，却看不到形影，听不到声息。也就在这无形无影、无声无息之中，一切将被吞噬。

这是无数次重复的场景，几乎没有例外。

它们在逼近，从四面八方紧紧收缩、围拢。你寻过道路，四处张望，可是未曾想到退缩——其实也来不及退缩。

为什么不能尾随不能逃窜？为什么不能乞求？

就因为"不能"。

人的一生忍受这种逼近的恐惧，就酿造了一种坚韧的生命。对于命运而言，它是悲壮和炫示，是最后的怜悯，是迎接，是献祭。

夜越来越深，风声又在加大。他听到了海浪声，它们扑在沙岸上，碎裂，退去，然后重新卷扑……可以想象这冬夜的海面上该怎样寒冷。苍茫的海，寒雾、水花、潮汐，无边无际。风时急时缓。如果有一只船，仅仅是一只船，它微弱的灯火即将熄灭，在大海的深处，在不辨方位的墨黑一色中，那将是怎样的情形。四下看不到光亮，头顶没有星辰，黎明离它尚为遥远……这只船将驶向何方？这只船在想些什么？寒夜里的船，它会感到有什么在逼近吗？

它从驶向海洋的那一刻，就想过这样的经历。

　　它启航了，命运之旅也就开始了。一点一点开始，走向一个必定不会变更的地方。它并不是为了去经历，可是它必然要遭逢，要有一场际遇。一条不懂得及时折回港湾的船最终只有一个结局，那就是被风浪拍折，被礁石粉碎，或在腐蚀中瓦解。可是一条能够按时回返港湾的船呢？它又会有另一种命运吗？

　　再也没有比一只勇于远航的船更为骄傲的了。

　　黎明来临，风会息去，浪涛暂时会变得平缓。再也没有比一条航过午夜的船、挣扎之后的船、被抹上一道霞光的船再令人振奋的了。这时它可以看到蔚蓝色的水面上，那些成群游动的鱼、水藻，远处的海岛，天上的白云。水鸟从船头掠过，这远航的伴侣，穿过黑夜和风暴迎来的诗意。一切终于让它来享用了。

　　可是接下去它仍然要经历那些并不温柔的夜，风暴之夜。它仍然无法回避一个最终的结局。这是注定了的、命运之旅的终端。

　　它把一个无声无息的故事留在大海深处。目击这一切的只有水流、游鱼、海藻和礁石。

　　他站在彼岸，用臆想和感悟之手，抚摸你湿漉漉的伤痕斑驳的躯体。他想象各种各样施加于你的磨损和啮咬，只为你而悲伤。

　　你被抚摸的躯体微微颤抖，是对另一个生命的回应。他因你而骄傲，因为你是他的感知之船，正给予一个陌路人少有的恩惠和启迪。他只有通过你，才能感受大海和远航、腥咸的水和疯狂的浪。他不会永远站在彼岸了。他要开始那场奔走，去领受那种逼迫和围拢的感觉。

　　他曾经亲眼目睹过一条船的破裂，看着风暴怎样把它打碎。在它被几千年的咸水渍透了的木板上，已经有了道道触礁的裂痕。瓦解的一天到来了，最后它竟没有发出轰然一响。它是慢慢碎裂的。它沉没了。他曾为这条船送行。

　　一只船消失了，又有了一只船——新的远航者。永远不能禁止。在风闻中，在视野中，它们行进着，船头顶起波浪，驶向远方。

　　一条这样的船是没有什么固定的航道的，它们走向的是自己的苍茫和未知之地。它们有开辟的光荣，是探路者。

而另一些船，那些在呐喊中开出的一条又一条船，它们形成了队伍，前呼后拥，帆影相叠，却不是他所寻找和崇敬的船。

夜越来越深，寒冷将电源断掉，他不得不备起蜡烛。闪跳的烛光里，他两手抄起，伏在桌上。这是一间孤屋，一间在莽野上的孤屋。他一个人待在这孤屋之中，一瞬间竟不知自己从何而来，又为什么待在这黑夜里，睁着一双难眠的眼睛。这儿已没有一丝暖气，土炕里的炭火已熄……原野上的人将这间孤屋遗弃，他把它拾到了。可是只有在这个时刻拾到一间孤屋的人，才能够和这间孤屋一块儿享受夜色之美，迎接这莽野上四处围拢的无穷无尽的声息。这声息从空中、海洋，甚至是从地下，一丝丝渗流而出。

惨厉的长嚎从平原那一端传来，如此凄冷。风吹落叶在土地上滑动，发出了野兽长爪扫地之声。屋角的背囊里只有一件老旧的武器，但结实坚硬，沉重笨拙。它是他唯一的武器。这武器一直跟随他，伴他在这样的莽原孤屋里操持自己的生活。

每个夜晚他都在领受这逼近的什么。这不是幻觉，因为他看过了各种各样的真实记录。

它们记录了一场又一场搏杀。有人在血泊中挺立。

这证明了寒夜中的人并非孱弱和无聊，并非伤感。有人经受的是真正的冬天、真正的夜色，正像他在经受真正的莽原、真正的孤屋。

他将在此居住下去，领受下去。他知道到了那一天，大风会动手拆毁它——他奋力护卫也终将失去，那么他就将徒步走向赤裸的荒原，一直到走穿漫漫无边的长夜……

艰辛和收获

在二十多年的时间里，我写了一百多个短篇。它们甚至就像我的文学日记，记下了我在不同时段里的不同冲动和想念、倾向和爱好。比起我的其他文字，它们显现出另一种具体和真实。

　　我出版的最早一个短篇小说好像是1973年写成的。那时我刚刚十六七岁。短篇对于我好像是困难的文学样式，也是可爱的、有诱惑力的文学样式。我总是愿意以此实现某一个梦想；我在某一个时期的特殊感悟、接受的启示，最好不过的就是选择一个短篇小说来加以表达。这也是很幸福的事情，它很像一场小小的试验。如果说一般的日记尚不能记录那么复杂的内心体验、猜想和领悟的话，那么用这种形式该是最好的办法。它是艺术的片断、心情和丝绦的片断，是借助形象、意境等等加以蕴藏和传递的一种独特表达。

　　飞过的一个灵感可以被抓住，豁然洞开的想法可以被贯彻。它们像卡片、片断、散页。也正因为它短小，它才显得那么灵动和随意。可是由于它更为需要技巧、需要精雕细刻的功力，所以它可以费去一个写作者最为宝贵的东西。它短小，但它是一个比较完整的独立世界。它被赋予了生命，可以独立行走，离开母体，到陌生的世界去游荡。比起那些长篇来，它显得简单了些，可是它有时牵扯和埋藏的东西却丰富而繁杂。它与长篇一样连接在共同的母体上，携带着同样的基因和密码。

　　在那个海边，在那个茅屋，我尝试着写出第一个短篇。当然它们失败了——或许对于我也并非是失败，只是它们佚散了。再后来我又离开，一个人到更远的地方，携带着那么多的短小篇章在半岛山地和城市走来荡去。

　　今天我甚至能够回想起那一次次长夜诵读，那种发表般的快乐，那种得到了极大奖赏的他人赞许。这也构成了我奔走的动力，成为我急于写作和完成的动力。当然最终的吸引还不止这些——不仅是爱好、兴趣，甚至也不是明晰的目的——那种源于更深处的激情才是艰辛的生活所不能磨损的。它是人生至为特殊的要求，是接连不息的冲动。我觉得最美好的东西可以在这种尝试中得以接近，它才是人的希望，是我命中难以分割的一部分。

　　也许就是这样的原因，我的短篇很少有吸引人的故事。一开始我就不满足于讲述一个故事。我发现在平原、在林子里，以及后来的山区和城市，都可以遇到很多讲述精彩故事的人。他们可以是青年，是老年；可以是男人，是女人。他们讲述的故事是万分吸引人的，吸引一群又一群的人，让他们彻夜围坐。我也曾经倾听过——既然如此，我就没有必要再去设计故事了。我发现自己不是一个故事能手。故事在我看来更多的是一种技艺，一种技术。而这些对我的吸引都是表面的。我对技术性的东西一开始就没有表现出过多的热情。

我知道是说不清的渴求才使我倾诉不停。这种倾诉更多是面对自己。发表可能只是一种惯性，它很难影响到我记录和倾诉的性质。正因为有了这阶段性的记录和宣泄，我的艰辛和欢乐，各种各样的收获，似乎都存有一个表象，一个结果。这种循环似乎是很有意思的，也不尽为自己理解的事情。

显而易见我并没有鄙视故事，没有贬低它的意义。我对一切技术性的试验始终抱有极大的兴趣。但我却常常被另一些更有力的手拽回了。它让我回到灵魂上———一切稍稍离开了灵魂、离开了那种根本性的吸引，都会让我淡远、撤离，不由自主地走开。

在这一百多篇记录中，每一篇都可以把它还原到一个具体的环境里去。有的沾上了海的腥咸，有的回响着丛林的呼鸣，有的震动着大山的回响，辉映出沟壑的曲折；而有的更多地充填了大城市的浮华和嘈杂，以及装满了拥挤的人流；还有的映现了极为不安的灵魂的渴求，它在一个小小空间里的遥想和注视——没有比它们对我更为切近和真实的了。它们对于我好像越来越变得直接，越来越变得透明，越来越无欺，越来越不是职业上的操作和玩赏了——我已不再允许自己这样。我觉得它们应该是离我最近的，近在心中、灵魂之中。如果不是这样的感受，它们就会离我远一些，以至最后离去。这会让我难过。

有一段时间，我的很多短篇都超出了一万字。因为那个时候我精力饱满，感觉良好。这种良好是指我的创作状态。"创作"是很好的字眼，可是对于一个写作者而言，有时也是一个坏字眼。"创作"的一个"作"字，或多或少地透露出一点职业的无聊。

很感谢那个时期很快就过去了。那时写下了被人赞许的几个短章。至今我也不能否定它们，它们饱满而充实，从语言到布局，有时难以挑剔。它们使我脱去了昨天的稚气，又没有了后来的直率。它们是比较典型意义的短篇，特别对我而言是这样。

后来就有所变化了。我的感悟、我的即将滑走的片断，我都想用这种形式去凝固。它们在单位时间里非常真实，更有了流动和记录的性质。我想这是一个人感到了匆促的脚步之后才有的一种记录，它更少"创作"的痕迹，更少职业意味。它们果然直率多了。它们更多的不是被用来欣赏，不是为了消遣，而主要是自己的。那么我会幻想有很多读者吗？不，它们将越来越离我远去。可是我将获得更为坚实的读者，他们也许少而可信。那是一些像我一样，逐渐感到了生命之匆促的人，是这样的一些人——他们走近了我。

我的那些欢欣和艰辛，他们可以从字里行间读到。他们会越来越多地读到。这是我一个阶段的收获和结果。我现在甚至没有办法把任何一个短篇写得更长，它还没有超过一万字我就疲惫了。不是精力上的疲惫感，而是心理上的。没有多少话可讲，讲不了那么多。要说的似乎早就说尽——不是在别的篇章中说尽了，而是在正写的这个短篇中写尽了。是的，聪慧的读者，深刻的读者，他们只需要从只言片语中就会读出很多。我觉得我只能这样表达，没有其他办法。

也许在接下来的岁月里，我的心情会发生一些变动，有另一些变化。那时候我会重新变得饶舌吗？它如果在讲述一些我自己的或是别人的故事，如果讲述的方法变了，心绪变了，人在这个阶段的性质也就变了。可是有一点我敢肯定，大约我还会写出很多的短篇，它们会罗列在我不同的人生阶段上，记录和辉映，展现我的生命。它们会继续下去。也许我还会收获一百或更多的短篇。我爱惜它们，它们收在我的手边、我的书中。它们时常让我拿起来抚摸，让我从中不断地有所发现——原来那个时刻，那个阶段，很多年以前，我曾对这样的一些事情耿耿于怀，津津有味。我看到了自己的过去，也安慰了自己的生活。

很多人曾像我一样在大地上走来荡去。他们或许翻到这些篇章，叹息一声，如此而已。它们——我的文字，对于这个世界是微不足道的；而它们对于我却是不朽的，无论它们多么粗陋。

华师大之夜

一场风雪之后，来到沪上。这里又是奇怪的寒流。这里甚至比北方更冷。

刚刚开过一个讨论会。感谢朋友们为作品付出的辛苦，他们的阅读。

精神的聚会已经不多了。或许很多，但我觉得不多了。

一个智慧而正直的华师大教授让弟子来接我。那里有很多年轻学者、博士生。

寒冷的冬夜，他们已经在我的住处等了一会儿。路上很拥挤。我从一个聚会上匆匆赶回，接我的人已经在客房里等待了。

这个夜晚星光不亮，路灯微弱地闪烁，车子驶进沪上这所有名的学府。黑影里我觉得树木葱茏，那些常青植物很多。好像有一个落满了枯叶的浊湖。踏过桥，进入中文大楼。果然来晚了。可爱的朋友在这儿已经等了半个小时。当时我不知道将在这个热烈的场面里度过三个多小时。

教授主持了这场对话讨论会。

这里产生过不止一位优秀的作家和学者。特别是学者，他们曾经发起了关于人文精神的讨论，在中国知识界激起了极大反响。

上次来沪，计划中到华师大参加座谈。后来因为别的聚会而耽搁，至为遗憾。这里需要我领略和感受的东西很多。我读过很多这里的优秀学者所写出的有力篇章，从心里感谢和尊敬他们。

他们的纯洁的眼睛，表明了他们的纯粹的心灵。

讨论中更多的还是关于《家族》，关于人文精神、理想主义，关于近来各种各样的声音、莫名其妙的理论。

从一个寂寞之地来到这儿，时觉新鲜。在那里，没有电视，也没有花花色色的报刊。那里关于文化文学之类的传闻很少。只是到了一个拥挤的省会，到了沪上，才能听到这么多的声音。

我需要听到这声音。

我想把自己那个角落里默默劳作的一份心情带给这个东方都市的朋友。他们在这里学习、工作，有着完全不同于我的一些经历。这是一个最好的交流之夜和安慰之夜。无论一个人有多么复杂的心绪，我想我这个期望和愿望都不会落空。因为这是一所美好的大学，它培养了自己的卓越学者，它正从这里送给世界一个重要的声音。这声音很少有一个正直的人会说它是无足轻重的、无聊的。它让人尊重，让人静思，让人满腔热情和兴致勃勃。应该走进他们中间，有幸地参加他们的讨论。

他们绝大多数是比我更年轻的人，比我年纪更大者大概不过十位。有的提问是出乎意料的，表现着独特的见解，但他们都非常诚恳。我觉得这声音会把我引入新思考。在这里，在他乡异地，我都会继续这思考。

1993年的秋天，山东四高校曾经为我举办过一个"文学周"。轮流下来历时近一个月。那时我听到了一些年轻的声音，各种各样的声音，包括具有挑战性的声音。九三年的秋天我不会忘记。那是一个非常特殊的时期。九三年总给我留下独特的印象。我甚至写了一篇短短的文章，叫做《九三年的操守》。我觉得一个人在九三年里应该有声音，应该有自己的训诫，应该是非常谨慎的。我觉得一个写作者，一个精神之路上的探求者、思索者，正遇到了空前的考验。这考验已经过去两年了。回头看，我并不觉得在这种考验面前完全失败了。我多少应是一个胜者，哪怕是险胜。我走过来了。不知对其他人是否如此？起码对于我，九三年是非常重要的……

在华师大之夜，我很容易又想起九三年的那些场合。白天和夜晚，友好的、挑战的、善意的、嘲讽的，各种各样的质询都有意义，都让人记住。

这个夜晚是润湿的、温暖的。友谊的温暖、交流和倾谈的温暖，驱散了四周的寒冷。在沪上，我常常感受到很多的友谊和信赖。从这个学府走出来的人，有很多将是我的同行者，大约也会有很多将与我走着完全不同的道路。这都是自然而然的。但这个夜晚会在心中凝固，对我而言尤其是这样。他们的友谊会伴我走远。

聚会结束，我的朋友甚至一直把我送到住处。天很冷，可是我心里感到了很大的温暖。

我是一个懂得和能够深藏记忆的人。我最难忘怀的就是真挚的友谊，热烈的气氛，真诚的话语它们一旦发生，我就难以忘掉了。

我觉得这个夜晚从某些方面讲超过了前一天的"《家族》讨论会"。因为这儿更热烈更无忌也更内向；还有，这儿是一个夜晚，我们一起用精神之光驱走了黑暗，这儿很明亮。

我离开校园时想，到了春天，这里将变得更加美丽，茂密的植物会长得更好。

友　谊

真正的友谊是来不及的哀伤。

人们最不陌生的就是友谊所带来的安慰、交流、倚托、信赖、精神的资助，等等。可是人们很少想到就是这一切阻止着什么。它是什么？它是与生俱来的，也是生命后来所附加的一切哀伤、哀痛。

正由于有了友谊，这一切都被阻止了，来不及顾忌了。这就是友谊的本质。能让人忘掉哀伤、让人不再顾及哀伤的友谊，才真正动人。

友谊不需要考验。有人常常提到"经受了考验"的友谊那只是一种平常的通俗的想法。友谊和生命一样，是自然的事情。友谊不需要寻找，它天然地存在。友谊甚至不需要珍惜，也因为它是一种天然的存在，这是人对于友谊的一种觉悟。友谊甚至不需要建立，不需要在摩擦和经历中去巩固和增长。它的数值是不变的，无论意识与否，它都天然地存在于它应该存在的地方。

有的友谊让人感到陌生，但它存在着。有的友谊让人感到很熟悉，但是它终将失去。如果说到考验，随时都有对于它的考验。可是这种考验真的有意义吗？

人们对于友谊的误解，对于人和人的关系的误解，总是常常发生。但是误解也难以伤害本质，友谊是靠一种极其美妙的东西连接的，人类不可能对它有更深的认识和理解，它是神秘难测的。友谊有时候以非常明朗的、通俗的面目出现，可是更多的时候它又是难以解释、非常晦涩，充满了奥秘。友谊存在于宿命之中，属于神秘的范畴。既然这个世界上有一些不可改造的生命存在，那么就允许有一些不可更改的友谊存在。

友谊和爱情常常混在一起。是倾慕，是留恋和想念，是真诚的叠印和延长，是没有连接在一起的肌体和思想，是交汇的河流，是同一片海洋。假如我伤害了你，我希望它没有触动到友谊的本质。我在猝不及防的时刻让你产生了误解，或者正好相反……我觉得自己在这个时候也不必显得无助和无望。

可是更多的时候不是这样。更多的时候，比如说我们所看到的那一切，它们与友谊无关。简单极了，因为他们之间从来也没有友谊，所以当他们谈论到友谊、谈到因为误解而造成的伤害时，细想起来显得特别勉强和可笑。在世俗物欲的驱使下，靠拢和走近，只是一些为了捕猎而临时凑到一起的、随时都能因为猎物的缘故而发生火并的猎人。这怎么能称为友谊？

在大洋的此岸和彼岸有两个人，他们也许一生都没有见面，可是他们有友谊。他们的呼吸随同他们的思想，在一个遥远的空间里传递流动，彼此感知、感激、思念和需要。必要时，他们援助的手臂可以伸过大洋，一个可以在另一个的保护下进入安眠。

一个卑微的人可以有幸和另一个杰出的人生活在同一个时代，甚至生活在相距并不遥远的邮票大的地方；可是卑微的人是没有勇气到杰出的人那里去寻找友谊的，因为友谊不可以寻找。卑微的人只会仇视、嫉妒甚至是诋毁，他诋毁的口实就是对方不懂得友谊，或者是破坏了他们曾经有过的友谊。这是十足的误解、十足的错误，因为他们之间压根就不会有友谊。

杰出的人只会委屈地注视着生命，他与所有的生命都结成了某种特殊的关系，他爱他们，因为都是生命。他需要所有人的友谊，从不拒绝友谊。他始终如一地维护着，但由于宿命的神秘的关系，他与那些卑微者不可能存在一起，虽然他丝毫也不会理解这其中的缘故。这对于他不是一种误解，而是因为杰出的人物所共有的那种笼罩一切的爱心，是因为充斥着他的目光与外在事物之间的一层浓雾遮蔽了他的判断，是它所造成的。他对于各种指斥是绝对不会理解的。这种不能理解实际上也是最深刻的理解，因为他的迷茫是从生命与生命的关系之间产生的。至于一个生命怎样遭到了扭曲，走到了如此值得同情和怜悯的可怕境地，那又被极其复杂的某种关系所制约，也不是他所探讨和理解的范畴。

一个杰出的人大概一生都不会明白，他也许无需那么多的友谊，因为原本就没有那么多的友谊。这是冷酷的事实，但友谊不可更改地存在于人生的奥秘之中。

因为他的爱太多了，他广泛地挥洒着自己的爱。他不愿对某一个个体表现出过分的自私，培植出一种变质的、浓稠的，同时又是一种畸形的爱，即所谓的"友谊"。当另一些个体未获得这种满足时，就会相向为仇，伸出诋毁的爪子，去扫动、去惊扰。

两个人可能默默地互相注视了几十年，一个却很少走近另一个，很少去打扰他；很可能还有着轻微的斥责或劝诫，甚至有义正词严的指责；但是他们的缘分是永恒和固有的。他们直到最后分手的时候，也还会被深刻的友谊所连接。这样的例子不胜枚举。在人类智慧群星的银河里，这样的友谊尤其不会陌生。

那些"同伙"之间的情分也许是动人的，可它们与友谊无关。同伙的故事是关于名利世俗，关于攫取、掠夺、争抢的故事。他们所谓的"义气"不值一文。"义"字一旦有了"气",那么它就变得廉价和低俗了。"义"必须与"正"字连在一起,构成"正义"。单独的一个"义"字也是非常值得尊崇的,行"义"或者不"义",都关系到深刻的原则。而"义气"两个字往往让人想到江湖、哥们儿之类。

是的,今天我们不得不仔细地辨析不同的词汇所包含的不同内容、它们之间或严密或微小的差异。

在一些懂得人生的悲悯、不断地为形而上的东西所感动所感召的最优秀的人类那儿,他对友谊的理解往往令人感动地苛刻。他们所珍视的是不需要珍视的友谊,也是不需要寻找的友谊。

是的,我们有时候的确需要小心翼翼地维护它。不过"它"又是什么? 在这种维护之中会是小心的照料,是渴望已久的回报。于是当回报一时没有到来的时候,对方就会感到微微的,或愈来愈重的伤害。这种伤害感是会化为愤怒的。是的,因为一开始他们之间大概就不会存在友谊,故意培植的友谊是不值得信赖的。不同的人,不同的类,那种"友谊"的连接之须是多么脆弱。

我的自语打扰了你

我对你的惊讶感到不安,我对你的目光也感到不安。因为你的判断,是我未曾预料的。起码在这之前,我一无所知。

几十年来,我只是如此劳作,这是我的幸运。或许是我的自语打扰了你。这是我对你和你的朋友之歉。回想更多的是你和你的朋友对我的信赖、援助,以至于在今天稍稍让我吃惊起来。

我无论说自己怎么感谢和感激,都不能掩去内心的那一丝不安和许多惊讶。我所要表达的已经超出了我的理解。我曾想,我应该化为你们目光中的一个人或者另一个人。如果是这样,"他"与我又有什么关系呢? 不过在你们的企盼里包含着美好的东西,所以我才尊重你们的期盼和愿望。

可是我又只能进行着我的自语。这种自语是不会改变的,就像我的生命已经难以从旧有的轨道上移动一样。它是生成的，而不是被嫁接的。是的，仅仅如此。我不知道除此而外我还应该做些什么。我不知道我的"愤怒"在八十年代初期和中期为什么没有惊扰这个世界。是我提高了自己的声音，变自语为呼唤，还是我一开始就是在用这种嗓音自语？

我也听到了自己战栗的呼唤。可是这些呼唤从一开始就是面向一个木然混沌的世界——自我的。

为了将自己唤醒——因为我要赶路——我一边走一边呼喊。这样我才不至于因为困意十足而跌到崖下。还有，这种自我呼唤、自我需要的声音，也是对一个生命的疗救。这个生命在我体内，它随时都有死去、熄灭和枯萎的危险。就这一点而言，我是自私和胆怯的。

我认真地翻看了自语的痕迹——那些记录，发现我如上的判断并没有错。是的，我有时候常常用到"恨"这个字，那是由于我太"爱"了。我太爱了，我怕有人侵犯这种爱，侵犯我所看过和经历过的一切美好。当我看到之后，我就要勇敢地使用"恨"这个字。有时候它们是银币的两面，"爱"和"恨"写在了同一枚银币的两面。

我想，如果有一只海鸥往前赶路，它要穿过水波，到它所梦想的那个岛屿上去——它一路只是奋飞和发出它自己的声音；那么当它的四周布满了群鸥的时候，它拍动翅膀的声音，它发出的自语，是不会被其他所注意，也不会被埋怨的，当然也很难得到赞许。它一直地向前飞去，一直向着它一开始所决定的那个目的飞去，它的节奏，它的呼叫一如开始。但是当群鸥回返或者是四散而去的时候，它拍动的双翅和它声音就显得有点突兀，有点独特了。这只海鸥如果没有疲累，那么它需要多好的体力；它如果不被那些惊扰者所吓退，它又需要多么勇敢。可是它又没有选择的余地，它只能向前飞去。它如果落下来也找不到陆地，浪涌和水溅会把它吞没。它只有向前飞去。

我想，作为一只鸥鸟，它是有权选择、有权飞向自己的岛屿的。作为一个人，他也是有权自语的。这是他最后的权利。自语是应该被允许的。由于自语而引起的打扰，则是另一些事情。他如果停止了自语，也等于结束了自己的生命。被打扰者本来是待在自己的角落里，别人走近了，倾听了。可是这自语无论怎样尖利，都存在于自己的声音半径之中。被打扰者走入了这个半径，才能捕捉到这声音。如果自语者孟浪地穿越另一些生命的角落，介入另一些半径，那么他就该自责了。自责是痛苦的。自责比反省还要痛苦。自责之后应该有忏悔。可是啊，盲目而热情的歌手啊，不停地自语的歌手啊，匆匆赶路的歌手啊，你真的需要那么多的原谅和同情吗？

我常常这样设问，翻动自己的日历。我的不安和羞怯很快被我的勇气扫尽了。我自信的是，我倾吐的都是爱的絮语。它们是值得珍惜和可以珍惜的。正是基于这样的判断和理解，我才要继续发出自己的声音。

在这个行路的时刻，我发现我不是在自我倾听和叮嘱的过程中感到满足和陶醉，更多的却是其他。"其他"是什么？不知道。但它们出现了。

我不需要那么多的宽容，也不需要换上一副宽容的心情来挽救自己。再也没有比真诚的、一如既往的行为更重要的了。不要强力地改变自己，不要被善良的诱导和恶意的威胁所移动。这些都不重要。最完美的东西被粉碎的时刻，也仍然完美。只应该追求完美，永远地追求，这就足够了。

我相信在宽阔的道路上，追求完美的人并不感到拥挤，并没有无数人在坚持这种追求。这是需要付出全部的生命和热情、全部的激动的。懈怠是可能发生的，可是懈怠之后焕发出来的，还仍然是那不可更动的追求完美的信念。

一种完美出现了，否定了；再出现，再消失……这就是形而上的召唤和吸引，使人永不疲惫地往前追赶。这个过程只能无限地趋向完美。只要不忘记这个初衷，只要保持这份生命的圣洁，只要护住它的源泉，接下去即将发生的一切也就无所顾忌了。最终的结果似乎是可以预料的。既然如此，我们就没有必要时常地叹息。

我可能对你的目光不发一言，但是我没有漠视，我记住了。太阳的光辉给我注入的能量，让我在这个冬夜里抵抗过去，等待春天。春天，我将随着欢快的河流，走向自己的平原。在那里，我将获得真正的力量。

是的，这种回归感和出发感交织一起，使我奔走了几十年，而且还将奔走下去。这对于我是一种无可奈何的事情，对于其他人也是一种无可奈何的事情。我说过，最完美的东西在粉碎了的那一刻将愈加完美。这是我的信念，是那片土地告诉我的信念。我将维护这个信念，就像维护那些弱者和穷人。它永远使我感激，永远像朴素的穷人——我从他们之中找到了具体的爱，也找到了抽象的爱；我热烈地结合着二者，并用呢喃之声告诉午夜……

规避和寻找

那些不安的浪子留下了许多疑问，而平常人是不愿去探究这些疑问的。它们存在着，而且这种存在愈来愈显豁。

古往今来，总有一些人在大地上游荡不息，像在寻找自己前世遗失的居所似的。他们是诗人、旅人，一个个多得不可胜数。他们当中包含了一大批杰出的人物，真正的智者；这一部分人仿佛压根就不知道安居的乐趣，不知道一个生命托放在这个世界上的某个角落是多么重要，不知道这同时也构成了幸福的源泉。

在浪迹的颠簸之中，生命必会感到特异的痛苦。这是不言而喻的。生命在颠簸中有快感，有欢愉；可是生命也难以经受长久的磨损。仅从这个角度看，这种浪迹也该引起我们探究的极大兴趣。

我相信他们真正的居所只存在于他们的心中。他们就被这种心灵的感召所吸引，奔走不停。那实在是一种寻找。

可能寻找也首先为了规避。因为害怕各种各样的打扰和伤害，所以只能规避。

从乙地到甲地，从此岸到彼岸，只是一个逃离的过程。是的，毫不夸张地说，有时候诗人是一次又一次的逃离。彼岸有过一个美好的吸引吗？是的，他正为这吸引而去。正是这奔波的过程包含着规避，包含了舍弃和丢弃。丢弃和舍弃也是一种规避。

拒绝了，遗失了，忘记了，远离了——不断如此，循环往复。如果不是这样，我们就很难设想那个早夭的法国天才诗人兰波，为什么小小的年纪，竟有那么多神秘而热烈的歌唱？为什么在少年时期竟一次又一次到远方，到陌生之地，到壮怀激烈的场所？他渴望奉献、寻找、预知和参与。他有时参与了，有时又仅仅是一个旁观者。他找到了自己的所爱，畸形的爱、变态的爱，但这些当时也的确都是他的爱，是他的寻找。对他的这一切行为以及后果的指责和剖析，可以留下很多感慨甚至教训，但这都属于我们，而不属于兰波。

我们不可能知道，一个真实的兰波当时的心境，他那颗灵魂是怎样激越地跳动。因为我们不是兰波，我们不是那个特异的生命。多么好啊，当时的兰波，当时的荒唐，当时的冲动，当时的热情，当时的畸形以及其中的完美。我们不需要冒天下之大不韪去歌颂那种畸形之恋，可是我们现在更多地看到的却是那种忘我的痴迷的寻找，那种令一个生命永远不能够安分的、强大而特异的动力。动力推动着他的双腿、他的眼睛，让他永远不倦地张望和奔波。

他们的爱很难具体，他们在具体的爱上停留得总是非常短暂。抽象的爱，有时是形而上的爱，牢牢地勾住了他们的魂魄。他们规避的是什么？绝不仅仅是人生当中无法抵御和防范的丑陋；还有其他，其他一切生的琐屑和困苦。然而，这种规避却换来了加倍的困苦。但无论如何，浪子不可能回头。

大概没有一个当代诗人遇到比兰波更大的旅途摧折了，他开始险些被枪杀，继而失去了一条腿；他二十一岁就放弃了为之神迷的诗歌。最后他被这种流浪所折磨，奄奄一息，在不到四十岁的青春年华就葬送了自己。

这是一次绚丽的燃烧，美好的毁灭。

平庸的人是不会理解这种规避和寻找的。他不属于世俗的眼睛。当我们在心里对整个诗人的行踪、对他的业绩感到巨大惊讶的时候，我们不得不注视着自己的自卑。这是一种令人绝望的自卑，没有勇气，更准确一点说没有那样的血性。我们可以一遍又一遍挽留兰波一类人物，可是我们只能听到他们固执的拒绝：不，绝不。

大地遍是鲜花，这么多的可爱；这么多丰饶的物质，他不爱；他抽身而去，渐渐地，颀长的身影被浓雾遮去。他那女孩似的浓密而油亮的长发在风中吹动，像火焰在朝霞中燃烧，很快留下了一个光点。最后他消失了。

等他回返之时，已经是一个倒地的生命了。

兰波永远是个孩子，可爱的孩子。因为他以孩子般的纯洁和冒险，走完了自己的人生旅程。我在所知甚少的这个天才的身上，找到了那么多令人激动的东西。它们像五彩矿石，从黑夜中开采出来，收在手边。我为此久久地激动，一次又一次抚摸这些矿石。我试图从它们当中看到当代人似乎拥有过的一点元素。这是非常困难的。一个凡俗和平庸者不必存有这样的屠望。可是我们在自卑中又有着真正的不甘。

我们比兰波活得长久，可是我们觉得这种长久是不值得谈论的。所庆幸的是我们走到了中年，还没有为中年而自豪、而麻木。这也仅仅是我们自己残存的一丝希望了。

由兰波，又可以想到了另一个贵族——那个高大俊美、温文尔雅的屠格涅夫，一个离我们稍稍近一点的俄罗斯人。他美妙的篇章像他的人生一样打动过我们。他长期旅居欧洲，为了自己的爱人活了下半生。他很少返回祖国，最后就倒在让他向往的那个人的定居之地。他甚至把他的居所建在了爱人的庭院里。使我费解的是另一个人对他的忍耐和友善。这大概才是我们现代人所乐于谈论的那种"宽容"吧。这种理解和原谅真正具有人性的深度。可惜它既不能重复，又不能转借和模仿。对于所有的人都是这样。它只属于特殊时空里的特殊生命。当我们赞美它的时候，找不到言词；当我们谴责它的时候，更是荒谬。

我们同时还能想到那些游历一生的中国古代诗人。他们的游荡据说是为了山水之乐——我对此表示极大的怀疑。美好的山水，美好的自然，那种不可理解的感召，无时不在的诱惑的魅力，我们当代人也不难察觉。可是它们可以让一个敏锐的诗人不停地奔走，却是另一回事了。那需要多么巨大的热情、恒定的追求和痴迷的爱恋。他们的行走、吟唱，留下了自己的声音和痕迹……可这果真就是目的吗？他们内心激烈燃烧的那个核到底是什么？

无论如何，任何的人类社会里都有着共同的规避和寻找。是的，我们认为古人的游荡之中同样有告别、跳蹿、分离、厌恶、躲闪，是这诸种复杂因素合在一起。只有这些，才构成他们的全部理由。他们的一生因变得颠簸曲折而美丽，他们的一言一行都幻化为诗，谱写为歌。

所有的不安都是源于生命深处的，他们是一些自觉的漂泊者、流浪者。仅仅拥有一次的生命，应该是激动的，他为这个基本的冷酷事实而激动。其余的就好理解了。没有这激动和觉悟，无论在生活的细节上多么精明，都最终是一个麻木者、蒙昧者，一个不可解脱和超越的人。

杰出的生命是能够超越的，无论他活得多么短暂，多么贫穷和富有，都不能阻止他的这种超越。人具有了超越的能力才不会羞愧，才能够最终与一般的动物作一区别。超越是一种悟力，也是一种激情，它们二者的结合将创造人类世界的真正奇迹，创造永恒和永生。

从高原到天堂

你说你从高原而来，那是一个贫寒之地。你带着无限的懊恼和留恋，诉说着来路。我觉得这真是一个奇迹。

很久了，你的故事给我很多的忆想。那一次有名的欢聚，被好多人讴歌和记录过了。我从没为它写下什么，可是我也不能忘记。

那儿离黄河的源头很近，这儿离黄河的终点很近。从源头到终点，从昨天到今天。后来你离开了高原，到天堂去了，那个对你来说形同地狱的天堂。

你这场流浪，朋友发出了赞许和宽慰，可又隐隐让人感到它的不祥。一路的舞动和欢歌，跳跃般的舞蹈，可以代表你的人生。这是一个舞动的精灵，一个幻觉般的美丽。然后我们把它画下来，记录下来，在这种舞姿之下，为那么多的痛苦而伤感。

一幅幅画贴在墙壁上，吸引了那么多的目光。很多人索取这些画，你都不愿赐予。是的，它们属于这个墙壁，属于这个湖畔。

栅栏，响彻牧歌的漫坡地，你尽情地奔跑，不知疲倦。你的朗朗笑声，震动着白色的云朵和类似的羊群；马和猎犬都在太阳下散着锃亮的光。草地上的鲜花像你的眼睛一样闪烁。这种天真烂漫掩去了多少屈辱和辛酸。这种掩遮从今天到昨天，很可能还到未来。

我愿意为你编织一个特别的故事，我和你的朋友都在故事里这样祝福，可是它不能够取代其他。我们做过了自己该做的事情。我们不仅仅是为美好的明天而祈祷。你强大而又孱弱，你在后来终于明白你不可能拥有那个美丽的湖，你可能最终属于一片坚硬而崇高的山峦。

我把这些联想藏在沉默中。十年过去了，你证明着我的猜想。

我找出很多美好的画册，要为它们写下一点什么。我想在这些画册的背面应该绘下天堂般的欢乐。我将使用朴素的文字。朋友们告诉我越朴素越好。在这白色的信笺上，我轻轻勾画和涂抹；我觉得我的表达是这么言不及义，这么微妙而复杂，但是我应该把一切都涂抹出来。我应该将文字化成声响，化成音符，在一些粗鲁而可爱的笑声里，把它交付出来。

我觉得我从这一天开始变得成熟、安定，变得比以往任何时候都能够忍受。我很宁静。我即将衰老，从一颗心开始，用宁静换来的衰老。在恶毒的诽谤面前，我觉得我真的无动于衷；在热烈的赞美面前，我感到了自己的平静。这一切都来之不易，这一切都来自高原。有人说高原是一个象征，它是精神的高原。是的，精神的高原。你也是一个象征，你是象征中的舞蹈。可是这虚幻的象征却有真实的痛苦。它们之间究竟是由一条什么样的线所连接，我至今都不能回答。

你的匆匆来去，从高原到湖滨的奔波，是这样痛苦神伤。那种回告的声音伴随着抽泣，让人感到阵阵疼痛。无法漠视这抽泣之声，这啜饮之声。因为我真的看到了那个永远不会消失的高原影像。我曾经一次又一次歌颂过这高原。可是突然间在一个早晨，这高原开始摇动、崩裂。原来它们是冰凌和雪粉凝成的，它们徒有山的形状。

最真实的岩壁凸露了。好的，在太阳下它重新放出黛青色的光辉。这就是融解了冰雪披挂的高原了。那么我重新的景仰和跋涉又要开始。我也会从高原到湖边，到平原，到自己的城市，到最平凡最庸常的生活中，去迎送自己的日月。我想告诉你一个真实而平凡的故事，告诉你劳动与舞蹈的关系。跳跃和欢歌属于我们，劳动和磨损也属于我们。我们教儿童牙牙学语，我们播下种子，管理苗圃，浇灌鲜花，收割稼禾，这一切就是日常的生活。

不知有多少人还像我一样记得那次漫长的聚会。聚会围绕着一条河，我们沿着河畔欢歌；多么热闹，多么红火，南南北北的客人汇聚一起。那些场景他们记得吗？他们如果不记得，他们怎会成为同路和朋友？

我是这样的不能遗忘，我的不能遗忘使我很累。我感激，我答谢，无头无尾。我永远地感激下去，可是我又不愿惊扰别人。我为高原而感激，我为自己而呻吟。这样我变得坚强。九死一生、炼狱，折磨，挣脱，走过来又走过去，走向很远。我很寂寞，不，一点也不寂寞；我很孤独，不，一点也不孤独。我在你的理解之中，而你又是什么？是幻化的高原，是并不存在的雪莲，是舞蹈和歌声，是旋律，是精灵般的红色衣装？在湖滨墙壁上的美丽画卷，即将被收藏，它们将装在一个善良人的箱子里，完好无损地保存到生命的终点。

我愿你那鼓鼓的额头里，装下的全是流水般的清澈和滑润。那个奔波的夏天，那个可爱的初秋，那个纪念，那个祈祷。我回想起那次聚会所经历的宗教般的情感。真的，在我们所不理解的那个世界里，产生了不灭的记忆，这也就足够了。未来的岁月是藐视痛苦的岁月，是不会惊讶的岁月。人们将记住这美好的一切，尽管这"人们"会是不大的群落，可这是真实的。

当岁月用无情的手摧残了你的容颜、高原一般的清丽和庄严时，你只是走向了另一种完美。一切都是可以预料的。精神的高原，舞蹈、歌声、诗章、川流不息的四季、友谊和爱……

回答自己

人有时是巧言善辩的，可是却不见得在任何时候都能够回答自己。不，在很多时候，在冷静的、个人的时刻里，他是不能给自己一个圆满回答的。这才是人的尴尬。

人总要面临生活中各式各样的自责和误解，它们当然事出有因。面对这一切，一个人或许不需要解释，但是他总要回答自己。

我们看到了一个智者在铺天盖地而来的攻讦面前没有反唇相讥，甚至没有一丝动作。相反，我们看到他在加紧做自己的事情。也就是说，各种各样的打扰甚至是阻挠，都没能破坏他劳作的心情和惯有的专注神态。这是多么美好的事情。

我们仿佛看到了他那双青筋暴起的、被劳动磨损了的大手，在那儿有力地、节奏分明地活动。他的目光偶尔抬起，看到的是远方，是辽阔的原野。他那思索的神情一会儿又垂到了眼前。

有时候他从他的居地走出，在周边的丛林里踱步。他满怀欣喜地、略有惊讶地看着枝头上的一只小鸟，向它点头微笑。它不理解，飞开了。他重新往前走去。在一蓬碧绿可爱的马兰面前，他又蹲下，伸出粗糙而温热的手，去抚弄它的叶片。长长的叶片大概让他想起了年轻时候恋人的秀发，他的嘴唇轻轻地颤抖了一下。他最后去触动那几朵蓝紫色的马兰花。他惊讶地张开嘴巴，久久不能合拢。看着这形状特异的花，他好像咕噜了几句什么，又站起来，恋恋不舍地往前走去。洁白的流沙在丛林的缝隙里凝滞，掩埋了一丛绿草。他伸手挖开，把它们从中解救出来。

有时候他微闭双目，倒剪双手仰起脸，鼻翼翕动，似乎在嗅什么。那些不快、那些尖辣和无聊的言辞在脑中一掠而过，消失得无影无踪。他理一理鬓发。花白的鬓发在阳光下泛亮，几道深皱好像正顺着额角向两边延长。

他在自己的空间里劳作、思索，发出很多叮咛、劝阻和意味深长的喟叹，还有那些只有很少几个人才能听懂的不安的呓语。这一切既是送走的，又是收在手边的。他把它们留给未来，留给现在，留给自己亲爱的、令他不知所言的时代，也留给了自己。这一切就是对自己的回答。

一个智者，一个不断走向衰老的、对生命的命数具有充分把握能力的人，甚至已经不必对自己专门作出回答。他的回答分布和流散在所有的劳动之中，在他迈出的每一步之中，在他对自然和时间的问候之中。

有人在他面前感到或多或少的愧疚，因为他们没有他这样的安然和沉着，缺乏他那样的一副身躯——他们在不安中频繁地回答自己。他们觉得这就是自己与智者的区别。

可是，他们并没有用尖利的、有时甚至是苛刻的话语去惊扰他人。这是一个人在这样成熟的年龄所能尽力做到的，仅此而已。他们不愿打扰别人，也不愿被别人所打扰。他们只在一个安静的角落里做自己的事情，做自己能够理解和心愿的事情。他们并没有像有人所想象的那样生活——那种生活完全不属于他们。更有甚者，把想象当成了事实，认为有人"在前呼后拥的热闹之中，却发生了奇怪的底层的声音"——他试图从这种反差中找出虚假和尴尬。对不起，没有这种尴尬，因为压根就没有这种"前呼后拥"的繁华和热闹。

你从来没有走进这个角落，这块热土。谁也不知道你想象的依据，还有你常常让人感动的话语，如今是如何泛滥和武断起来的。它有可能造成的伤害并不是别人，而是你自己的敏感和善良之心。

当然这也许并非是无聊的，它是一种提醒，并非善意的提醒。重要的还是能够回答自己。这让人不得不从头总结，从八年以前甚或是更早的时候。他身边没有那么多无聊的人，呼与拥是他所讨厌的。他既不需要他人这样，更不愿自己这样。他有自己底层的友谊、真挚的情感，这一切才给他精神上的滋养和思想上的援助。

他不得不离开另一些人给他规定的生活轨道，离得远而又远。他不得不无声地告诫自己与另一些人的区别。你认为他能够容忍，能够随从，能够融洽。这是你，不是他。他不能够。

他甚至没有起码的你所理解的那种日常保障。他只享用自己的安静和应有的贫寒、清苦。可是也只有如此，才得以亲近泥土、自然、美好的野地花朵和果实。他在这种生活中感到了真正的流畅和自然。可能他比过去更加消瘦，病痛一次又一次地折磨他，但是另一种愉快却足以弥补它们了。

他有时候很想在这里与你共同漫步，一起走向原野，在这星辰闪耀的宽阔之夜，能够一起畅谈、回顾过去在一起摇摇摆摆的岁月——你的胖胖的圆脸让他觉得有趣而可爱。

可是经历了更多的繁琐之后，他的一颗心多少有点冷和累。他不愿因为解释而邀请，也不愿为了说明而行动。能够误解的人就是能够远离的人，能够归来的人就是能够欢聚的人。

他已经步入了中年，何必那么冲动。他的这些回答是因为面对着自己的友谊。是的，友谊使很多的匆忙、伤感和痛苦都来不及了，可是有时又来得及自我回答。他并不愿把自己的生活描绘得多么奇特，但他完全明白，也并没有许多的人愿意重复他这样的生活。在他们看来，这是不可忍受的，他们不能忍受这种自由的欢乐和底层的幸福。

他如果不能回到自己的生活里来，才会感到绝望。在这里，在自然之中，在世俗的幕布一层层遮盖起来的最自然的原野上，他呼吸着，生存着。

你说你在一个又一个的场所之间游荡、奔走，这是你的自由。而他却要待在一个冷静之地；偶尔他也要突破这种冷寂，可是这种突破的力量也来自这片土地。难道你希望他头发蓬乱，穿上破衣烂衫，像一个乞丐一样去战栗地呼告，去乞求，去讨饭，去创造一个当代神经质的神话吗？他没有那么刻意打扮自己的兴趣，而只是真实地回到自己的生活之中。

这一段自语也该收束了。呼啸的北风远比他的声音大得多。

簇拥和掩藏的九月

在茫茫的、凄冷的冬天，怀想最多和最为向往的，就是一片生机的九月了。

九月到处碧绿，果实累累，一片丰硕。那是怎样的季节，这个季节凝聚了人类所有的目的和希望，它甚至掩藏了人类的屈辱和苦难。即便是一次歉收的九月，也比其他季节要有希望得多。

我觉得我的许多时刻——我是指那些不能忍受的时刻，都被九月茂长的绿色给轻轻掩藏了。是的，它遮去了我的另一面，遮去了我的悲伤、苍凉和痛苦。在那越来越浓烈的九月的香气里，我只能健康地微笑。我伸手采摘果实，与劳动的人群一起奔波，一起忙碌，累着，聊着，进入安睡。这是人最好的日月。

我曾经为九月谱写了一首长歌。我在这声音里更多地想到了那片大地和原野，沉浸其中，掩藏其中，簇拥其中。我觉得这是富丽的大地，它繁多的收获所给予的一个恩惠，无论过了多久，无论有多少人对它遗忘，我都不会有什么沮丧和不安。因为我知道九月的富足和真实。

收获的兴奋是不能抵消的。我走在九月大地上的那种感觉，直到现在也觉得真实可触。它们更少虚假和做作，它来自我的心灵，来自我周边的泥土、蓬蓬的绿草、无边的丛林和大片的谷地，它是从此产生出来的。它被歌声和汗水浸泡过，被田野上愉快的打闹、追逐、欢叫和尽情的舞蹈所滋润。仅此一点，我应在这首长歌的韵节中行走和吟哦。

是的，这是一种好的状态。我应该向往和珍惜，让它安慰我后来的歌唱、后来的记叙和自语。

在九月里，有时我的情绪仍然变幻不定，仍然在流浪和奔走，甚至会离开那片原野。我自己劳作的季节和大自然的九月不能完全合拍，它们并非迈着同样的步伐。九月也许一闪而过。我等待九月，也许还要等上一年，那就是另一个九月了。结果我差不多等来了五个相同的季节，才结束了自己的长歌。回头看去，我只看见九月的丰硕，土地上流动的香喷喷的丰收的雾幔，再也没有其他了。这个季节独有的金色和绿色把一切都遮掩起来。我愿这样。

一个弱小和稚嫩的生命在成熟的季节里会感到充实和安全。我发现自己所有的吟哦、记录、叮嘱，都常常沿着秋天的水流，大致和着它的节奏。人生既是一场奔波，又是一场收获，收获各种各样的果实。

寻找自己的九月，这其中的故事太多了。悲惨的、欢欣的、浪漫的，甚至是令人羞愧的故事，充斥了心灵的大地和天空。如果原野能够给人以神秘的力量，那么原野里奉献出的九月的果实就是最好的参照。它给植物以力量，也会给其他的动物——比如说人——以力量。我亲眼看到鸟雀、野兔、猫和狗及其他四蹄动物，在这个季节里怎样肥胖起来。它们的双羽、皮毛，都变得光亮闪闪，远比其他季节里和顺得多、滑润得多、好看得多。

这实在是一年里最重要的一个月份。由于这个季节是气蕴饱满的，所以人在歌唱、在回应这个季节的时候，也应该是气蕴饱满的。这个时刻的悲伤应该是短暂的，黯然神伤不会持久，要有希望，有精神，有盼望，有爱恋。

我的这首九月长歌至少对于我是非常重要的。我可能写出很多在规模上、在气度上、在打动人心的力量上超过它的另一首长歌，但是它们却不能取代它、它对于我的生命的本质连接。

我在这个季节里变得比往日纯粹，简直有些天真烂漫。一种完全的充盈的劳作和收获感布满了我的全身，我心灵的每一个空间。这种劳作给人更多的不是疲累，而是欢欣和自足，是一种感谢和欣悦的倾诉。

那些同样是感知着大地恩典的人，首先听到了我的吟唱。他们接受了，把它收在身边，视为知己。这让我分外感谢。这是我从异地送给他乡的礼物。大地和大地尽管差异很大，但它们都是大地，都是生母。它们都是奔跑着许多生命、茂长着很多植物的一片广袤的泥土。

我说过，我仅是大地上的一个发声器官，是众多器官之一。只要走上田野，就会发现许多类似的器官。它们对于土地和世界有着自己完整的、与其他迥然不同的表述。它们是平等的。我不能代表它们，只深知是它们的同类。

由于有了这个茂盛的、鲜花灿烂的、浓香四溢的、果实累累的季节，所以其他季节都被遮掩了。这遮掩是非常美好的。那些贫困、捉襟见肘、吝啬和凄凉，都退得非常遥远，再不属于我们。

让我们更多地把目光凝聚在这个温暖的九月吧，因为它给人以特殊的安逸和富足。关于九月的认识，关于它的每一章每一节，我都会珍视。我只拥有自己的记述，虽然它并非完美无缺，可它散发着那个岁月里的青生气息，是一个可以多方诠释的故事，等于随手可触的泥土，泥土上滋生的茅草、树木、动物和人。当有一天我远离了那片土地，我也会根据自己的记录去寻找和回忆。它是我的旅行地图，是我回返的坐标，它将牵引我的躯体和情感。

你的生命之光

伟大的法国诗人雨果被罗曼·罗兰描写为具有偷盗宙斯闪电的普罗米修斯一般的巨人，而另一位法国的重要传记作家莫洛亚则把雨果称作"奥林匹斯山神"。

这个伟大人物一生经历的事件，他的人生航船被时代风暴几次打折桅杆险些沉没的经历，恐怕极少有另一个人可以与之相比。即便是早期，他就有着不可言喻的痛苦经历：妻子的失节，朋友的背叛、攻讦、误解，一切常人难以度过的危难和人生关节；但比起他后来漫长的异国他乡的流浪、比起其他艰苦卓绝的斗争，简直又算不了什么。

他一生矛盾重重，既谨慎俭约，又慷慨大度；他曾经是一个纯洁的青年、模范的家长，可是在暮年又变成了一个热烈的、能够爱的老人；他由一个王朝复辟主义者演变成了波拿巴主义者，再后来又变成了共和国的爱国主义者；他本身是一个资产者，可是在一般的资产者眼里又是一个大逆不道的人。

真正的浪漫主义诗人都是不自觉的，是生命的一种自然而然的挥洒。面对这个伟大的、百年不遇的诗人，许多诗人都显得过于弱小与单薄了。正像传记作家所指出的，在作家的生活中，"浪漫与现实、个人主义与牺牲精神、热衷于奇迹与迷恋于小节、骑士般的爱情与庸俗的猎奇，奇妙地交织在一起"；"伟大的诗人与务实的资产者和睦相处"……可见，一个伟大人物往往处于一种极端的矛盾和畸形的结合之中。

不言而喻，他的一生爱了很多女人。他非常爱她们，钟情于她们，这里面虽不乏猎奇、狂迷的追逐，可我们不得不说，他更爱的还是自由的精神，是美好的艺术，是他用心汁煎熬出来的结晶。他更爱真理、爱真实。

面对他长达万行的热烈燃烧的诗句，他的近千万言的散文、杂著，以及卷帙浩繁的长篇巨著，打动人心、夺人魂魄的戏剧，使任何人都不能漠视他的存在，不能不惊异于这个伟大的创造的奇迹。

他一个人的创造比得上几万个普通人的劳作。这是一个特别耐得住磨损、在坎坷和苦难的煎煮中愈加坚毅的生命奇迹。

在他委婉而别致的歌唱中，在他精巧的诗句和短小的辞章里，都可以感受那种令人陶醉的温情，领略特别的绚烂和绮丽；如果打开他的长篇巨著，又可以看到一支如椽巨笔怎样描绘场面宏大的战争画卷。他的狂风雨般成吨成吨倾泻而下的大匠的语言，轰炸着疲惫和麻木的人类心灵。他站在那个时代的山巅之上，锐利的目光穿越了当代的尘埃，抵达了未来，直逼熙熙攘攘的现代主义的十字路口。这是不可思议不可言喻、深藏在千年历史中的一个硬核，一个等待化解的奇迹。

当我们谈到人的强盛的生命力，很容易想到成吉思汗、拿破仑，还有征服冰川极地的探险者，一些在生死场上拼争的百折不挠的战将。但我们理所当然的还要想到雨果、巴尔扎克、托尔斯泰、歌德这一类在精神的漫游和探索中永不疲倦、豪情万丈的独特生命。他们的行为构成了一部部传奇，生命之光照彻了茫茫的精神空间。这个空间像宇宙一样无边无际，有无数旋转的星体。可是那些炽热燃烧、溅射着巨大能量的星体似乎散发着永恒的光。

他们都是同一类生命，都有着难以消失的青春。当他们的生命完结的时候，好像是仅仅回到了青春的另一个段落。是的，他们是永生的，他们遗留下的每一个短章，都迸发着青春的活力，都具有奇大的魅力。这不灭的绚丽和光彩点缀着我们人类的长河。我们人类的历史由于他们的存在而变得激流回转、千姿百态，出现了真正的奇观。

在他们那里，任何艰难险阻都不在话下，他们可以轻轻地移动躯体将它粉碎。他可以不加修饰地倾泻和记录。那种极其自由、放松和强大的表述，使一切精巧的匠人都要望而生畏。

我们常常在现代主义魔法般的创作面前感到困惑，感到自愧不如。可是当我们面对着一个更放松、更流畅的自然而然的诗人的时候，我们对于现代主义的赞叹和惊讶就要大打折扣了。两种生命处于两个历史空间之中，可是生命和生命之间尚可以比较。比如雨果，无论如何他是我们所能观望的诸多高峰之中最高的山峰之一，不可逾越。峰巅连接着白云，当风雨来临的时候，他却不沾一丝雨滴。

他那剧烈而曲折的炽热之爱既是对整个人类、整个异性，又是对一片具体的土地、一个具体的人。很少有人能达到那种爱的浓度，创造那种爱的奇迹。他勇于献出自己、击碎自己，也理所当然地得到了应有的回报。他在危难中逃窜，被自己的爱人所救，即对她忠贞不渝。这些爱的奇遇、传奇般的情节，也是对时代伟人的最好注脚。平凡的人是不会拥有这种奇遇的；如果说这些奇遇寻到了伟大的人物，还不如说伟大的人物神奇而惊险的灵魂，在很早以前就开始锻造这一情节的链环。

他的戏剧作品只是他全部作品中微小的一部分。他以全部人生、全部历史而不仅仅是以一个法兰西作为自己的舞台。他以自己为主人公，演出了一出多么狂放的戏剧。观众也是长长的历史和人类。人类将在长达几个世纪和更加漫长的时光中，为他的杰出表演、为他朴实而真诚的表演，报以热烈掌声。掌声消逝了，身影却又一次出现。他在天穹的背景上时隐时现，威严的目光、和善的目光，不时地投向大地。那些狂妄的政客，那些攫取了权力和财富的傲慢者，在他的目击下变得如此渺小。

不是诗人因为他的存在而自豪，而是人类因为他的存在而自豪。人类的所有行为，创造性行为，在本质上都是一样的。它们与生命的关系都是一样的。所以他的劳动和歌唱，可以代表人类生命最本质的激情，可以代表一切。

理　解

从照片上看，她是一个安详的、足智多谋的老太太。她历尽沧桑，在临近终点的时候如此平静坦然。是的，她走了很遥远的路，年届高龄，荣誉像山峦一样堆在双肩，她却并非脚步踉跄。

在法兰西学院，她是唯一的女院士。她的作品不像一个女性写出来的，而显现着男性的热烈刚毅和确凿无疑的口气。她曾经长时间与女友生活在一起，在海岛，在远方。她很少在自己的故国生活。她习惯于从远处回视这片热土，孕育自己的激情，从古老的传说之中，从东方，获取她艺术和思想的养料。她甚至写到了中国，写到了秦王朝，写到了东方一位杰出的天才画家，怎样在专制的残暴君主面前绘出了真实的山水和船，并乘风而去。这个绝妙的想象代表了她对东方的说不尽的好奇和特异神秘的想象。她的想象是有根据的，东方神秘主义强烈地感染了她。她以一个西方人的目光遥视着东方的尘埃。

她写了很多历史故事，对一些伟大人物或者是奇特人物，有过深入的、设身处地的理解。为了这些理解，她写下了洋洋几十万言，有的还成了畅销书。可是用我们的眼光来看，它们不可能畅销。那是对历史人物探幽入微的描摹，是不求甚解的、浮躁的读者所不能忍受的。他们不会把它当作美好的精神食粮。可奇怪的是在法国、在欧洲，它的确很合一般读者的口味。这又使我不解。

不停游走的尤瑟纳尔，不会疲倦的尤瑟纳尔，真是一个谜。

从所能看到的一些作品中，如今我们一点也看不到她的惶惑、忧郁和倦意。她的笔下总是充满了强力，充满了那样的一种从容。从关于她的文字中，我们可以知道她有自己的欢悦，自己的奇遇，有她作为一个人应该得到的全部安逸；有成就感、荣誉感，有对她这样一位杰出女性的应有的滋润。

在平庸的现代评论者眼里，一些小说家因为没有固守在自己的叙事性作品领域内，总使其表示出极大的遗憾。可是用这种褊狭短浅的目光去看尤瑟纳尔其人，我们就会发现，叙事的栅栏只能管束住一些弱小的生命，而真正强悍的生命只会踏破这些栅栏。他们是奔腾不息的骏马，可以驰上无边的原野，甚至登上山巅。他们不会以平庸的评论者所固守的尺度和范围去开展自己生命的舞蹈。

尤瑟纳尔写了很多非叙事性作品。她带着自己愤怒的声音，梦幻般的自语，在美洲，在东方，都留下了足迹。她的笔则触摸到了更遥远的古代。这是一个不会停止的旅行者。她居住在荒山岛，在不同的大学里任教讲学，甚至在纽约郊区的一所中学任教。一会儿到巴黎，一会儿到奥地利，一会儿又到美国去过冬，到荷兰和希腊去旅行。她在美国住了十一年之久。当她从广播里听到巴黎沦陷的消息，感到世界末日的来临，与好友抱头痛哭。她在荒山岛上一直居住到第二次世界大战结束，并且在那儿获得了这个美好的消息。她到瑞士居住，在那儿得知自己一部历史小说获得了巨大成功。英国、斯堪的纳维亚半岛，都有她的居所；她到法国北方旅行，去比利时参观母亲童年时期的旧址，再到德国度过夏天，到荷兰居住，而后回荒山岛，再去加拿大讲学，在意大利居住，到葡萄牙和西班牙等地旅行……这个时期她写出了自己悲喜剧形式的作品。在美国南部黑人居住地，她参与了反对种族歧视的斗争；就在那个夏天，她到了苏联、巴尔干、冰岛等地。之后又到波兰、捷克、奥地利、意大利北部……但她仍然要返回荒山岛。

她一生获得了那么多的奖赏、那么多的荣誉；她没有获得诺贝尔奖，大概也是一件令诺贝尔奖感到遗憾的事情。

她一生未婚，但并非一个人居住。她拥有自己美好的爱情。她对爱、对人生，都有独特的理解，所以也就有着奇特的实践。她获得了自己的欢乐，就像写出了自己无与伦比的作品一样，我们只有理解和尊敬。她的名字使很多男性作家，使一些拼搏好手望而生畏。她在法国被称为"不朽者"。大概在很长一段时间里，她都会是一个"不朽者"。

我们期待着自己的民族在现在或者是不太遥远的将来，能出现一个类似的人物。我们是指这样的一位女性，有尤瑟纳尔般的强力、博大、放松和自由，有她那样的自信和自主，没有什么力量可以伤害和磨损她。她自己苗壮地生长和成熟，完成自己。真正的艺术是没有性别的，眼前的老人就是一个最好的说明。但是读者的眼睛会看到她的性别，会从性别的区分中寻到自己特异的尊敬。

在不凡的伟人行迹面前，我们愿意理解一切；在那些卑微者平庸者面前，我们愿意怀疑一切。无限的理解和绝对的怀疑，就是我们的态度。因为有时候那些特异的人物的确是不可理解的。我们就在这不可理解中获得了宽泛的理解。他们的行为不仅使我们敬仰，而且使我们愉快，真正来自生命深层的愉快。我们看到的是整个人类的奇迹，是我们人类在奋勇拼搏和攀登之中所能触摸到的极限。这极限由于那些杰出的个体而不断地扩展，他们增大和拓宽了我们人类生存的空间。他们保持了记录，人性的、探索的、想象的，各种各样的记录。这些记录是我们人类倾尽一切努力对世界作出全面证明的过程中所发生的，是用生命的汁水标记的，用整个生命刻下的。这些标记将永远不能销蚀，永远在人类的历史长河中熠熠生辉。人类将为自己而自豪。

不倦的水

总难忘这样的场景：干旱的地垄不见一丝水汽，庄稼的叶片垂下来，太阳烤了一天。暮色来临，绿色的叶片还没能在夜气里舒展。土地多渴，它们需要水。车水的人到远处去了，到更需要水的地方去了。这里只有等待他们归来之后，才有可能让一点珍贵的水濡湿这焦干的土末。这里需要解救，这是一个角落，它不是大片的土地。可是角落也会干渴。

等啊等啊，天完全黑下来，第一颗星星出现了。车水的人大概被第一颗星星所牵引，来到水井旁。很深很深的井。上面有一架老式辘轳，发出吱纽纽的声音。水斗被扳来扳去。水斗里的水溅声是世界上最美妙的声音。可惜水井离那片稼禾还有一段距离，一条弯曲的水道顺着茅屋后墙绕过来。

水道也是干渴的，它吃进了许多水。首先是它饱吮一顿，然后才舍得把水送给这边的庄稼。那水流，晶莹晶莹的水流，在灰暗的夜色里闪着光，吃力地往前蠕动。水道洗了半截，后来又是一寸一寸往前——好不容易才走到田里，一个地垄一个地垄开始喂水。半夜，甚至是一整夜的时间才能浇上一半地垄，剩下的只有再经历一整天烤晒了。那么么可怕。

他想象自己就是那个没有来得及浇灌、苦苦等待的干旱庄稼。他是一株烟草、一株玉米。他伏到井上，发现水在很深很远的底层，像一面镜子。它映出了他，不甚清晰。那是一面安在地层深处的镜子。他还扳不动辘轳，水斗也被取走了。在这干旱的季节，只有很深的井才有水。他当时误以为这是一口取之不竭的水井，但后来干旱的季节过去了一半，才知道平原上很多的水井都干涸了，连机井也干涸了。这使他害怕起来。

这口砖井打在了特殊的水脉上，它总算还有水，尽管这水离地表越来越远。

在记忆中，这是一口多么珍贵、多么清澈的水井。它供很多人饮用，供一大片土地浇灌。他不记得后来饮用过比它更甜更清冽的井水了——无论怎样的自来水都远远比不上它的清澈和甘甜。他觉得拥有这口井的人，应该是聪慧而美丽的。果然如此，他看到了那些以这口井为生的人，都比其他地方的人要完美许多。多少人在这里汲取，多少树木、稼禾和土壤被它滋润。它像不知疲倦一样。有时候，他偶尔想到了它干涸的那一天，就感到了一种深深的悲哀和恐惧。因为在他看来这是不可能的，这像末日。它被不断地汲取，在地下，它正一点一点汇聚和渗流，然后又等待新的汲取。大地奉献了这个甘泉，这个甘泉表现了最大的慈爱和无私。

到后来，当他去了远方，经历了许多，特别是走进了自己的写作生涯之后，回忆起这口井的时候，才有了更多的理解，有了新的联想。

一个作家和一口水井、一眼泉是那么相似。干涸了的泉很多很多，它成了一个令人同情的废墟。泉可以因为各种各样的变故而突然中止；慢慢干涸，被汲取干净，变得空洞、干燥，那是非常悲凉的事情。是的，很多这样的泉，它们由于离地表或太浅、或远离了地下的潜流和水脉……

有像母亲一样的不倦的泉，这泉被无限地汲取，不停地浇灌——靠它的滋润，我们看到了一片蓬勃和葱绿。不停地汲取，在深夜、在凌晨、在烛光下，我们看到了汲取的身影。由于它连接着土地深处，那些看不见的脉系和支流在这儿汇集，每时每刻都在汇集。这储藏的过程是缓慢的，看不见的。因为它的生命就是水，是流动，是随着时间而延长的鲜活，所以它永远是这样。

同是一眼泉中流出的水，每时每刻都是新的，是生命的一个过程，一个阶段。时间在流动，水也在流动，这些似曾相识的水联结着很长的生长。它似乎没有个终止。连接地脉的水和泉就是这样，人们不必感到惊诧。惊诧于一眼泉的不倦奔流，等于惊诧大地的力量、生殖的力量、收获的力量。

泉水只是大地呈现给我们的一个隐秘的窗口，我们通过它打捞的，是无限的生命的奥妙。一眼泉水也许代表了很多我们无法理解的深邃，只要它与大地融为一体，只要它是大地上生长出来、开掘出来的，那么就会有不息的奔流。

一个作家有自己的高产期，也有自己非常艰难的滞留期。这是他自己的不同阶段，不同色彩；是他这个生命不同的侧面和季节。他会遇到自己的干旱时期，也会有自己涨水的日子。在自然天籁不停地发出歌唱的时刻，他会以自己驰骋的饱满的水头扑向他眷恋的土壤。当他的肌体被不断地磨损，回到了苍老的晚年，那么由于他的水脉还强烈地涌动和渗出，也仍然还不能干涸。泉的四壁在不断地剥落，时光想摧毁它，拆掉它，让它坍塌。最后的一天真的不远了。可是他那蓄起的激情仍然不能消失，那简直是在不停地涌动和渗流之间结束了自己的一生……即便在最后一刻，他也仍在奉献自己仅有的一滴水。这滴水汇入了涓涓细流，这水流是戛然而止的——就此，大地接受了他一生的馈赠。

大地的引力

精神是向上的一棵树。

一开始它可以笔直地往上，长得很高很大，成为一个巨大的存在。杰出的人物就是一棵思想的巨树，他是向上的、挺立的；他永远不会在地表爬行、蔓延和匍匐前行。他始终是向上的。

土地培植出不同的生命，那些龌龊、阴暗和渺小者，精神就没有向上冲腾的力量。他们始终像甲虫一样在土地上蠕蠕而行，留下紊乱的痕迹。而巨人的精神腾向高空，与空阔对话、与雄鹰为伴，与来去荡动的气流和雷霆、云彩星月过往。

大地作为精神的生母，它有巨大的鼓舞力和感召力，它仍然对向上的精神有一种不可逾越的引力。这种引力会使一棵蓬勃向上的、越升越高的精神之树发生弯曲。

是的，任何伟大向上的精神都不是垂直的，但是它却不会轻易倒向土地。倒塌之时就是死亡之时。它又不会沿着地表像甲虫那样爬行，它要向上。尽管精神之树会有弧度、有倾斜，但它始终是努力向上的，奔向空阔的。也正因为这独立向上的精神在大地的引力下会发生倾斜，所以无论多么强大的精神也都需要支撑——这会延缓它倒塌的时日。

精神之树的崩裂与倒塌，在一个真正的人那里，就是躯体的倒塌和崩裂。他愿意使自己的生命在那一刻走向结束，因为肉体和灵魂紧密结合了。但越是强大独立、长得茁壮的精神，就越是缺少支撑——他身边的那些也许还弱小和纤细，不能与之构成支撑。这就是精神的悲剧。

鲁迅在当年很难找到一个同等量级的对话者，先生的痛苦可以预料。他是在黑夜里"荷戟独彷徨"的人，他说自己又像一个在荒漠上大声呼喊得不到回应的人。我们就此情景可以看到精神之树长得很高，而由于自身的重量，由于大地的引力，它正艰难地挣脱弯曲与倾斜的命运；可巨大的引力总要扳折它，使其倒塌……先生用力地支撑、向上。

这个时候如果出现一些有力的同行者，一些与之对话者，先生就有了强力的支撑。

先生当年的对话者极少。一些人离他非常遥远，很难对话，很难听到回音。而另一些人干脆就是一些中伤者和砍伐者。在这个巨大精神之树的四周有一些可爱的小草，它们奉献出自己的露滴，甚至是巨大的热情，蒸腾的水汽，来润泽先生、支持先生。先生看着它们，一脸的慈祥和温厚。他把满腔热情和希望告诉它们，用自己的身影为它们遮住风寒和毒日。可是这些小草，还有它们当中长起的一些纤细乔木，终于不能够伸长手臂去撑住巨大的、倾斜的、被大地所吸引的精神之树，独立顶起那种难言的沉重。它又不能停止生长，一刻也不能；它要向上，停止向上的一天也就是僵化和死亡的一天。可以设想，如果有了支撑者，那么它就稳定多了；如果出现了众多的支撑者，那么它们在相互的依靠和援助中就可以更为稳定地在思想的高空里坚持许久。

在那个黑暗时世，在险恶的人兽丛林里，是极少有这样的乐观的。在这片奇特的土地上总是演出着类似的悲剧，没有终止，一幕一幕，何曾相似。

比起先生的茁壮和强力，其他一些向上的精神也就孱弱细小得多了。但令人敬仰和钦佩的是，他们在这土地一以贯之的巨大吸力之下，还仍然向上，仍然企图茁长，迎向一个空阔。

但可以预料，他们独立支撑的时间会更短，他们迎来的支援也将更少。一棵接一棵的精神之树在倾斜，愈加倾斜，最后是不甘屈服地轰然倒塌……

这倒塌之声甚至都很微弱，激不起什么回响。只有听觉敏锐的人睁大了一双惊惧的眼睛，在深夜爬起，迎着发出瓦解和倒塌的那个方向，静静地出神，久久不能安眠。在北方、在南方，在四面八方的夜色里，不断传来这种倒塌之声。即便是夜晚跌落的冰凌、寒风，也不能将这声音遮掩。

大地的引力使一切都归入它的怀抱，将其溶解、腐蚀，最后又滋生出新的生命。这些生命各有自己不可回避的选择，有的向上，有的向下。向下的很快化为腐朽；向上的呈现出一片生机，但只有继续向上才能成为一棵直立的大树。而大地有一种不可更改的引力，它会让其弯曲，呈现出自己的坡度。

再出现一些茂长的、类似的树吧，让它们也构成相互的支援和支撑。那将是多么壮观……这恐怕只是一个美好的梦想。

大地的引力是不变的，它滋润出的生命却是不同的，有的那么苗壮，有的那么弱小。永远挂着凄凉微笑的，是那一片绿草；当冬天来临的时候，它的绿色就会褪尽，更为短暂的生命也就结束了。可是它毕竟为大地留下过一片绿色，用它的微笑支援过高空的大树。

不幸的消息接二连三地传来，他们都是杰出的人，难能可贵的人；是一些在这个时代里最为需要的生命、声音、思想、精神——可是他们都化为一缕轻烟飘去了，终于将自己的梦想汇入了高空云层。在梦想里他们是展翅飞渡的雄鹰，可是有谁知道这个时代里已经发生和正在发生的永久的悲悼呢？

浪漫的时代

任何一个时代里都会有一些极浪漫的人。他们四处游走，为自己的心灵，为这个特异而复杂的、变化着的世界而激动和歌唱。他们的吟哦之声或被记录下来，或播撒在广袤的田野和熙熙攘攘的街巷。可能由于这些生命性质的不同、机缘的不同，他们的歌唱有的得以存留，有的则很快遗失和消散了，不留一点痕迹。

在我们人类的历史上，大概还没有任何一个时期像盛唐那样，留下了那么多的声音。通过这声音，我们似乎可以遥测到那个时代浪漫的实质，它所固有的斑斓色彩和绚丽耀目的色泽。我们往往更多地回想起在人们口口相传、在浩繁的文字记录中所闪现的那些繁华和富丽，它的雍容大度、宽厚和广博，却很少想到那整整一个时代的浪漫。

一个时代生存着那么多杰出的人物，他们严峻而专注的目光、痛苦而深邃的心灵，永久地感动着不同的民族。他们的天真、浪漫、超绝的幻想、万丈才情，在长达几个世纪里让人惊愕。

马上浮现到我们脑际的有伟大的浪漫诗人李白，现实主义诗人杜甫，还有所谓的山水田园诗人孟浩然、王维，边塞诗人高适、岑参、王昌龄、李颀，有新乐府运动的主将白居易。除此而外，还有韩愈、柳宗元。从孟郊、贾岛到李贺，再到杜牧、李商隐；从初唐到中唐、晚唐……盛唐时代出现了那么多的诗人、散文家、通俗文学作家、民间歌谣的记录者和传播者，真是花团锦簇，繁荣空前，诗风绝后。

每个诗人都留下了自己独一无二的故事，他们的道路迥异、命运不同，但都痴迷于有韵之章。这种音韵是那个时代，是他们所处的土地山河所给予的。如果说那是一个物质空前丰富的时代，那么那个时代里也有战乱、饥馑和动荡。诗人们也并非是一些饱食终日、高官厚禄、浑身裹满绫罗绸缎的饱人。他们当中的最著名者，甚至有贫困潦倒、衣食不足、四处漂泊者。他们的歌声就在这漂泊之中，在饥寒的袭扰之下，而变得更为感人，更为铿锵。

历史上，那种独特的、顽强保持着一份精神生活的欲望和能力，与富裕的物质的时代几乎没有什么直接的联系。我们感慨的只是生命本身——他们那么集中地聚汇到一个时代，用同一种方式表现和安放自己的灵魂。他们在自己精神的田园里培育和耕耘，留下了显豁的声迹。在千篇一律的生存的困顿之中，他们就以这不可思议的群体的呈现，展露了一个浪漫的世纪。事实证明，再没有任何一个时代产生出那么杰出的一个群体，浩浩荡荡，声震四野，如同号角，如同奔涌的马群和跌宕的江河。他们就是用这种磅礴的气势，送走了整整一个时代——它逝去了，再未复返。

如同今夜的寒风一样，那个时代也有这样凄凉的令人恐怖的夜晚，有这伸手不见五指的墨色，有这雷鸣一样的震撼大地的涛声——碧水成堆成堆地聚拢，撞击到礁石上，黑色里可以想象它们粉碎的屑沫……就在类似的不断重复的自然背景之下，有人却留下了珠玉一般的文字。

我们的民族因为有了那一段绝妙的、晶莹的镶嵌而自豪和骄傲。

一个时代丰盈的物质、剧烈的追逐和囤积是会扼杀浪漫诗情的。这是一种巨大的不幸，也存下了诸多质疑。如果说唐代的宽袍长袖更不利于野地奔波的话，那么当代人似乎可以走得更远。如果说当时的木船和牛车只会不可忍受地爬行，发出欸乃之声，吱纽的叫声，那么现代的交通工具是可以把我们驮载到理想之地。

可悲的是一切恰恰相反。

原来人灵的生命之中一旦缺少了浪漫的情怀，一切外在的帮助都无济于事。一颗被麻木和污染了的灵魂才是无可补救的。古人美好的明晰的目光似乎直投向今天，投向我们。在他们平静而温厚的笑容里，我们显得有点悲惨可怜，简直是衣衫褴褛。脸上没有一点儿红润、苍白而消瘦的当代人，已经完全与他们失去了对话的能力和竞走的能力。我们不仅在体力上远逊于他们，而且我们已经没有能力谱写出美丽的动人的当代韵节了。

可以设想一下，在很久以前的那个春天，土地的颜色、山脉的颜色，还有这一切之上所茂长的春草、鲜花、肥硕的叶片以及融化的冰水，绿色的河流、海洋、鸥鸟、猫与犬、草兔，一切的植物和动物——我们完全知道它们今天有了哪一些改变，可生活在它们当中的人类却发生着更为巨大的变化——从衣着到肉体，从目光到心灵。他们甚至不会吟唱了恐惧、畏缩了。发生这一切的奥秘到底在哪里？又是什么催化了这些变故？

难忘那一天——可能是个早晨，大诗人李白登上舟船，刚要挥动篙桨，就听到岸上有人踏着节拍，为他唱起了送别的歌声。大诗人于是感叹道："桃花潭水深千尺，不及汪伦送我情。"桃花潭、汪伦踏出的节拍、昂扬的歌声，那美好长旅的开端，深深地吸引着我。那是怎样的倾诉、怎样的情怀和怎样的生活。

今天到哪里寻找这样的友谊、这样浪漫的人生？那个不断踏动着节拍、啊啊大唱的汪伦又是怎样一个人？怎样的装束？还有，他的年纪？一个人竟能用那样的方式送走自己的友人……

这咏唱了几千年的诗句，人们已经烂熟于心，对它所有可能含蕴的那种青春动人的质地却大大地忽略了，这就是"熟视无睹"。人们不再去想象"岸上踏歌声"是从怎样的一片土地上，由怎样的一种人才能做得出来。

从这再平凡不过的送别之中，我们看到了人类的变化（蜕化），看到了世俗人心的变化。我们永远为那样的情景所迷醉，向往着，但已经难以回返。我们的躯体和灵魂被当代无形的世俗之锁给固定了，难以举步。我们只能透过千年风烟遥望那个浪漫的时代，只是不尽的喟叹和感慨。

怜 悯

人在许久的憎恶之后如果回不到怜悯，这种憎恶至少是多余的。它甚至会使自己通过肤浅之路而走向褊狭和无聊。

发生在人群中、生活中的一切恶意、一切不齿的伎俩，都应触发人的怜悯。怜悯不同于宽容，没有怜悯之心的人也没有什么资格去谈宽容。如果没有爱，不会被纯美的东西所打动，不会为此激动、燃烧和献出，而只有忌恨和恐惧，在漫长的生活里也就不会拥有宽容。心灵上的贫寒、自卑、挣扎和物欲的折磨永远伴随着、缠绕着，那多可怕。这种缠绕有时也会产生出一些小欢欣，但那是卑微者的快乐，同样值得怜悯。

午夜的宁静可以教给人许多许多，可以让人想到辽远开阔的往昔、循环往复的时光、川流不息的人群、逝去者和后来者。它就像安静的漫漫的夜色一样，追寻着自己的朝夕。在这样的循环中，人类也只有求助于爱、真正的爱。要爱得非常真实、非常具体，要对生命感到亲近，要尽可能多地去爱护和珍惜。

在一些小欢欣之中可以看出某种无奈，在抚摸伤痛的同时却会看到一种绝望。这是让人垂泪的情景。

任何刁钻狡猾的盘算，都像拙劣的儿童游戏。这一切可以交织成罪恶，可以呈现出令人发指的凶残。善的巨手或许能够将其扼住和平息。但这往往只是停留在想象里。恰恰在无头无尾的追逐之中，真正的怜悯扩大开来，渐渐笼罩了自己——自己微小的生命也在这怜悯之中，但它不会祈求宽容——来自他人的宽容。因为在这未知的无法遥测的广漠世界里，自己的命运既无法期待，也无法预知。

这怜悯由他人到自身。怜悯的根源原来来自星河，来自未知的苍茫。它不得不求助于梦境，求助于浪漫的想象。善的想象，是浪漫的一部分；善的力量、善的根源、善的结果和来路，都是它的组成部分。借助于这种想象，人在提升自己，达到前所未有的高度。这就是他最后的愿望，他的奢求了。这种奢求渐渐会化为非常具体的行动。他同情和帮助一切弱小和衰老，在他的能力所及的范围内，辅助他们、安慰他们、浇灌他们和指引他们。在一株木槿、一株缬草面前，在一只猫咪和一只小羊面前，他都同样和善地微笑。他注视着它们，那目光是如此的纯粹、无欺。他感到万分遗憾的是与它们之间失去了共同的语言，他与它们只可以用神色相互交流，那么他如何表达自己的知遇和友爱呢？

种种困惑、阻隔的尴尬不断发生在生命之间。他如何能不对这种境况感到怜悯呢？这怜悯之心是神灵所赐予的。有了这样的心情，生命就不会变得卑劣，就不会堕入无底的深渊。只在那个没有尽头的黑暗里，生命才会感到真正的恐惧。还好，知性的曙光一次又一次照亮了大地，人类就在这光泽中往前行走。他们在阡陌之中寻到了曲折的小路，然后又奔向山巅，踏上坦途。

只有在精神的高原，在至高的山巅之上，他们才可以看到大地的局部，那里生满了蒺藜或开遍了鲜花。有的地方涌起了一片黑色的龌龊和肮脏，而有的地方却泛动着清洁的水流，茂长着碧绿的蒲草；铃兰花开得那么美丽，还有卷丹和葱绿的节节草。一些形体丑陋的生物绞拧一起，疯狂争夺。有的在黄色硬块的诱惑下匍匐在地，沾满污浊，死亡的深渊离它只有咫尺。

一切都要结束了。当地表的雾幔蒸腾起来时，这些都将消失。

他很想走进大地的局部，走近它们身边，用不同的方式送去共同的心愿，可是来不及了。他只有无限的感慨，怜悯着。他与其他人完全一样，处于共同的时代，穿着共同的衣装，甚至操着共同的语言。这恰恰是隐秘之极的，是意味深长的安排——正是这一切才遮去了人与人之间巨大的差异。他可以将自己隐入群体之中，用共同的语言来掩去心中的怜悯。

他的沮丧和悲伤只在很短的一段时间内出现，这时候他才是不幸的。绝望一旦攫取了他，他就要费力地挣脱。这种自我挣扎，一次又一次使人筋疲力尽——他即将衰老，肉体已经感到了疲乏；只有灵魂之河还生气勃勃、不甘屈服，有时甚至是很强悍的样子。可是这灵魂将失去寄居的肉体。

他偶尔会明白自己是被指派来的，是被善的手掌和知的手掌给委托来的。他有一个不自觉的、早已存在的使命，在催促、启迪和感召。每逢有了这样的觉悟，他就感动得泪水涟涟，不能自已。他用悄声细语表述着自己的感激和坚硬的决心。是的，如此这般做下去，期待下去和呼唤下去。他不期望得到回应，但是他却不能销蚀其他的希望。即便是石沉大海般的沉默，他也不会愧疚。

他做着、怜悯着，因为他明白他自己首先就是一个被怜悯的生命。这种恩惠是一辈子也难以报答的，爱和感激都缘此而生。

就为了这个觉悟，他要百折不挠，献出自己，献出自己的全部。

你在不为人知的田园中

原野融化了你，绿色遮没了你。你在不为人知的田园中……

那时你还是一个蹒跚于树荫下的孩子，手举果实，脚沾泥土，微笑和惊讶着，看着所有的陌生人。这是一个生命走出的最初一截路。

类似的图画仿佛在很多地方都看到过。

仅仅是三十多年的时间，一切竟发生了如此巨大的变化。每个人都不得不接受自己的荣辱，接受那一无所知、无法预测的命运。重新见到你，简直不知该说什么。寒冷的雨夜，温暖的秋天，丰硕的果园，一起奔波的记忆……在清水奔涌的渠边捉鱼，一条黄狗毛色像金子，迎着跑来。你说它有真切可感的笑容。它跑到玻璃缸前，看看里面仅有的一条小鱼，又抬头看看我们。

园艺场的机井旁，四周开满了千层菊，浓烈的药香一阵阵扑进鼻孔。你在这儿交给我一本书，那是法国人写的一本难懂的读物。

那时我们是一对没有性别的伙伴。

当你的头发变得乌亮柔长的时候，就开始脸红了。乌黑的眼睛闪烁着，的确让人想起夜里的星辰。我们一起到那个不远的小村，在卸了辕马的木车旁徘徊。月亮白净可爱，四周没有一点风。好像是一个秋末，地上铺满莹光。不远处牲口的咀嚼声、喷嚏声，异常清晰。有一个人，好像从村子一端拖拖拉拉走来，咳嗽，吸烟，远远闪着一明一灭的炭火。另一边，碾盘的那一边又出现两个黑影，他们搀扶着。你说哑巴老婆病了。他们一直往前走去。果然，一会儿传来了呻吟声。赤脚医生拉亮了屋里的灯，明晃晃的窗子被树影遮去一半。

这些场景已经在脑海里凝固。你就是那月光、那深夜静止不动的榆树，还有那若有若无的、秋末香甜清冽的气息。火烫的额头可以抵御寒冷。你从未有过瑟瑟发抖的时刻。即便在呼啸的北风里，也仍能看到你热汗涔涔、容光焕发的模样。

几乎没有分别的记忆。在那个混乱而匆忙的时刻，什么都难以顾及。我想，人们如果再从容一点，那会编织出多少相互重复的、甜蜜而古朴的故事。

彼此没有任何消息，真的遗忘了。在遥远的大山的那一边，某一个夜晚，被周遭的狗猛烈的吵叫惊醒了的孤独旅人，搓搓眼睛，看看窗外星空，突然疑惑起这是在那个园艺场，在一片碧绿杨树下的房舍旁。

你像一匹健壮的毛色闪亮的小马，闪动一双又大又亮的眼睛。多么健壮，油光光的躯体，长长的腿，多么适合在原野上跳跃和奔跑。你只是温驯地站立，身上的热气烘烤着，如此温暖，像一片春阳。

这种感觉，这些故事和怀念，大概属于一切自然而淳朴的旅人。无论何时何方，它们都一再地闪现，涌出和演变人们仿佛能在俄罗斯的故事中，在欧洲人的传奇中，也看到类似的感慨唱叹。

这种重叠和重复连缀起真实的人生。它太美好又太平凡，因而也太值得珍视。所以人经过漫长曲折的道路之后，仍然要走到这种回忆之中。它是无可逃脱的、包罗一切的情感之泥。在它之上播种心灵之籽，看着它抽出碧绿的叶芽。

可是后来的故事就有些离奇。这离奇如果不是出现在书本中，不是在拙劣或技巧的编造中，也就更为惊心动魄。

一个偶然的机会听到了你的名字，可是这名字却是和一个强盗的名字连在一起的。这使我身上一颤。二者之间巨大的反差，出人意料的结合和追随，让我惊恐不已。我想有时间会搞明白这一切的。

一次漫长的跋涉，我又接近了那片土地。后来几乎是很偶然的、毫不费力的，我在一个场合见到你和那个人一起出现了。

我只是草草地看了你一眼，就转而端量那个强盗。

这是一个不折不扣的男人：高大、黝黑，挽着裤角，一双野性的眼睛，两道剑眉，头发很短，脸上有刀痕，有牵拉得很厉害的肌肉。他的嘴角之上全是倔犟和蛮横。无论女人一旁怎样亲切地叙述和介绍，他的脸上仍然没有一丝笑容。我看到他的腰上垂挂着一把带皮套的匕首。那对逼人的目光盯得人难受。还没容我得出一个完整的印象，他就把你拽走了。

再见到他们就不容易了。关于他们的消息很多，都是断断续续，依靠连缀才可以完整。

原来那个强盗有一段时间毫无顾忌地打家劫舍，进出了几次拘留所，治安人员竟与他结成了朋友，他可以更加胆大妄为。四周的工区、园艺场、林场、村庄，都像臣民一样迎候他。人们常常看到他狠狠地揍自己的妻子，把她打得遍体鳞伤、死去活来。

这个强盗不知从哪儿搞来一匹枣红马，把她撂在马背上，鞭打快马，在林间小路和宽广的柏油路上同样急驰。轿车、卡车驶来时，他故意让马蹄放得迟缓，在阵阵的鸣笛声中横着来回溜达。到最后驾车的人才明白遇到了谁。他哈哈大笑，打一下马，驮着自己的妻子扬长而去。

最后一次见到你，正逢你那个心爱的强盗触犯了更严厉的刑法。这一次他要经过十多年才能回到身边。可是你一往情深地等待他。

你隐入了一片田园。我在朋友的指点下，有一天找到了它。

我惊讶地看着这天底下最美丽的一片田园。各种树木都修剪得极为精心，沟渠、田垄、边边角角，都修砌得笔直、平坦、光滑。那是个秋天，桃子、葡萄、苹果都结出了丰硕的果实，气味颜色实在诱人。主人就是这位健康的、被太阳晒得发黑的三十多岁的妇人。你用粗糙的手端出刚刚摘下的水果给我们几个客人，笑容告诉我们，你有多么柔软的心肠。大概由于过分的孤独和思念，你的额上添了一道浅浅的皱纹。一只卷毛狗匍匐在脚边，吐出半截舌头，看看主人，又看看客人。

有人不合时宜地问起了那个强盗，你长叹一声："他不算好，可别人更坏。"

"别人是谁？"

你笑笑："都一样。"

一个梦想

……这个梦想不是后来，不是在年复一年的忧烦之中萌发的，而是滋生于许久以前。梦之根扎在童年或是更早的时候。

他想拥有一片田园，在海边，最好离他的出生地——那个小城不远。它应该是一片淳朴的土地，筑着洁净的田埂。秋天，落叶在田垄里被风轻轻驱赶。春天，修剪下的果树枝条被一匝一匝捆起，归拢在园子一角。有一座很小的、可与整个田园和谐相处的茅屋，有一眼清澈旺盛的井水，有狗和猫、牛羊。他将善待它们。它们也会像挚友和伙伴一样理解他。让他来侍弄这样一片田园吧。他在这里劳动、流汗、迎接自己的客人。当他忍不住要写点什么的时候，就找出纸和笔。还有，他将在这里阅读自己最喜欢的书籍，与遥远时空中的那个人对话。

对于他而言，没有比这个再健康、再正常、再诱人的境地了。

有人为它奋斗了几十年，倾尽全力，难以实现。为什么？不知道。人生的羁绊太多了，所以它只能成为梦想。梦想是美好的，梦想一旦实现之后，或许又要被新的梦想所替代。有的梦可以做得很长，一个实现的梦境也可以存在很长，但不会难以消逝。

未来田园的篱笆上生出的豆角才是最青嫩最美丽的。那儿开放的芍药花和宝铎草，将是世界上任何一片土壤都难以生出的芬芳。它们是人的深爱。它们像恋人美丽的异性，存在于那片田园、那片干净的泥土。客人与挚友、可以倾心交谈的人，都会找到一个最好的去处。当然，它在一块大陆的边缘，地球的一角。没有生人、不速之客会摸到类似的地方。

在这里，人可以抵挡双重的侵犯。如果说人对这个世界负有自己的责任的话，那么作为一个生命，他用心地耕耘了一片土地，也就足够了。或许一个人还有机会做更多的事情，但他只要不是人类当中的懒汉就足够了。慵懒、掠夺，这才是人生的虚空，是退却。人的选择是自由的，这里也是一个岗位。别人有什么理由来否定他人的梦想、用自己的岗位来否定和贬损他人的岗位呢？别人凭什么说这是一种退却呢？有人认为有意义的生活、真理，都待在自己那个拥挤的街巷、散发着汗味的小小空间……

有人说，当年他的一笔交易差点成功。当时他觉得它尽管有不尽完美之处，但毕竟还是接近了一个梦想。他正将一只脚伸进了它的边缘。长长的争执、细细的计划，最后都在致命的损伤面前流产了。这是第几次失败？他说不记得了。如今已经找不到一块未受侵犯之地。谁是它的主人？不知道。主人在彷徨、疑惑，自以为是地做了几天主人，而后才发现这命运仍掌握在一个更大的手掌之中。他的土地随时都可以从脚下抽走。平坦的一个田园随时都可以被揉碎，被掘出一片凹陷。

在一块冲撞漂移的、破碎不堪的陆地上，人到哪里寻找这片田园？任何人都不愿把所有的温情爱意投注在一片极不可靠的土地上，不愿冒随时失去的危险。有时在朝不保夕的威胁之中，人难以怀抱自己的心爱，只得远远离开。

我们发现那些有机会获得这种幸福、侍奉着一片茂盛田园的人，他们与我们都有个区别。他们正从田园上榨取，而并非期待着与之长久厮守；他们并不准备把自己的命运交还给它……

一个人长久地跋涉、奔波，从一个地方到另一个地方。无数的朋友帮助过他，但希望还是落空了。尽管有各种各样的原因，但那个基本的原因从来未变，那就是找不到能够决定一块土地命运的人。有时候机缘似乎出现了，但后来发现仍是一个虚幻。

一个人缺少了这样一片田园，无论走到哪里都像在流浪。

有些得意的流浪者已经忘记了人生凄凉，客居异乡，在危楼里饱食终日。长此以往，怎能不误解眼前这个世界？他站不到一个支点上与这个广大的世界对话。他没有自己的立足之地。这片田园抽象而又具体。它不是一般人眼中的观光之地、安静之地和玩赏之地，而是劳动之地、生存之地。人的生计与它化为一体，人的呼吸也与之化为一体。人为它的收获而庆幸，为它的窘迫而焦虑。施肥、浇水、收获自己的果实，播种、收割、伺养……这些日常的琐碎就是按时的功课，不可中断。它有自己的季节，它不会将人等待。

旅人走在途中，走在通向那个海滨、那片秋风习习的田园之路。这不仅是一种感觉，而是一种真实的行走。这条路本来只有一千多公里，可是我们发现自己走了二十年，或许时间还要延长。旅人很固执，一定要走到那里。他将在真实的田园中使生命得到焕发和充实。也许在那里，他才能得到最后的圆满，带着真正的微笑安顿下自己。

那时候，他的激动将变得具体而深沉，他的欣悦也将变得具体而真实。他将友善地接待每一个人，与他们分享自己的幸福：安怡的生活、内心里收获的这一切。

秭归的精灵

大地上有一线流转的水，它绕过山脉往南，往东，驮载舟船、水藻和人的灵魂。生命之水，无穷无尽的想象和怀念。

无数次吟唱你的诗句，在瑰丽而神奇的思想面前陶醉和钦敬。想象你肃穆和忧伤的面容、风中拂动的袍袖，你怎样抵御严寒、怎样抛洒和排遣自己的焦虑。可是很少想到能够走近你，因为你是不容任何凡夫俗子挨近的那种灵魂。

是这奇特的山脉、郁郁葱葱的林木，特别是这些流转的水，滋生了一个独一无二的精灵。你是它的发声器官、吟唱器官。

终于来到秭归，看到了你如真似幻的墓地，从那个小小的方洞里，窥见了朱红色的棺木。在墓地临近的长江水岸，又看到了龙舟，一排一排，拢在一起。再有不久就是所谓的端午节，就是抛洒粽子、龙舟竞赛的日子了。这片土地上的人用充满诗意的举止，用这个节日来怀念和自娱。

而那个悲伤的、忧郁的、浪漫的诗的精灵，却飞翔到遥远的云端。他在虚无缥缈之间俯视这片不断变幻的土地。这是故地吗？这是他的坟墓吗？这里埋葬了什么？埋葬了一个久远的希望，还是绵绵不绝的浪漫？

这只有那只在云端上歌唱不止的百灵才能够回答。"长太息以掩涕兮，哀民生之多艰。"这声音比这流转的水还要长，永远不会干涸和消失。它化为潮汐和星月的晖光，伴随长流不息的生命。追随那个精灵的有无边的忧伤和神奇的想象。在这之前和这之后，都没有任何一个诗人抒发过这样的情怀，没有过这样精妙和鲜烈的比喻。在那首著名的长诗里，他把绚丽的兰草、菌桂，甚至是薜荔的花蕊披挂在身，又将木兰摇摇欲坠的露滴、秋菊的花瓣，作为朝夕的餐饮。是的，只有这样的衣着披挂和这样的饮食，才配得上那颗洁净透明的、芬芳的灵魂。

吟唱你的诗句，忍不住双泪长流，似乎看到了那摇摇欲坠的芬芳的晶莹怎样渗流和滋润。在这无所不能的惊泣鬼神的吟唱之声里，人类拥有了一次意想不到的致命炫耀。

这个精灵在俯视一片土地的时候，或许会有彻底的陌生感、一种特别的凄凉，让他不忍再看。可是他又不能离去，不能消逝，不能割舍。他属于秭归，属于这一线流转的水。

可这到底是哪里？是秭归吗？秭归又是哪里？那红色的棺木、刺眼的朱红，那拢在一起的龙舟，那各种各样的题词，嬉笑的、怪模怪样的、打扮怪异的游客，这一切又来自何方？为何生成？

精灵带着双倍的叹息和难以言喻的悲伤，浮在云端。不知多少凡夫俗子对他发出了放肆的议论，指责他孤芳自赏。是的，无论在当时还是后世，他都是真正的"孤芳"。在山河大地，在人类的群星之中，他才是一个伟大的奥秘。他用自己的喃喃自语抵御了千万年的嘈杂喧嚣。

令人费解的是，那么多悲哀忧虑、深重牵挂，为什么就不能遏止和阻断那海阔天空的想象、遮去那使人迷醉的、弥漫在天地之间的芬芳？

不能设想在辽阔的北方能产生这样的歌咏、这样的奇迹、这样的神采。请悟读一方崭新的山水，大江之侧的秭归吧。这重叠陡峭和碧绿的山脉在许久之前雾气愈浓，猿声不止，也更为神秘幽远。可以设想那此起彼伏的凄凉而悠长的招魂之声。这儿没有北方的铿锵，却有南方的诡秘和委婉哀怨、多疑和怀念……

诗人诞生于南方的贵族之家，却经历了长长的流放，走入了民间。非凡的素养和宽阔的见识使他更有能力感知真实和理解苦难，进一步取得了代表底层的资格。他是底层的代言人，底层的发声器官。他作为一个生命留下的，只是精神，而不是繁琐的细节；是本质，而不是表象；是他向上的、创造的、劳动的品质，而不是浅薄庸碌的浮层。怒其不幸，哀其不争，永远是一切底层代表者的基本精神状态。他因这种向上的精神而高贵，因情怀、气度、资质而高贵，而不是因为贵族的血脉。我们可能设问：血脉是何物？它又源之何方？我们只能说，它源于绵长不断的水流、膏脂一样肥沃的泥土以及土地的骨骼——重叠的山峦；源于无边的云霭、冉冉升起的太阳。总之，是滋润万物和一切生命的自然天地。

这不是虚幻的假设，而是生命的真实。是的，自然天地间包含囊括了高贵的生命，也有卑下龌龊。只要是一个生命，就必然在它的空间里汲取，并任其吐纳，不会有一个例外。

就是这样一个空前绝后的精灵，人民却没有因为他的飞扬和凌空舞蹈而弃绝厌恶。他们只为他而自豪，并且将他各种各样的故事讲叙下去，让他永远存活心中……

这就是关于一个精灵、关于秭归、关于这一线流转的水的故事。在苍寒的水域，在山风的呼啸声里，我们可以想象诗人艰难的跋涉。他可以衣衫褴褛，吞食粗糙的食物；他可以像耕农和樵夫一样贫寒，但内在的思绪、心情却迥然不同。他就是这样一个卓尔不群、辉映千古的人物。他追问天地万物，它的来路和去路，质询不绝。这可以让我们明白伟大的人物必有伟大的关怀，而失却了这种关怀，就没有任何根据去代表底层；既代表不了昨天，又代表不了明天；就会因自己的庸常和平俗而隐化于屑末，埋葬于沙尘。

诗人只能出产于流动的水、不倦的水，沿着山隙漫流、淹没、远去……与之相对的即是愈来愈远的海洋。海洋阔大缈远，无论是今天还是明天，大海都给人这样的感觉。最现代的交通工具也不能使人类丧失这样的感觉——而在远古，海洋对于人类更为迷惘和深淼。

南方的水，流转不绝的水，它诞生了一个精灵……

理性与浪漫

后人常常追述那将近三百年的历史——中国历史上一个大变革的时代，产生了空前光辉灿烂的文化的时代。一个民族几千年来的文化发展和学术思想都深受这三百年的影响。它具有真正的划时代的意义。

这就是从春秋后期到战国的时期。

这片土地上何时出现过这么多的思想家、政治家、军事家和杰出的学者？他们来自各个阶层、各个阶级、各个社会集团。"言治乱之事，以干世主"；到处游说讲学，弘扬自己的思想和政治主张；相互论战，派别林立，即所谓"诸子蜂起，百家争鸣"。他们是一个时期人类才华的全面凸显，是人类所具有的巨大关怀能力的全面展现。他们留下的深邃的思想、灿烂的辞章，像山河日月一样永恒。这些辞章有的雍容和顺，迂徐含蓄；有的灵活善譬，气势充沛；有的奇气袭人，想象丰富；有的层次清晰，论断缜密；有的锋利峭刻，说理透辟，阅其文如闻其声，如观其貌。

我们相信那种巨大的激情，不可淹没的理性，正为朴实而开阔的一个时代所独有。他们更为自信，更拥有抱负和畅想力。为了实现这抱负，他们可以跋山涉水，远去他国，宣示自己的见识和主张。

我们仿佛可以看到茫茫大地上往复奔走的诸子们，他们风尘仆仆的身影；身背行囊、面色肃穆，风尘掩不去眉宇间的勃勃生气。各种各样的危难艰辛，都像脚下的土块一样被他们踏碎踢飞；一次又一次的挫折、坎坷、难以言说的磨难，都不能将其吓退。披星戴月，车骑舟船，甚至是饥寒交迫，九死一生。忍让、屈辱、思念、离异，各种各样的人生遭际，都不能使其宏大的志向有一丝改变。

　　无论从哪个方面讲，这样的一种民族气象都是令人深深自豪的。拥有这样的历史的民族是不可能毁灭的，而参与制造了这样历史的诸子们，也领受了永不泯灭的光荣。他们的言辞和行迹都同样不朽，他们留给后人瞻仰的高大而匆忙的身影，也同样不朽。

　　当时，无论是出身卑微者还是高贵者，都可以在同一场合辩论，都可以词锋锐利、言之凿凿，都可以展放自己的一腔豪迈，都可以闪烁动人的眸子。他们试图使自己洪亮的声音直达耳郭与心灵，进而化作日常具体，造福于土地，恩泽于民众。他们既是夸夸其谈者，又是讲究实践者。他们可以同时是一个时期一个民族的智慧之星、才子、学人，又是武士、重臣和旅人；今日直言于庙堂，明日浪迹于天涯。

　　只有那些从不苟且偷安者才有这样的潇洒、这样毅然决然的气魄。一个充分掌握了自己生命意义的人，才有如此的坦然和果断。

　　从一片土地到另一片土地，从一个国家到另一个国家，不倦的寻找、说服、宣示、辩论，目标和信念不可更移。这样的人生充满理性，这样的行迹又浸透了浪漫。诸子的足迹经纬罗织了丰饶的大地，绚烂的言辞写就了纸帛和历史。从历史上看，只有在一个民族处于竞争和发展的生气勃勃的时代，才会窥见这一类身影。

　　应该研究滋生这些奇特生命的土地。土地与土地之间尚存在着差异。当时严酷竞争的现实是，无理性则丧失、则毁灭，无达观则萎靡、则衰败。正是这样一种规定性的力量在左右和驱使，诸子百家也就各言一家之理，各展一技之长。没有统一的理法，没有不变的规范。各种约束都消失了，远退了。在共同的机缘面前，它们生长、交替和更迭。

　　我们所能看到的这些记录很可能只是当时繁华绚烂当中的短短数页，还远不能再现那个盛况空前的时代。可即便如此，也让我们得以窥见盛大的历史舞台上，那一幕幕惊心动魄的政治经济以及文化艺术的精彩演示。

　　一个时代逝去了，再不复见那汪洋恣肆、风诡云谲，也再不见雄辩和鼓动、充沛的气势、强烈的情感、"沛然莫之能御"的雄风，不见了折理辩难、坚硬的逻辑、朴素的辞章、透彻的思想……在人类历史的长河中，它像一朵鲜花一样灿烂地开放过，然后凋落了。落英遍地，归于时代的泥土。旷阔苍茫的大地，再也没有了他们的身影——诸子的身影。而且他们的气质、才情、行为，都无法效仿。

在几千年后的今天，对他们的模仿会落下不可思议的笑柄。那无异于一场梦呓、精神疾幻、狂徒、不知天高地厚者，但当年也就是这样一些"不合时宜"的人物，创造了整整一个时代。那个时代就人性、政治和生活的本质意义而言，都达到了难以言喻的高度。大约今天再没有一个人能像他们那样，将一己的生命、情趣和利益与宏伟的抱负、开阔的山河融为一体。既不能像他们那样潇洒练达，也不能像他们一样真实勇敢。

我们可以从历史中结识这样一批人。他们用自己的言行把"人"字写在了山川大地上。当代人的浪漫，比起他们就要大打折扣了。这个火箭和电子集成块的时代已经使诸多事物改变了质地和颜色。从严格意义上讲，我们今天已经没有了诗。我们生活在一个丧失了诗情的世界上。因此我们也将逐渐丧失理性和浪漫。这种估价是非常悲哀的，可是这种悲哀由于并非夸张，而显得愈加沉重和不幸。

我们于是开始怀念那些行色匆匆、口沫飞溅、手掌翻动的辩士们，未敢嘲笑。我们将好好倾听几千年前的声音，窥视厚厚的历史幕布后面那些陌生的身影。

为什么真正的诗意和浪漫常常是凝聚在青铜和生铁的时代？为什么当我们人类具有了更大的发射力、倾听力，即拥有更为现代的科学技能的今天，反而丧失了那种率直、真切和伟大的力量呢？

我们正在遗失和忘记。尽管我们有着更为详尽的、了不起的记载能力，但我们正在遗失和忘记。

这种不幸将不仅属于一代和两代，而是属于未来。

这种不幸属于整个的人类。

稷下之梦

这是出现在齐鲁大地上，文化和学术史上光辉灿烂的一页。不仅是齐鲁，而且整个的中国政治、学术和文化的历史，都因为这一页的翻开而感到欣慰和自豪。它引人想象，给予整个民族的精神活动以极大激励，并影响和塑造了我们的民族。

历史上，齐国稷门下的稷下学宫，终于成为不朽，成为人类文明史上一座永不倒塌的纪念碑。

当年在齐国都城临淄西门即稷门外，建立了"稷下学宫"，招来文学游说之士数千人，任其讲学议论。最著名的学者有淳于髡、邹衍、田骈、接子、慎到、宋鈃、尹文、环渊、田巴、鲁仲连、荀况和孟轲等近八十人。他们一律被列入上大夫，给予优厚的待遇，受到极大的尊宠。稷下学宫在战国时代是各派学者汇聚的一个中心。稷下学宫的百家争鸣、名人荟萃的盛况从齐桓公田午开始，一直到齐王建时，前后历史约有一百四十年之久。这种巨大的存在不能不说是中国学术史和精神史上的一个奇迹。

稷下学宫的建立是以政治、经济和文化的全面繁荣和自信为基础的。当时的齐国是整个中华文化经济的中心，而齐都临淄是中国最繁华的大都市之一。在当时，几乎所有的著名人物都到过稷下学宫游访和讲学。稷下学宫的文学游说之士通常被称作为"稷下学派"。

稷下诸子之学并不是一个统一的学术派别，而是自春秋以来多种学术派别的集合体。他们不仅来自不同的国度，而且来自不同的阶级阶层。他们各自隶属于那个阶层和派别，是思想和精神的代表。政治见解、思想主张、理论体系、价值观念和思维方式，相距很大。当时的儒、墨、道、法、名、阴阳、小说、纵横、农家等各派著名人物，都曾经登上稷下的政治学术舞台，宣传自己的思想，合奏了一曲百家争鸣的交响乐章。但无论什么学派，都热衷于"作书刺世”，一个“刺”字标明了他们强烈的知识分子性，同时也折射出那个时代宽容大度的思想政治环境，一种可以茂长学术和艺术的参天大树的丰沃土壤。只有这种土壤才可以发掘和浇灌，以至最后的生长和收获。贫瘠的土地是无法承受这种发掘、冲刷和浇灌的。

稷下学者们研究政治、经济、哲学、历史、教育、道德理论、文学艺术、逻辑学、美学、法学以及天文、地理、历数、医学、讨论天人、心物、知行、阴阳、动静、道气、道法、礼法、义利、名实、王霸、法先王与法后王、人性的善恶、形神等问题。他们除了研究社会的现实，还要反思漫长的人类历史，描绘社会的未来蓝图。这是何等开阔的文化视野，何等深邃严整的思想体系。

自夏商以来，各地的政治经济发展极不平衡，生态气候、地理环境及其他方面的差异甚多，形成了齐、鲁、荆楚、秦、晋、吴越等各具特色的地域性文化。从《史记》《汉书》的记载当中，我们可以看到不同地域的巨大差别。当时对齐国的记载是这样的：“齐带山海，膏壤千里，宜桑麻，人民多文采布帛鱼盐。临淄亦海岱之间一都会也。其俗宽缓阔达，而足智，好议论。地重，难动摇，怯于众斗，勇于持刺，故多劫人都，大国之风也。”

一个“宽缓阔达”，正准确而传神地描述了当时的精神状态、社会环境、风尚习俗。整个社会的特质被凸现了。一个政治集团、一个文化集团的自信，必定来自一片土地的自信，没有这种自信就决不会出现“宽缓阔达”。当时由奴隶制向封建制过渡，处于所谓的社会的大变动之中。激烈的兼并战争已经打破了列国的分野。各国各地区的政治、经济、军事各方面的关系，不同地域间的文化交流空前频繁，正向着融合与统一的方向发展，而稷下学宫则成了这个时期多种文化交流融汇的中心。“我可以不同意你的观点，但我要坚决维护你发言的权利”——这一规则实际上正是稷下学宫最基本的原则之一。尽管诸子都可以直接向权力者建议、讽谏，但是他们并没有利用这种自由和这种机会来构陷，起码没有这样的记载。

这是一种基本的，也是一种伟大的现象。这样的风尚和品格才无愧于一个伟大的时代。伟大时代的精神和艺术就是在这样的气度和品格面前结出了丰硕之果。无论阶级、阶层、政治倾向与文化心理结构、思维方式等各方面的差异何等巨大，矛盾何等突出，自己的理论中心向何方偏移，有着怎样的学术动机和目的，但一种多元的思想和文化格局一直没有因为其他原因而受到影响，真正算得上平等共存。统治者在不同的历史时期和历史阶段，面对着不同的现实问题，对诸子学术的取舍和选择利用仍然会有所侧重。但各家各派在学术上却具有平等地位，更不妨碍他们自己的自由探索、开展争鸣的权利。

正是在稷下学宫，存在着当时整个中华思想界最激烈的学术争论和思想交锋。人的文化视野处于最开阔的阶段，人的精神也最为振奋，思维能力也至为强大。稷下学者几乎个个能言善辩。淳于髡与孟轲争论何者为"礼"，孟轲与宋钘说"义"谈"利"，儿说与稷下学人辩论"白马非马"，田巴与稷下学子辨析"离间白，合同异"；荀况驳斥孟轲的"性善"论，批判宋钘，攻击慎到、田骈，揭露诸子之学的理论缺陷；而邹衍则批驳儒墨的"中国即天下"的思想，揭露诡辩学家们的逻辑错误；鲁仲连则痛责田巴的辩说"华而不实"；等等。

在文字记载当中，谡下学子的辩才可谓空前绝后。那的确是一个学术和艺术的黄金时代。而只有这样的时代才能遭遇和集结如此之多的顶尖人物。伟大人物和伟大时代从来都是并行不悖的。他们支持了一个时代，创造了一个时代；而一个时代也容纳和滋养了这样一些伟大的灵魂。史书上曾记载长于辩论的田巴，说他"辩于稷下，日服千人"——一天可以使一千个辩手膺服，真是不可思议。我们就此似乎可以看到一个居高临下、雄辩滔滔的智者。

在稷下学宫大概很难听到指斥对方狂妄、大言不惭等责难，即便有这样的指责，也很难成立，因为那是一个挥洒大言、倡扬大言、置辩通理的场所和时代。那的确是一个伟大的时代，是一个被一再颂扬过的"宽缓阔达"的时代。

那样的时代是没有长于构陷的智识小人的立足之地的。那样一个时代，关于它的一切记录，都是科学和艺术的一种庆幸、一个梦想。伟大的梦想来自伟大的人类，伟大的人类可以创造伟大的时代。

人类正因为有着强大的记忆能力，她才变得高贵和不朽。

这个梦是会常常做起的，它标示了人类的光荣。

人与事

帕斯捷尔纳克。凝视着你那双有些特异的眼睛、长长的眼角，还有你曾经被人誉为"像骏马一般修长"的脸庞——上面凝聚了人类的全部睿智、坚定、仁慈和灵性。读着你的《人与事》，内向的、喃喃自语般的文字，为你而吟唱和哭泣。

这是来自我们邻近的一块土地上的伟大歌手、精灵；来自你的声音，你的不可思议的诗句。你与同一个时代最卓越的歌手们动人的友谊、幻想、惆怅，都深深地打动着我们。我们自认为在这样寒冷的冬夜可以遥望、走近，可以接受你高贵的灵魂，为它所打动和启迪。

你诞生在一个剧烈变动的历史时期，一个人类从未有过的试验期和冲决期。这个时代既是伟大的，又是匆忙的；既是勇敢泼辣的，又是无知渺小的。它催生了一大批卓越的、伟大而勇敢的人物，又扼杀和盲目驱逐了一大批人类的精英、真正的天才、旷百世而一遇的神奇人物。你一开始就处于被驱逐和被掩埋的边缘，可是你像一棵不甘屈服的楸树一样顽强，存活下来。你不能终止自己的歌唱，正像不能终止自己的爱情和友谊。

你出身于一个高贵的家庭，有着艺术家的血脉。你的父亲曾经为托尔斯泰作过画。你那样动情地、如实地描述着托尔斯泰的面容、举止，这使人想到一个人的来路可以多么深远地影响他的一生、他的学术性质以及他为人的原则，甚至是他的品格和操守。他可以带着先人的因子、他们的风尚走入自己的时代。这种特质也会影响和感染这个时代。无论那种感染力是多么微小，多么不易察觉，它也仍然是存在的。

你以自己的纯粹标示和记载了自己。你的苦恼和惆怅是纯粹的人的苦恼和惆怅，你的友谊和爱情、你自己的伦理观，也是一个纯粹的人所同时具有的。你拥有自己的真实——正是这一点，在久远的今天，在漫长的地域之外，还可以深刻地打动我们，使我们想念和缅怀。我们因为你一次又一次地陷入激动，寻找着自己在这个世纪末的希望和欢乐。这种想象使我们感到幸福、从容安定。寒风和舞动的冰凌都不能剥夺的温暖才是真正的温暖。

当你回忆幼年时期，你这样写道："幼年的感受是由各种惊恐和赞叹的因素组成的。""与叫花子、女香客来往，与社会渣滓及他们的遭遇为邻，还有附近的林荫路上的歇斯底里的现象，这一切使我过早地产生了对妇女的胆战心惊的、无以名状的、终生难忘的怜悯。对双亲的怜悯我更是无法忍受，因为他们要先我而死。并且为了使他们能够摆脱地狱之苦，我必须完成某种极其光明的、空前的事业……"

我想，这一段文字可以引起所有仍具有人的感受能力者的深深战栗和震动，并且永志不忘。这才是真正的人类的情怀，一个敏慧的、正常人的情怀。于是我们明白了，一个人何以伟大、卓越和不屈。在极其幼小的年龄里，他却产生了对妇女的"胆战心惊的、无以名状的、终生难忘的怜悯"。还有，"对双亲的怜悯"使他更"无法忍受"，因为帕斯捷尔纳克明白了他们要先于他而死亡。他是一个有神论者，当时他想到为了他的双亲能够摆脱地狱之火，自己所应做出的巨大努力——那就是完成、必须完成某种光明的、空前的事业。天哪！这是怎样的童年、童年的思想、童年的抱负。

作为一个东方人，我们尽力去想象，想象"极其光明的、空前的"几个字所能包括的全部内容。我们被震撼了。我们非常感动。我们在想，我们所投入的留恋和全部事业是不是"极其光明的、空前的"。对于我们个人而言，它应该是这样。因为它光明，极其光明，所以就必须是没有污垢的、关于精神的、关于道德的、关于永恒的。这种努力的确是极其光明的。说到"空前"，这里是指我们的努力方向，强烈的个性标记。它们是空前的，它们是独一无二的，不能够代替的。有了这种自信，无论是帕斯捷尔纳克还是一切与他的心灵相通的智识者，都应该感到欣慰。在这里，污杂、苟且，还有其他，都当远退、消失和被击败。它们应该被击败。无论它们可以换来多少世俗的愉悦，它们都应该被击败。

帕斯捷尔纳克记载了他幼年接触的音乐家、画家、伟大的思想家、文学家。他记着他三四岁时候的哭声，演奏者，躺在帷幕后边的情景，还有妈妈吻他的额头、怎样哄他，把他抱到外面去见客人；他怎样看见客厅，客厅里烟雾缭绕，烛光闪动。烛光照耀下的小提琴和大提琴，它们闪亮的红色木板，大钢琴显得乌黑，男人的长礼服也显得乌黑；妇女们穿着连衣裙，露着肩膀……就是那样的一个夜晚他看到了伟大的托尔斯泰，看到了他本人！他写道："这个夜晚像一道分界线横在我没有记忆能力的幼年时期和我后来的少年时期。"

这个有幸的人与一个时代最伟大的思想和艺术家会面了。这种会面对于一个生命有着何等奇怪的影响力和制约力。有着这种经历的人是不应该沉沦和平庸的，事实证明后来也果然如此。

在他长大之后，在无数的奖赏、巨大的荣誉和同样巨大的灾难一块儿降临的时候，他没有被压垮。他以自己特殊的方式生存了。他得到了诺贝尔文学奖，可是却被迫放弃，因为那个国度里的权力人物不允许他去领取。他甚至面临着被枪决和被驱逐的危险。可也就在这个关键时刻，最高权力者又对那些野蛮人说道："不允许动他，他是上帝派来的人。"

还有一次，电话铃突然响了，帕斯捷尔纳克抓起电话，那一边又传来了那个人的声音……

他于是得以活下来。在最艰难的时刻，在最寂寞最不能忍受的时刻，厄运将他团团围拢。但即便如此，他还仍然居住在作家艺术家之村，住在那座完好的别墅里。他没有进劳改农场，没有被流放，也没有被折磨致死。

这不由得让我们想到了专制与暴君之间仍然有层次之别。在伟大的文化、思想和哲学的丰厚的沃土之上，与贫瘠之地的智者的遭遇仍然还有一些天壤之别。这使我们欣慰、感慨、喟叹，同时也使我们明白了伟大的俄罗斯文学、伟大的俄罗斯艺术，为什么有着难以消逝的余韵。它甚至可以在苏联时期也发出了强烈的回响，产生了一大批质量决不低劣的艺术家和艺术品。

人与事，事与人，至此才让人明白，灵魂是不朽的，精神是不朽的。

古河之声

大地上有许多干涸的河流，它们只剩下躯干，而没有了血液；它们只留下了形貌，让我们追念昨天，想象当年的滔滔不息。

时光的尘埃淹没了另一些古河道，使我们连枯干的躯体也不得相见。我们无以考据，也无以感怀。只有在午夜，在寂然无声的一个人的时刻，尚可以倾听古河之声——隐隐的，若有若无的鸣响，流入心的深处。

古河是万水之源，是文明的潮汐，是劳动、艺术、创造的源头。现代人无论如何应该倾听古河之声。

在人类的记录工具不断更迭创新，从鹅毛笔到钢笔圆珠笔再到机械打字机和电脑打字设备、声控打字机……种种迅速的、目不暇接的、简直无从想象的演化和进化当中，人类同时也在经历着极大的进步和极大的退步。

一种难以预料的丧失使我们变得苍白而空虚。我们渐渐丧失了一部分咏唱的能力、喟叹的能力，不得不过多地依赖纸张、集成电路；我们甚至不愿意面对着纸页去涂抹和记录，更不愿像古人那样在物体上费力地刻画心得与思想……

自然万物左右于古人的灵魂。他们目击了，感动了，欢欣、伤感、各种各样的情绪，就在窄窄的木条和竹简，甚至是砖石上刻记下来。这是一种笨拙的、费时费工费心的，然而却是更为深刻难忘的记录。生命用刻写的方式印在了坚实牢固、可感可触的物体之上。这种物体是坚硬的，被我们后来人很好地保管了、贮藏了。我们搬动它们，展放开来，寻找昨日的事迹、声息，关于史实和繁琐日常事迹的记录，特别是思想和情感的记录。

这是一个令人惊叹的事实，可是它们都属于很久以前了。

与此相反的是，一些源于土地、源于劳动的喟叹和歌唱，要穿过很多曲折，变形、扭曲，最后才进入我们的记录；它或许已经失去了原有的色泽和气味，再也没有了那种实感，没有了那种凝炼和张力，变得平庸、程式化和显而易见的凡俗气。这可以使我们造成极大的误识。精神的触觉不再敏锐，创造的思维不再活鲜。这种无所不在的、陈陈相因的浸染使我们走向创作的末路。

如果我们要依赖典籍的记载去寻觅古老的声音的话，那么它在哪里？那美妙绝伦的歌唱和吟咏在哪里？

于是不得不想到我们的第一部诗歌总集《诗经》。

它们大多是劳动者的直抒胸臆，是真实的生命之声，绝少加以修饰的大地的器官发出的声音，是古人留给我们的一份宝贵遗产。只是由于时光的关系，它们才蒙上了一层古典的色泽，有点令人生畏。它们已被经典化、庙堂化。

那些由劳动者、卑微者吼出的声音，各种各样的声音，包括不平的呼喊、怨艾、嘲讽甚至诅咒，还有恐惧和颤抖，都在猝不及防的时刻变成了"经典"。这或许可以看成艺术的力量，生命的力量。生命化为声响和墨汁行使着它们的权力、它难以抵御的伟大力量。这种力量是任何其他力量——比喻说暴政和专制的力量，甚至是遗忘的魔法——都不能够摧折和毁灭的。至此我们又一次理解了艺术与生命奥秘之间的奇特联系，它们的异形同性。艺术的自豪原来就是人类的自豪、生命的自豪。我们依赖艺术、歌颂艺术、寻找艺术，原来只是敬畏生命，只是在寻找生命永恒力量的本身。这一点也不成其为难解的奥义，而是非常淳朴的一个原理。

"坎坎伐檀兮，置之河之干兮，不稼不穑，胡取禾三百亿兮？不狩不猎，胡瞻尔庭有悬特兮？""七月流火，九月授衣。""九月筑场圃，十月纳禾稼。""二之日凿冰冲冲，三之日纳于凌阴。"这仿佛从地壳深处传来的极为幽远而真切的声音，如同古河之涛。这流动的水，不逝的水，这千流百转的现代之水的源头，就是这样让我们感知着，产生出最大的激动，焕发着最大的畅想。是的，它是艺术和创造的源头。它使后来的其他艺术，所谓的"千古杰作"都黯然失色。它凝结着大地的隐秘，是后来者难以比拟的。

一个人独自倾听的时刻，是最有可能获得颖悟的。在这里，那些充满哲思和另一种魅力的域外艺术难以获得同等地位。因为我们的血脉里流动着古河之水，它们来自同一源泉，是从同一地母的心中奔涌而出的。

是的，这是具有血缘深度的、不绝的激情。我们也许无可选择。这种感动才是更为真实的、无可置疑的。那些催人泪下的奴隶之歌，那些令人神往的远古场景，绝望与挣扎，控诉与祈祷，欣悦与呼号，在我们人类精神和艺术的历史上永不消失。它们特别的意象，动人的声气，亲切的口吻；一种凭想象、知觉和悟力几乎毫不费力就可以触摸到的扑扑的人类心跳……这一切都夺人魂魄，让人不知所之。这是人类有可能发出的最感人的声音了。它于是不朽，它于是让现代人倾尽全力地加以模仿一二。

因为它是遥远的河流，联结着远古大地，所以那种神奇的密码存在于我们当中，就像无所不在的种子、因子，分散在现代的所有生命里。它分裂、生长，产生新的变异；从现代艺术中，无论如何也仍可找到它。

它又像一尊难以移动、力大无穷的精神巨人，可以打败一切的敌手，现代的、未来的，来自其他方向的；纤巧的，诡计多端的，执掌现代技艺的……一切一切的生命都必须仰视它。

古河之声隐隐而来，无边的细碎。从深夜到拂晓，汇成了浩浩潮声，漫卷了黎明，覆盖了一切，充溢了大地。我们屏息静气，侧耳倾听，到后来整个心灵都被它鼓点般的敲击给震动起来。我们不得不因为过分的感激而伸出双手，拥抱这涉过午夜而来的遥远的传导。

纯 粹

不仅是世纪末，也许从更早起，我们就陷入了一场误解：越来越相信依靠机智，甚至是某种狡猾，可以取得空前的成功。这确是一个人人都急于比试机智的时刻，而忘记了它命定的限数。

于是越来越乐于嘲笑纯粹的人与事，对待一切率直、真实、完美与朴素，避之唯恐不及。起码的一点修养和自律也被看作迂腐，看作整个时代，特别是现代精神所摈弃的某种变质之物。

这种可怕的误解将把人指引到一个非常荒唐和严酷的角落。在那里，我们将因寒冷而中止和丧失全部创造和想象的能力。一切绚丽、烂漫、无比美好的精神和现世之果，都将与我们无缘。我们留下的会是更多的痛苦。这些痛苦甚至排斥我们的觉悟，因为时过境迁，一切都有点来不及了。

时光如同逝水。我们只存在于特定的时刻和地段，流失了，即不再复返。新的时代不属于我们，而属于我们的昨天却又不被我们所把握。现实生活只使我们寻觅所谓的成功榜样。其实这种榜样是不存在的。它是我们的臆造之物。

有人认为乖巧、方便、省力的捷径，在任何时候都会存在，在精神之域、世俗之域，都同样存在。其实这是真正的误识。在创造、劳动、精神之域，捷径是不可信赖的。它们既不能通向博大，又不能通向永恒。

人类健康的心灵始终是真诚的、严整的、不欺的，仅靠这一份永远不变的信念和操守，才能走进完美的人生。比如说可以嘲笑托尔斯泰的迂腐倔强，可以恐惧于鲁迅的执拗偏激，总之当代人都可以做得比他们乖巧十倍，但就是永远别想走近这些伟大的心灵一步。

这就是无望而无情的规律，只可惜在世俗世界里往往不被察觉。

可是它们在时光的长河里变得相当显赫。那种巨大的缺失会像山凹一样裸露在田野上，使人在遥远处一眼就能加以辨认。时光和历史是不欺的。在物质主义泛滥的时代，一种纯粹的精神、真诚的生命，虽然时常会受到遏制和磨损，但也唯有这样的时代，这种不可多得的品格才会熠熠生辉。它们照射的可能只是一个角落，可是这个明亮的角落将永远被人记住，并且成为指引的方向。

北斗在夜空里并非是最为显著的亮点，可由于它坚定的立场、不可更移的方向，终于显示出永恒的博大。这是时间和经验告诉人类的，是时间给予我们的参照。正因为那些移动和变幻频繁多见，北斗才显出了它纯粹的力量。时间老人给予的锐利之目，使迟钝者变得锋利。如今再没有任何人怀疑北斗的指示价值。

一个人走向自己的责任，这是一种至为淳朴的要求。也就是这种基本的向往，才将一个人的心灵引向了高贵。高贵不是脱离和傲然，而是走入和融化，是贴近泥土的结果。向真向善，即不可为而为之；拒绝诱惑、嬉戏、流俗和毁坏，就是守住向真向善的品格。这当然异常艰难。因为这不是一个时段、一个年头、几个日月里所要坚守的东西，而是一生的信念。在纯粹的人看来，只要违背了这种原则，都在拒绝之列；只要背弃了这种心愿，都在抗斥之列。

相信自己和他人的劳动，相信道德的力量，它的相对恒定性，它在生活中的最高意义，它的可建筑性和可维护性；相信在充满消磨和困苦的人生之途上，善是可以有所作为的——它是我们唯一的希望和生存的理由；相信理性之光可以照亮前进的道路，可以驱除邪恶和魔障——以这种目标为生存信念的人才算是一个纯粹的人，一个不欺的人。

伟大的德国哲学家康德说：“有两件事物我愈是思考愈觉神奇，心中也愈充满敬畏，那就是我头顶上的星空与我内心的道德准则。”

是的，高贵的精神会有自己的源头和自己的源流，它们不会在一个时世里突然消失。它们也不会融入苇丛、草原和泥淖。它们穿过层层山脉可以出现在另一片开阔的草原上。它们终有一天会汇成巨流，一泻千里。而在有些时候，它们的确是会被什么遮掩和阻碍的。尘屑会遮掩它们，吸吮它们，它们不得不变成涓涓细流。太阳也会蒸发它们，但它们终会凝成水汽、露滴，重新降落下来，汇聚一起并来一次冲决。

邪恶之水也将汇聚，它们也有自己的源流。它们也在流动、腐蚀、围拢和侵犯。它们灭绝生命和毁灭创造。它们将因为淹掉明天，而变得不可原谅。因为劳动使生命不灭，所以劳动永恒。所有朴实的劳动者，那些在大地上匍匐的、无数劳作的生命，都在支持和汇聚着自己的河流，使其从涓涓细流变成汪洋之海。这海洋有潮汐，有起落，移动着，形成了这个星体上最壮观的存在。

劳动的力量，真实的力量，就是纯粹的力量。当生命回到了劳动和创造本身，也就回到了纯粹；当生命离开了它们，也就失去了那种品质。人类是永远也不可以告别劳动的。很多乖巧者试图与它脱离和隔绝，但由于失去了一种基本依托，很快就变得软弱和贫瘠，最后无一例外地走向了衰败，难以为继。

人类可以接受伤损、牺牲，甚至是劳而无功的结果，但最终还是不可放弃劳动。人类具有理性、知性，具有从此岸到彼岸的穿越与抵达的决心；这种决心是生命诞生的那一刻所赋予的，它给予生命以力量和顽强。它支持着信念、支持着人类所拥有的坚毅之举、前进的勇气、永不丧失的向往。

人类的纯粹与污浊的搏斗将永远进行下去。在人类存活的全部历史当中，纯粹是人必胜的根据。

从热烈到温煦

在那个遥远之地，在你的书房，抚摸这书桌、这漆布封面的图书，走在你印下了无数脚印的空间里，感受着阵阵惊讶。

一种难言的神秘敬畏之感像电流一样涌遍全身。

你是狂飙运动的先锋人物，热烈的歌唱传到东方。一种多么痴情的吟唱。我们相信这是强盛的生命之流对一个人的推拥。那种不倦的探索、对世界隐秘不可遏止的好奇心、追逐诗与真的强烈愿望，裹卷了你的全部。

少年维特的烦恼、疯迷和痴情，最好地概括和象征了那个时期的诗人。不仅是对艺术，对政治、科学，几乎在人类所涉足的所有领域，你都表现出了巨大的热情，呈现了过人的能力。

强大的责任心与强盛的生命力总是紧密合一，不可分离。博大的爱力也并非所有人都会拥有，而只能是人类当中最优秀的一部分才始终葆有。这种能力不会消失，只在生命中的不同阶段呈现不同的特征。那种像海浪一样涌起、裹卷一切的气势，即是一切生命力强大者的特征。

这种力量表现在对待异性以及对待社会生活的所有方面。它很容易就化为勇敢、探寻的执拗、追求的彻底性和坚定性。在这一场漫长的奔走之中，它的全程充满了激动人心的片断，留下了有力的足迹。可是在最初骏马般的奔腾和最后的冲刺之间，又有着怎样的差异、怎样惊人的一致性，却令人深长思之。

他那些火烫的文字，像河流一样滔滔不息的吟哦，以及他耗费几十年时光专注于一部主要作品的那种可怕的韧性和毅力，都同样令人不可思议。也许它们都来自同一源头，来自一个独特生命的不可猜测和预计的那种能量和活力。

在相距不远的同一片土地上，后来又诞生了黑塞。这个渐渐着迷于东方哲学的老人，出生在炎热的七月，结果一生都像七月般火热。他情感真挚，富于幻想，留下了许多滚热烫人的文字。他的爱充溢了每一章、每一节。

有人把黑塞视为一个终生忧郁的诗人，但我们却把他看成一个一生都在热烈燃烧的诗人。追求完美和真理的信念支持他奔波了一生、呼号了一生、思念了一生，也幻想了一生。像一切杰出的人物一样，他不知疲倦，直至终点。

就是这个忧郁的诗人，在1914年第一次世界大战爆发的时候，一次次地奔赴伯尔尼参加和平运动。他因为呼吁人道和理性，严重地触怒了统治阶层。他们将其诬为叛国者。就在这种强大的压力之下，孤立的处境之中，家庭又走向了崩溃。诗人的精神遭受了极大打击。但即便此刻，他却仍能战胜内心的危机，写下许多美好的诗章。

他们那种冲决一切的激情简直是难以磨损也难以改变的。就是这旋转的喷涌的激情，把他们送达了一个至真至美的、酣畅淋漓的境界。这种境界被无数人所追求，却极少有人如愿以偿。生活中，难言的磨难加在了他们身上，而且格外敏感的生命在接受这些的同时，要经受比常人多出数倍的痛苦。他们招致的磨难本来就比常人多。但这一切都未能阻止他们心中那激荡之水，未能阻止其喷涌流淌、一泻千里的气势——最终绕过生命的崖坎，穿过重峦叠嶂，流向更为开阔之地，浇灌出一片迷人的葱绿、炫目的绚烂。

像所有生命一样，他们从诞生到成长，经历了成年、中年，最后白霜护住额头，毛发疏衰，皱纹叠生，目光里有了更多的沉重、宽容和谅解——他们不约而同地从热烈走向了温煦。

内在的生命之火仍在熊熊燃烧，这从他们临近晚年的那些诗章中可以看得出来。"温煦"只是外形，"热烈"才是内核。他们可以沉湎于更深处，追溯到更久远。他们可以远比先前更为沉着和宽泛地追究生命中的一切隐秘，可以玩味和盯视内心里滋生的一切、它的全部。他们的爱会变得更为阔大和深远。

他七十一岁所经历的那场爱情，那场自我燃烧、两手颤抖、被反复记录和议论过的爱情，恰为这个走向晚年的生命作了最好的注解。这是一场具体而抽象的爱，甚至表现出原初的那种纯稚。当这场爱不得不在形式上中止的时候，却又突出地再现了一位老人的温煦。温煦最终包裹了冲决一切的情感冲荡。

而另一位老人，却在后来愈来愈迷恋于东方的哲学。另一种智慧伴他寻找生命的永恒。他在更为从容达观的思绪中进行着一以贯之的探索，整个生命之诗在晚年书写了极为重要的一章。这与歌德几乎是完全相似的。

没有青年的热烈，就没有晚年的温煦；没有炽热的内核，就没有温煦的外表。这种温煦绝对不是生命力退缩的一个表征，而是它的深邃绵长。

一个如此平静的老人，双眼为何能够闪烁那么火热的光芒？一个如此和善的老人，为什么会有那么激烈而勇敢的言辞？他为何如此地执著、坚守、毫不退却，直到最后——最后的最后？他为何而勇敢？为何而奋不顾身？那满头银丝，那美丽的闪烁，连同他的目光一样，使人敬仰中又掺上了稍稍的惊讶。

是的，这是整个人类当中最不可思议的存在，是人类向冥冥之中发出的一个证明——证明其不朽与自尊……

纵观他们的一生，就是考察一条长长的生命的巨流，考察它流淌的长度、冲决的力量以及翻卷不息、奔腾涌动的浪花。从这晚年的温煦往上追溯，很快就会找到一个激烈燃烧、豪情万丈的诗人。这种火烈的燃烧，这种勇敢和勇气，是进入萎靡时代的那些小气褊狭的艺人、文字匠们所万万不可理解的：这些人往往在很早的时候就开始进入一种小心翼翼的规避，互相比试小脑的机智、圆滑、混世的乖巧。残弱暗淡的生命难以燃烧。豪情不属于他们，勇气不属于他们，冲荡不属于他们。他们总是过早地拾起了"宽容""达观""谅解"等美好的字眼，来掩饰自己的怯弱和不磊落。他们总也弄不明白——"宽容""达观""谅解"这一切，也必须由勇气和激情化成——它们仅是同物异形，是生命的不同阶段。

一个从来没有过热烈、勇敢和执拗的生命，怎么会走到真正的宽容和温煦之中、走到真正的谅解之中呢。

在激流中

在瑟瑟发抖的冬天，在寻找自己规避之所的时刻，人们有时愿意用想象来满足自己。但北风呼啸，严寒覆盖一切，人们已经没有可能走上街头，走向梦想之地。即便是想象力也似乎在萎缩。我们不可能让幻想攀上应有的高巅，而一味地低回、惆怅、忧虑。

一部分人生活在温暖而安静的水潭中，在水藻和荻草的遮蔽下，躲闪着光与影，寻觅自己的食物，规避一切伤害。他们尽可能缓缓地移动，在四周圆润的卵石和白色的流沙间，安放自己养肥的躯体。

而另一些人却愿将自己的生命置于冲荡的激流之中。只有在这种狂放和淘洗之间，他们才能感到生的快乐。那是一份冒险、勇气和经历的快乐。丧失了这种快乐，他们会觉得虽生犹死。

令人不可思议的是，海明威可以身先士卒，冲锋在解放巴黎的前线，可以去西班牙、侦察敌人潜艇，一次又一次经历飞机失事，死里逃生，全身留下数不清的疤痕……他并非不珍惜自己的生命，也并非在用生命去作冒险的抵押，反倒是充满了生的自信。他的爱恨强烈而明朗，常常在许多领域表现出令东方人战栗的那种率直、果决和峻厉。

另一些美国作家如杰克·伦敦、马克·吐温，也有类似的特征。他们几乎都有自己的传奇、令人难以置信的人生情节。他们都曾把生命放置悬崖，体验险绝的经历。这是一种倾尽全力的奔波和拼争。他们都竭尽所能地参与了自己所遭逢的时代，深深地投入了那些巨大的事件。对于一个生命而言，它已经没有第二次机会了。

除了生活的经历，还有纯粹文学的经历。这二者不可剥离。他们都像对待生命一样对待自己的文学，全力以赴。那是生命在经受的另一场冲刷，另一种激流。在这有声有色的搏杀之中，他们痛苦、欢畅，灵魂接受巨大的欣悦和刺激，获得了人生最大的快感、酣畅淋漓的磨损和诗意的抒发。这一场人生豪情，使他们一次又一次变得容光焕发。他们在庸人倒下之地高高站立，而且大步向前。他们像不断燃烧和旋转的星体，在运动中获得永恒，在炽燃中发出光芒。

　　不仅是男性作家，像乔治·桑、尤瑟纳尔等，也都有过惊人的历险、使人咋舌的场景。她们敢于把自己的灵与肉投放到跌宕之中。这当然不仅是一种风格，而是生命的性质所决定的。奔走、呼号、参与、奋不顾身，就是诗人的一生。他们留下来的文字、全部的咏唱，只是这场大抒发和大行动的一章一节，是他们心灵波动的记录。歌颂牺牲、殉道，是他们全部思想中一个永恒的主题。

　　他们起码不怕那些字眼。他们的整个过程就是对那些字眼的一场实践。就领受着这种人类的光荣，他们不屈不挠地走完了全程。

　　作为诗人，他们是历史上全部传奇人物中的一种。他们统属于一个家族，有着同一种色彩、同一种行为方式，甚至是差不多的人生经验。他们在极为曲折的旅程中摇动着令人震惊的身影。他们当然是一些不安分的生命。世界的一大部分从来都是由这些不能安份的生命所维护和创造的。失去了他们，世界就会窒息，就会显得没有声光气息，陷入一片黑暗。是他们的不停旋转和燃烧，给我们人类送来了维持生命所必需的光和热。他们是高空的闪电，是迎着阳光茂长的高大植物，是丛林之中最绚丽的花朵，是河流之中最长的波浪，是海洋之中涌动不止的高潮，是宇宙的水手，是波涌中耸立的岛屿，是狂暴天气里冲上浪巅的鸥鸟，是高空里的鹰，是旷野里的唢呐、奔驰的骏马。

　　历史选择了他们，他们走进了历史。

　　世界上很少有一个母亲愿把爱子推入激流，可世界上又没有一个母亲会不为激流中的孩子感到自豪。她热泪盈眶地盯视着那个风波中的身影，喃喃自语地告诫自己：他是由她生出的。生命一旦脱离了母体，就由不得她了。他从起点走向终点，漫长之路要自己完成。更多的时候，他脱离了她的视野。

　　母亲善良的用意并不是孩子胆怯和安居的理由。为了维护母亲，为了报答善良，他们只有投入到激流中。这场可怕然而又让人精神倍增的冲荡，会使人的生命变得更加顽强。

　　一场不知终点的出发开始了。奔走吧，鼓起勇气吧，尽管狂风怒吼，尘土扑面，沙子和枯叶一块儿扫来，可真正的人还仍然奋不顾身。这是为人类最好的儿女准备的，他们虽不一定个个孔武过人、身躯高大，却无一例外地具有一颗不屈之心。只要这颗心在跳动，他们就会一如既往。

危难时有发生，战友不断倒下。来不及掩埋，来不及告别。行进中耗失了力量，风沙和雨水灌满了背囊。但也只有向前。在世纪更迭的褶缝里，混浊的水、汹涌的水、吞噬一切的水、纵横交织的水，全部加在了人的身上。

这简直是一场可怕的跋涉。可是唯有这样的跋涉才能证明自己。

最后他可以说：我投入了激流之中。

为了什么？为了真实的爱，为了报答那善良的抚慰，那一场哺育。从诞生到现在，再到明天，这一场报答遥遥无期。它需要一个人舍上一切，献出一切。它没有尽头、循环往复……

东方的水潭

……告别海洋和大河，寻找一个安静而温暖的水潭。畏惧冲击，畏惧风浪，向往生的安怡。那些在奔腾的激流里翻跃冲撞的生命，让其何等不能理解。他们甚至不愿去观望和对比。他们只以自己特有的心智来作出抉择。

这样的水潭只在东方，由老庄等几个古人开始挖掘，至今已成规模。

在这样的水潭里，人可以悠然自得，享受养生的快乐；那种非常符合性格与体力的适当劳动，也只是操练和养生的一部分。一切都在东方的和谐里运行，让时光在这运行里缓缓流驶。一种特别的舒畅和欢乐，伴着哲学上的振振有词，从精神和物质两个方面给以滋养。他们可以长生，可以优雅，可以宽袍长袖地潇洒。只要进入这样的水潭，就没有什么不可以玩味。他们甚至像玩鸟一样玩弄学术和艺术，而且把这一切等同于滋味深长的老酒。

这是一种传统，代代不绝。在它熏陶腌制下的"智识者"终于变成了同一付面孔。据说他们的勇敢和睿智更多地藏在一种讥讽和嬉戏之中，据说这是整个人类的最高智慧、最卓越的表现。这种智慧既无可替代，又无可超越；它甚至可以化为人生伦理，深植"沃土"。

面对崩溃、毁灭、污浊，甚至是重重苦难，他们都可以无动于衷。据说那种巨大的"宽容"是最了不起的人类遗产之一。在多舛的人生之途上，这样的水潭也许真的可以自救和救他，可以自觉和觉人，可以滋润和缓解，可以浸泡，当然更可以腐蚀。只要不是掘毁它，让它流动，那么它就从来不会冲决。它可以吸引越来越多的旅人，让其投入当中，饮下这深深的、由于许久没有流动而变得越来越浓稠的水。

这样的水潭由于最终不是成为一处景致和点缀，不能像镜子一样掩映天空的流云、岸旁的山树花草；由于不能更新，不能纳入新的水系和溪流，所以早已腐臭。一摊腐臭的水，一摊藏污纳垢的水，就这样流着。

但它能唤起旅人的诸多回忆，让其自觉不自觉地饮用它靠近它。狂风也只能让其扬起一些水花，而不能使之彻底荡动。一种空前的、永久的安宁和安全感笼罩着，使其感到欣喜和满足。

这样的水潭只存在于东方，在山岳之下的凹地。这片特殊的地形地貌，流失了的水土，极适合于这样的贮藏。绿色没有了，它们在一个世纪前的一场涌动中被扫平荡掉；高丘也没有了，它们同样丧失在那一场巨大的动荡之中。在这片无绿无碍的地洼里，也就蓄起了这样一个长达几个世纪的水潭。

在疲累和焦渴中，旅人一步也不想往前了。前方漫漫无边，一片昏暗的光色下，隐藏着风暴和冰雪。他怯于投入，可又不愿止步。回首就是那片水潭，它在那儿引诱。走向回路还是……？前方流云一片，更远的前方又是什么？他听到了海浪扑扑卷动，大河隐隐冲刷——它从北风里传递过来。它们是另一种引诱。可水潭里的水生动物，它们咕咕的召唤声，像夜话般的自语和相互安慰之声，又传递着另一种甜蜜。远方高山下垂挂的瀑布，飞溅的水沫凌空而起。那里有参天大树，搏击的鹰隼，有在云端上环绕的高歌，有狂放的大言，有英姿勃发的旅人，有感人肺腑的呼唤。

他终于放弃了这个水潭，忍着渴烈双唇的痛苦离开了它。暮色中，他看见闪耀的一片磷光，发现垂挂的芦苇叶片一片焦枯。他知道那是水中蕴含的某种毒素弄伤了它。

他的田园里有一个水潭，可水潭却不是全部的田园。如果他的田园全部化为了水潭，他就宁可放弃，作一次永生的漂泊。失去了家园，他将没有庇护，没有驻足的驿站，甚至没有同行，没有生的安慰。可即便如此，他的衣衫和肌肤也不愿染上水潭的腐味。他既不愿领受潭中水族的光荣，也不愿借助它的声势。他只是一个孤独的旅人，一个流浪者，一个用双足去亲近大地、寻找明天的人。

他发现那片田园并没有因为这个水潭而变得风光宜人，变得润湿和适合万物生长，而是恰恰相反。久蓄而变质的水侵蚀了肥沃的土地。它流动之处，寸草不生，一片凄凉。而由于它的凝聚和侵染，一片土地更加干涸。河流阻断，溪水不见，芬芳扑鼻的合欢树、缬草、雏菊，都不见了踪影。记忆中高高的白杨，它滑润的淡青色的皮肤让人梦牵魂绕……如今这一切都消失了。

大地上应该有一些开掘者。他们应该给土地引入活水，让它流动，欢歌，激起雪白的水花，最终奔向大海。

一个封闭的水湾只有腐朽的明天。而人的渴望、千千万万的渴望，却可以汇聚成一道冲决一切的大河。海洋何等阔大，辉映着天空。它连接着神秘的陆地和远方。它的浩瀚无可比拟。它有美丽的静止，有绸缎一样的柔软，有午后太阳拂照下的温柔。可是它也有狂暴和愤怒，有粉碎一切的力量。它可以撕毁时代的岩壁，可以淹没无数的峰峦，它才是真正的伟大和不朽。它既有伟大的孤独和自在，又有手携四洲的能力。它就是世界，伟大的未知和伟大的未来。

究竟有谁身负开掘的使命、引入活水的使命？

我们相信，他们将是这个世纪里最为光荣的人。他们出现过，可是又被笼罩了。他们正在地平线上向我们走来，世纪的寒风又卷走了身影。他们蹚成的路已难寻踪迹。只有那声音还在隐约响彻、震撼。

腐臭的水潭终将过去。人类的太阳在照耀，它将因为蒸腾而僵死。它拒绝河流，拒绝活水，拒绝接纳和奔涌，所以必有如此结局。

土与籽

无数的形影和目光在流动、飘忽，来去、消失，降临、重合，无影无踪了。可是这一切会在心中留下痕迹，使之不能忘怀。陌生的、熟悉的、似曾相识的，都在脑际交叠、重合……人已来不及叹息和感慨。这一切想来是如此奇特，令人惊心动魄。尽管它们更多地化作日常的琐屑和凡俗，可是在这深夜，在一个人的时刻，当人凝视夜色，悄思考量之时，又会怦然心动。

它们是这样不同，迥然不同。同一片泥土，同一片苍穹之下，闪烁的星斗之下，竟然映照着这么多不同的生命。

它曾经使人陷入深深的困惑和不解；当试图使自己笃定时，又感到了许多宽慰。无法直抒的柔情，难以传呼的同伴，没法携手的挚友，不能继续的旅伴——看着你新添的美丽白发，一阵感激。我们觉得这是为我而生，为他而生，为这个时代而生。美丽的白发，不可替代的银光闪闪的丝绦，由最美丽的精神凝结而成。可以爱它。目光久久地盯视它。

同一片泥土却抛下了不同的种子，它们也终于结出了不同的果实——幼小时都是绿色的，叶片也难以区别。在阳光和雨水的滋润下，在自然的生长中，只有时间会将它们鉴别。有的笔直向上，有的匍匐在地，有的爬行，有的直立，有的扭曲——比如白杨和地衣草，比如杉树和葎草。人们常常惊异于同一片土地生长出这么多差异巨大的生物，却忽略了基本的追究：土与籽的关系。

他们忘记了不同的籽必定结出不同的果，外力所能够改变的仅仅是微小的一部分，而不可改变的却是它的实质。它可以因为干旱、气候以及种种摧折而死亡，但却不可以长成其他生物。它可以由于种种恶劣的外部条件而瘦弱和矮小，可是却不会变成其他的生命。

一株白杨在风沙的吹打下枯死，可是它的枝茎仍然直立；绿色的汁水被一点点耗干，可是它的躯干却仍旧坚实。一株黄色的地衣草由于巧妙地攀附和吸吮而变得葱嫩、肥胖，可它仍然只是缠绕，只是匍匐和爬行。它难以独立向上，这是它的属性。

我们的悲哀在于没有能力鉴别土与籽的关系，没有能力区分不同的籽与不同的结局、它们所拥有的不同未来。在同一片精神的苍穹下，同一片精神的土壤下，仍然生长着不同的植株。同样的阳光雨露，同样的大自然的饲喂，它们却各自奔向自己的明天，寻找和靠拢着自己的终结，简直是别无选择。这就是命定。

在渠畔上，在一片湿润的疏松的土壤上，一株青杨和一株狗尾草同时萌发。它们都伸出绿色的、娇嫩的、小小的叶片，仔细辨认都分不出它们有什么不同。它们相挨着，亲昵地偎在一起，像一对孪生兄弟。它们一块儿享受着阳光和渠畔上丰富的腐殖土。充足的营养、流动的活泉，都催促它们快些长大。它们没有辜负这一切，真的飞快成长了。

后来，也就是那个春天逐渐走向深入的时候，它们的区别越来越大了。狗尾草的茎秆终于长出了一厘米，而那株青杨的幼苗却身姿挺拔。它尽管比那株狗尾草高不了几寸，可是那枝干似乎已经有点模样了。它的绿叶没有狗尾草的叶片长，可是更厚，叶子背面有一层泛白的毛茸，娇嫩的桃形叶在风中摆动。

它们之间大概也在用诧异的目光互相端量，再也不像过去那样亲密细语、紧紧相挨了。它们各自扭过身躯，尽可能地间离一点。它们由于性质的不同而不能够联结手臂，不能合拢。

　　春天继续深入，接着又是火热的夏天。当然后来就是寒冷的冬天了。狗尾草结籽并过早地收获，也走完了自己的终点。而青杨树才刚刚度过第一个华年。它又长出一尺多高。它的枝干又变粗了，叶片更为展放。秋天既过，它注视着同伴的枯萎，怀上无限的怜悯。严酷的冬天来临了，它第一次经受风寒，咬住牙关。风雪把它的叶片渐渐撕碎，又打落在地。它严肃地注视这一切。渠水封住，可爱的歌唱停息了。它要孤独地挨过这个冬季，息声敛气地等待春天。四周的草，那些比狗尾草还要矮小的苤草、节节草，都一片枯黄，没有一点绿色。而它自己还仍然执拗地把绿色蓄在了表皮。

　　后来是一个又一个春天，许多许多的春天，接连不断。它令人难以置信地长得越来越壮、越来越高，后来简直要去抚弄高空的白云。它长得笔直笔直，英俊高大。远方的人手指它说："看，那棵高大的青杨！"

　　在这片荒漠上，我们寻找着那株青杨。我们知道：它不会生长在茂密之地。密集的只能是芜草，顶多是灌木，而不会是挺拔的大树。在原野上，当它的身影出现的时候，我们为它的英姿而迷醉，甚至感到了微微的自豪。它不是我们，但令我们心向往之。它的直立和向上的气质吸引着，使我们无法把目光转向他方。

　　它具有真正的魅力。它是旅人的指路航标。它的绿荫可以使他得到真正的安慰。他可以依靠它，甚至可以与之倾谈。那些按照一些固定的季节被不断地播种和收获的植物都在它的脚下，散发着浓烈的、诱人的气味，但它们永远不会像它这样粗苗高大，也不可能像它这样坚实和执拗。它倔强独立的性格永远是生命的参照，是原野的骄傲。对比那些被不断收获的植物，它是一个奇迹，是不知来自何方的一粒种子。它不是由人抛下的，也不是为了收获而点播的。它是最自然不过的生长。它的存在只属于这片大地，还有白云和高空、飞翔的鸟儿，以及美好的黎明和黄昏。太阳总要格外多情地映照它的身躯。

　　青杨树，我们不能拥有你，可是我们愿把你植入心中，让你在其间生长……

抚　摸

后来，他的双目失明了。

他不得不更多地依靠抚摸。触角告诉心灵，心灵感知广漠。那种探触、小心翼翼、仔细辨别，正好契合了他这个特异的生命。与其他诗人不同的是，这种触摸其实从很早以前就开始了；也就是说，他几乎这样进行了一生。

远在双目炯炯有神的时候，他对于这个世界的认识也依赖于这种抚摸。他所经过之处，万事万物都印遍了指纹。他温煦地猜测和照料自己的世界，既抚摸身外的事物，又抚摸自己的内心。即便是阳光灿烂的日子，他也仍然依赖自己的手指去触碰和探询。

有很长时间，他在图书馆里工作。四壁尽是叠起的书籍，他抚摸着它们，感知着扑扑的脉动。那些陌生而又熟悉的远远近近的生命，像星辰一样缀在夜空，一颗一颗，闪着光束。他的手指碰到了这些垂挂下来的光束，感受它的光滑与冰凉。他的手指切割着这光束，又任其淋漓，如同春雨浇洒万物，渗入黝黑的泥土。太阳升起的时刻，草芒上的晶莹在缓缓蒸腾，弥漫大地。

与这些繁密的星辰对话是再有趣不过的事了，他闭上眼睛就可以看到对方射来的温暖的目光。这目光在他的身上划过，缠绕徘徊，久久不忍离去。

人类的星辰，智慧的星辰，永不消失的旋转的星辰。日月西去之时，它们就变得一片茂密，像原野之花，像海面上的水浪，一层层翻卷。多么辽阔、活跃、奔腾，一片生命的激越和灿烂。

其他的诗人只是瞭望——走向大地，登上山巅，在开阔的视野下，一切尽收眼底。他们会望得更远、宽广，可是却没有抚摸般的亲近和熨帖，没有那一丝一丝的感知。那种具体的、带着体温的挨近也许被我们过分地赞扬了，可是我们真正激赏的，却总是那些瞭望和奔走的诗人，是那种粗犷而奔放的歌唱。我们有时是，常常是，忽略了居于一隅、伸开十指抚摸这个世界的诗人。

于是我们的视野里缺少了那种极度内向的、极度自我的、面向自己的语言家和守护者。我们被触目的风景所吸引：大而无当的渲染，不负责任的倾泻。我们找不到生命的激扬与轻率冲动之间的区别。好像一切都差不多，都同样喧嚣、浮躁。我们无力识别那些谄媚和跟从，那些对世俗时尚完全没有自尊的称颂——盲目而愚蠢的激动以及丝毫不顾及明天的、痴狂的呓语和情感的夸张……这一切充塞了我们的精神空间。

到哪儿寻找一个安静的角落、一个自尊而沉默的诗人？

他们似乎都规避了这个时代，自甘作一个背时的人物，躲在一些不为人知的角落里，在那里编织自己的锦绣。

即使是那些驰骋万里、名垂史册的歌手，也有自己颤抖的、温柔的、充满安慰的抚摸的手指。他们无论怎样还具有感受时光之流从指缝间缓缓流过的细微；也正是这种特征，他们才拥有了一个丰富而曲折的情感世界。

生命和时光的隐秘有时真的要用十指去滤出。内心的贮藏太多，要撑破和流溢之时，他们才会开始自己的倾吐，来一次酣畅淋漓的宣泄。那是一种烂漫天真之歌，痛苦欢乐之歌，是穿破精神雾霭的明亮尖利的闪电。他们于是成为一代浪漫的歌手，传奇的精灵。

他与他们也许真的不同。他只是默默燃烧，微露光点，烘托着自己的温馨。在不可理解的重叠而繁复的思缕中，在那层层积累的记忆的尘埃中，他不倦地开拓。这劳作只在自己的感知和把握之中，没人能够替代，也没人能够目击。他只是在进行自己独一无二的工作。

他把所遭逢的那些事物关节拆卸数遍，凭触角去梳理它们，组合它们。在更为安静的时刻，他生出自己的幻想。这幻想可以飞出藏身的窄小角落，去寻找绿地和草原。它们获得了一次解放、自由往来和咏唱，结交百灵、彩云和狂放不羁的河流。

它们沿着河流走向海洋。海天一色之处是他的诗心投向之处。那一线混沌包容了一切。他伸开十指，仿佛抚摸到了芬芳的彩云。

没有谁比他更能沉迷于一片墨香。这密集的、叠成的神奇之物，这沉重而又轻灵的、散发着灵魂气息的纸页，为何如此微妙？那些漂荡或驻留的灵魂来自四面八方，有的飞过了大洋彼岸，甚至是出自丛林和大山褶缝，有的直接从幽深的隧道钻出。它们还源于神圣的教地、山匪出没之地、金光闪耀的皇宫、烁烁天堂，未知的恐怖之地、淫荡之地、喧哗之地和死寂之地……如今全被收拢一处，在同一个空间里栖息或徘徊……它们的灵寄于形，码在架子上，堆在木箱里，连墙角地板也叠起许多……他把世纪的尘埃轻轻拂去，微闭双目，鼻翼轻轻翕动，嗅着它们劣质烟草似的气味，开始了抚摸。

这有点像东方医学宝库中至为重要的"号脉"术一样，先是搭上手指，然后轻按，感觉脉跳。跳动的节奏、力度，一一捕捉……脉流连接那个遥远的、梦中曾经出现过的生命。

远方有颗灵魂，它生出了这节奏，这一鼓一跳的生动。

需要照料和感觉的后来者和陌生者太多了。它们简直堆得越来越高，越来越密，簇拥着，使他深陷其中，不得挣脱。他伸长双臂，十指战栗，不停地抚摸，就像午夜走入了丛林。

好一座茂密的丛林。他跌跌撞撞，举步艰难，不停地辨别、感知。他愈走愈深，愈走愈远，从丛林的一端深入了腹地，还在继续往前。结果痴迷忘返，与这片浩瀚结为了一体。

他成为一个会移动的、喃喃自语的、它们之中的一棵。

他组成着人类的丛林，化入了茂长的灵魂。

奇　遇

在这次长旅的开端想见到你，可是无暇寻找。只是那样想过。

这个寒冷的夜晚，不知为什么就决定去那个场所。毫无预料地，你也去了。于是我们有了一次奇遇。

就像在旅行开端时想过的一样，一次既令人愉快，又多少有点惊奇的平凡而独特的相逢。

……与一个人、一群人，友人、厌恶者甚至是一个时代一片土地，都会有类似的遭逢，是命运让他们遭遇。人的幸福与不幸都是一场奇遇。既然遭逢了就不能回避。他必得接受这全部：美好的与不美好的。

人所能奉献给他人和世界的，只有忠诚和勇敢。带着一个有价值的生命所理应具有的那份诚恳走近，走近容纳他的这个时空，当是不会变更的心意。大约不应再埋怨汹涌而来的恶，因为他甚至来不及去赞扬和簇拥差不多同样多的善。

它们就是这样交织重叠，让人痛苦欣悦。我是谁？来自哪里？走在旅程的哪一端？午夜，北风呼啸的午夜，他不由得一次又一次盯视这内心泛起的质询。

他想起了很早时候，还有前不久一场又一场的遭遇、重逢、感觉和判断。它们都是那样不可思议，又是那样平凡。它们是一次又一次的巧合，也像一次又一次的固有设定。有时候它让人感到瞬乎即逝的、毫无意义的，有时也让人感到这是命运当中凝固的块垒。时光的运河在缓缓地、有条不紊地运行。抱怨还不如接受——接受也非消极，因为接受当中就包蕴了全部热情、全部真实和全部能力。人应该有感动，有愤怒，有欢欣，有跳跃，有拼死一争，有热泪流淌——这一切才是人的全部。

如果拒绝了其中的一部分，那么也就拒绝了全部的真实。

为什么要痛苦忧伤？为什么要沉吟不停？为什么要歌唱不止？为什么要泪水涟涟？为什么要白发糊上双鬓额头？为什么目光中沉淀了那么多的黄沙？为什么要举步维艰？

因为时光，因为这一场场遭逢、这一次次奇遇。神秘的世界每时每刻都在生发滋长，而对于一个人，却是一生仅有一次的奇遇。

想到了这一点、这个领悟，人不由得心中一动。珍惜生命，珍惜这唯一的一次吧。一切都是唯一的一次，一切都要付出生命的热情、人的真诚。缺少了这种淳朴的念想和感悟，那就会终生遗憾。

让人感激的是那无尽的灵感和动人的友谊，那让人沉湎的无数情感世界。是的，美好的诗意与之完全等同，它们只是同灵异体，是抽象和具体之别，是想象和现实之别，是身躯与精神之别。星辰、月光、泥土、鲜花，都那么具体，可是它们都可以引出无数的幻想。

人与人是一次遭逢，一次奇遇。爱你们，也爱与你们联结一起的全部痛苦和忧虑。爱你，也爱无数的坎坷、艰辛和折磨。

一个人既然没有权力拒绝，那么就满心欢悦地承受吧。像一株萱草承受露滴，像一片干土迎接水流——他将得到滋润和灌溉，将因此而变得生气勃勃。白发、皱纹、已经不能展放的眉头，都是生命的一次遭逢，一次奇遇。它给予了我们，它不再离去；它变得更加浓稠、芬芳和苦涩。

好啊，未来的一切，依次展开的人生；好啊，这就是人的一切，命中注定要携手共进的一切。

……那一天谈得何等愉快，无拘无束。我们都惊叹于这次奇遇，并以人的敏悟抓住了。

你是大地和时光孕育的一个精灵，你是汹涌河流之中的一颗彩色石子，你是栽在他乡异土上的一株杨树，在我完全没有预料的那个空间里，喷吐自己的芬芳。

如果时光和周围的世界给了你恶习，那么让晶莹的水流洗去它吧。如果我同样具有这些尘埃，那么也让我在一场酣畅淋漓的春雨之中痛快地洗濯吧。让我们都变得生气勃勃、洁净挺拔。

踏上新的旅途，背囊被轻轻负起。它们囊括着它所包容的一切。

夜深了，茶香缭绕，寒冷的风把窗子吹响。炉火噜噜，暗红色的火苗从缝隙中闪烁。夜色、车声、风声、人的喧哗，一块儿远逝。在这闹市，一夜寒冷驱逐了喧哗。多么好的、寒冷而又温暖的夜晚，多么好的、安静隔离的空间。

　　我们谈了很多。广漠的世界怎么谈得尽。它们留在前边，留在背后，留在了无数的日月中。

　　每人都有一些自我惊讶的神奇发现。在一些美妙的时刻里，我们总是激动不已。送走这些激动，又会感到惆怅；回味时才滋味悠长——像老酒，像一颗甜蜜的秋桃。

　　一个走入中年的人和即将告别中年的人，似乎会比过去平静得多。什么也不能代替时光的教诲，它像不宜察觉的黄金屑末堆积在心灵中，沉甸甸金灿灿，只等待感悟之手把它们发掘。它们是无尽的，仍在堆积，直到把人压得难以移动，脚步踉跄，最后倒塌在泥土上，迎来一次彻底的融入。

　　岁月之河继续流淌，时光的瀚海漫漫无边。你走开了，他走开了，人们走开了。后继者绵绵不断，他和他们都来到了。他们所遭逢的将是另一段河流，不同的旋涡和水流，自己的光和影。一个个特定的时空，风雨来临，雨露洒下，阳光同样微笑，月亮同样皎洁，那一片荻草仍然按时吐放自己的缨花，古河道则仍然干涸。

　　一片崭新的、密密麻麻的水网悄然笼罩大地，似乎告别了一个干旱的时代—— 一切都是陈旧的，一切又都是崭新的。

奔　腾

　　原野上，一匹奔腾的骏马……

　　刚开始它迎向太阳，沐浴霞光。白云和漫漫长路衬托得它更为俊美。

　　当它的鬃毛和长尾蒙上一层灰尘、全身汗水淋漓的时候，太阳正好移到了当空。烈日将一切灼焦。滚烫的风里摇动的植物、龟裂的大地……

　　暮色里仍在踏踏狂奔的，是一匹瘦骨嶙峋的老马。它用力催动自己的步伐，昂起头颅。夜风欲息，鬃毛再不能在光色中像火焰一样燎动了。

　　苍茫中，四周的绿色全部溶解、隐去。只有星星闪现空中。

人们只凭这踏踏的马蹄声，判断有一匹马在野地里奔跑。

是什么让你无休止地奔波，不能停息？你仰天发出嘶鸣，那是你的回答吗？可是这长啸也无法诠释，你留给自然的那些回响也令人费解。它大概是你不停奔腾中伴随的声息，如同留给自己的歌唱。

奔腾的骏马！由缓缓而行到飞驰而去的、踏踏不止的奔波之旅啊，永远向前，直到一切消失……

为什么要奔腾？设问那永无干涸的长河，它的滚滚流动：为什么要奔涌？为什么要无休无止地汇向海洋？设问那个黎明喷薄而出的朝阳：为什么总要升上高空、穿过层层雾霭、普照大地？设问这潮起潮落的海洋：为什么这样滔滔无际，泛起一片银光，或是咆哮，耸荡起一片如山的波涌——不停地扑向海边，又不断地碎成雪白的、丈把高的浪花？

没有回答。它们都不能够停止，只是继续着，只是按照上帝所赋予它们的动力和节奏，无休止地运动下去。

万物有灵，有自己的命数。这是生命之谜，是潜在底层的灵魂的焦灼。这一切迫使它们运动和磨损，永无休止地变幻和造化。时光可以剥蚀山脉，让其化为浮尘和土壤，时光可以改变一切。时光在运动和旋转中改变生命。这绚丽的悲剧，伟大的毁灭，整个过程弥散出无与伦比的美。

骏马必要奔腾。它不会在污浊的泥潭里匍匐、咀嚼。骏马应该倒在原野之上，或者是洁白的雪崖之上、裸露的岩石之上。当它倒下的时刻，它的头颅也仍然指向前方——成为原野上行进的一个伟大标记。

那个秋天，寒风乍一吹起，田野流转着沉甸甸的香气。一匹浑身挂带着伤痕的马踏踏而去，迎着秋风、向着南方——那是一片黛色的山峦。

它冲破层层罗网，身上留下割伤，淌着鲜血。可这一场挣脱和奔突令其何等愉快。它不倦而无畏，掠过的尽是诅咒与惊恐。

有人断言它不久即会因干渴倒在泥沟、因莽撞冲上断崖。它将摔得皮开肉绽，最后被山里的食肉动物啃成一堆白骨。

骏马嘶鸣着，往前驰骋。许久以前，还是它身陷罗网的时刻，它就遥望南方那一片黛蓝色的山了。那是何等美丽的一片。它期待那里遍布山花，阵阵鸟语使人迷醉。那是无限的幻想之梦。

那时它还被绞索缚住，四周栽满铁藜。它不知这正是一匹鲜活强悍的生命所要经历的磨难，只是一味企盼遥想。

那必定离去的一念在鼓励它，冲撞心扉。

它甚至想象山阳坡上，有一片灿烂的卷丹花、河谷上有英武的钢松、无边的嫩草、丰美的食物，还有在阳光下泛亮的活泉……

一场永不停歇的挣脱开始了。百折不挠，直至成功。

向南的高地越来越陡，山势险峻。它浑身淌满了汗水，每一根毛发都在欣悦和激愤中浸湿，四蹄扬起的尘埃又将其糊住。它周身发痒，寒风吹起瑟瑟发抖。可是那片闪着光泽的卷丹花、美丽的钢松，都在诱惑鼓舞。它看到了命运的微笑。

午夜，月亮和它一起飞奔；饥渴了，喝一口浑浊的泥浆，啃一点草叶。一刻不停地往前。踏踏马蹄伴着高空的雁鸣——那是另一些奔波不息的生命。视野里有什么鬼火在闪烁，一些发蓝的眼睛……那是狼，以及其他食肉动物。它们甚至发出了阴笑，咯咯的笑声使夜晚变得更为可怖。

整整花费了一个季节，它才走穿这片大山。

它站在山阳坡上，看到了河谷，但没有看到红色的卷丹花和一排排的钢松。在苦涩的水潭旁，它勉强地饮用了。它的毛发因为被越来越冷的山风吹扫，脱落了很多。它甚至有点倦怠。每天，当东方的太阳喷薄而出的那一刻，它的神情就为之一震；看到那一天繁星，它就感到一丝莫名的温情暖意。泪水涟涟，它想起了自己的母亲。

跑啊跑啊，向更南方，一片雾霭下闪烁的蔚蓝，化为它梦寐以求之所、潜伏和生长之地。

力量像汩汩流泉，又一次冲腾奔涌。

涉过河水时，汹涌的水流险些把它冲走。它奋力挥动四蹄，胜了。登上彼岸，全身的污垢也被洗涤了。此时太阳升上半空，周身给照得灿亮。那新鲜的毛色证明了它青春勃发的生力，那甩动的长鬃显示着它永未丧失的希望。它昂首长啸，声震河谷……

两岸的植物、动物，所有的生灵，都惊奇注视。它们呼出的惊叹与它的嘶鸣混在一起，激荡四野。一排落叶松在行注目礼，美丽的叶片垂下，给奔波的精灵以宝贵馈赠。

只有希冀，没有终点；只有远途，没有退路。它奔着，永无休息。

一片又一片土地飞跃了，跨越了。那个美丽的传说，那个奇异的梦幻，那颗落在童心里的种子，这一切所催生的那片绚丽终未出现。它渐渐明白只有奔腾——这奔腾本身就是一片绚丽，一种希冀，一个未知，那才是终点的终点。

它走过了一个季节，又穿越了另一个季节，仰天长啸，美鬃燃燃燎动……

为什么不能停歇？为什么不愿止步？它只记住了内心里最纯美最准确的判断。它只为了终点的终点、一切的一切——奔腾……

南方的水

浅而细、悠而长的南方之水，流动着，蜿蜒而去，不绝如缕。它像黑亮的长发，温柔的目光，洁白的面容；像暖融融的微笑，像她的眸子、含蓄而委婉的问候。

南方的水，涓涓细流，滑润之水，滋养生命的水，始终如一的水，永不疲倦的水。南方的水，汇拢了万千小溪，渐成一条宽阔的大江，负载舟舸、运送木排、携走沙石、塑造陆地。

南方江河由柔韧之水综合而成。它们决定了它的性质、它的历史、它的来路，也造就了它的终点。

这儿尽是温暖的季节，蓬蓬的绿色。南方挽留了旅人。他走进你的怀抱，让南方的水流抚过身躯。一片温暖使人难以回报，他甚至不敢在此久留。他知道很远的路程在等待。你洗去他浑身的泥垢，脱落一路风尘。他转身注视你，南方。他不知该向你倾诉什么，只默默掩住了感激和惊叹。

他不得不惊叹这美好的造就、神奇的时光、不可多得的怜惜。你把怜惜交给了旅人，交给了一场无边的磨损。这磨损也将使你变得苍老，变得浑浊。陪伴旅人的，是你哭泣般的流动。你的哭泣之声让人想起很多往事。

悠长陈旧的往昔，贯穿了所有故事。明天仍将如此继续。

离开了你的洗礼之畔，心中泛起阵阵思念。这思念不可阻止，难以中断。当他回到出生地——那个寒冷刚烈的北方时，思念就愈加浓烈。北方的河流是季节河，汛期滔滔不休，冲刷石块，挟向大海。可是枯水季节只剩一线细流，甚至终将干掉，只裸露出焦干的河床。它从南部山地挟来的卵石生生抛在半路。此地离大海甚远，可是却被抛置，迎送烈日寒风。

北方的海闪着墨绿的颜色，像生铁和钢。它充满了硬度：撞在岩石上，岩石开裂，或留下创痕。它把整道岩壁给劈下一半，它有时像火药一样轰击半座山峰。它把航船打碎，把陆地吞没，在一个疯狂的夜晚，它毁掉了整个港湾。只在风平浪静的某个下午，它才温柔起来，变成绸缎般的柔软细腻。美极了、开阔极了，令人神往。

可是你不敢想象它暴烈的、咆哮的时刻。

南方和北方，命运之中两片不同的陆地，他在心中将其悄悄缝合，感觉统一和连接的博大。对土地和江河的塑造同样需要南方和北方之水，需要它们的滋润和负载、它们滔滔不止的涤荡与洗刷之力。离开北方的时候含着屈辱和思念，抹去男儿的泪水。离开南方的时候挂带着更大的思念，把一片伤感甩到身后，埋入土中。

在北方的寒夜里，他有时听到的不是滔滔大海的轰鸣，而是南方涓涓的细流。

你不倦地流。在这午夜，你仍然在流，目光催动旅人的步伐。伸手即可触摸你柔发一样的长流，也记住你那潺潺的声音。

就是这不倦的流动，让人想到了一个风风火火的身影。这是一种追赶。

在童年，他感到最为迷惑和惊讶的一个图景，就是蓝天上那排成"一"字和"人"字的大雁。它们无一例外地从北方飞向南方。北方不远就是一片大海，它们是从海的那一边飞来。多么了不起的神奇生命！它们整齐划一，歌唱着，不可思议地、勇敢地飞越了大海，飞向自己的梦想之地——南方。

他多想随它们一起去寻找那片温暖，那片躲避寒冷的热土。

那时他尚不知自己的将来，但那歌唱前行的雁群却是最好的指引。它们飞去之地当是他的向往之地——那里到底有什么？那里将使大雁获得什么？是什么使其如此着迷、执拗和不倦？

旅人今天明白了，原来是你在这里流动。在这片土地上，你经过的是这样一片林木山脉……

今天他终要离去。不能在此驻足，也是他的悲哀。你流动吧，不要发出哭泣般的声音。你看，午夜的月光下，你闪动着多么明亮的眸子。你应该欢笑，可是却发出了呜咽。这个世界上的悲伤已经太多了……

它伴随你往前，你也送它一程。

南方的水，执拗而长久的水。你的品质与性格将永远使旅人着迷。

你注入了旅人的心中。

无为而有为之书

我们相信，人世间必有一批沉默清寂的诗人。

他们的吟哦和记录好像纯粹为了自己的心灵，为寻一种安慰，是生命得以温暖的炉火。他们吟唱，除此而外再没有更多企图。如此结下的果实必有另一种甘美。他们的吟哦和抒发几乎是"无为"

的，但却因此留下了一部或数部"有为"之书。

这些书对于诗的历史和人的历史，都产生了广泛而巨大的影响，它们甚至参与塑造了历史，而不仅仅是开辟了诗的长河。

想到了日本女作家紫式部，一个奇异的东方天才。现在已无法得知她如何写下这样一部奇怪的、包罗万象的、无比缠绵的美丽之书，只是享受了她栽种的果实、那部长长的《源氏物语》。

那种华丽如丝绸、绚烂如彩虹的巨幅长卷，就是她生命奥秘的终括。在坎坷而庸碌的宫廷生活中，她究竟花费了多少时日、寻找了什么机会才书写出这部长达百万言的巨著？这种记录和描摹肯定使她获得了空前的快乐。就为了这快乐、这抒发、这暗自叹息、这极为纯粹的诗人行为，她成全了自己。

她生活在工整的、忧郁的文字之中，着迷于琴棋书画之间。在和歌与汉诗的簇围下，她成为我们所熟知的那一类温煦贤淑、天资非凡的才女。火热的情感、美好的想象、无尽的心愿，都化为这记录和讲叙。对于生活，特别是日常生活的玩味，在她看来是何等重要，简直须臾不可间离。它们使她安静、从容，使她增加了微笑、谅解和达观。她不由得要去追溯时代奥秘，从惊心动魄的历史推演未来、可能有的和已经产生的巨大变迁之迹。她也不得不多少沉浸在这无尽的缠绵之中——那些贵族公子、女子、皇室里俊美的异性，他们之间充满悲欢的过往；她的揶揄、会心的微笑、长长的叹息，我们现在完全听得到；她的美好心灵、劝慰、深切同情，我们也都看得到；巨大的遗憾，对情感世界的不圆满所发出的惋惜之声，也那么清晰可闻。

她那个现实世界的生活也许是没有多少魅力的，可在充满了人性和烟火气的情感世界里，却无一例外是魅力无穷的。她抓住了它，咀嚼吟味，让人久久感动。

日本是东方一个奇怪岛国，那怪异和神秘既不同于中国，又不同于印度。那种特别的阴柔、奇幻，古怪的种族、融合了众多文化的岛上风俗、阴森悠长的往昔，都深深吸引着我们。收进书中那些说不完的爱恋、沉沦、冲动，亘古至今的欲望，结构着一曲奇特而平凡的生活。书中不乏刀光剑影、沧桑巨变的记述。可是这记述的间隙又被一些难以改变的男欢女爱所充填。记录不厌其烦，玩赏饶有兴致，在不断重复的一个个场景中，滋生出无限意味。无边的欢爱，无数的短诗：它或出自白居易，或出自日本和歌。书中仅引用的白居易诗大约就有一百多处。第一帖中即引用《长恨歌》，使人马上捕捉到那种悲凄哀婉的基调。

只有一个女子的记录才会如此细腻多情、娓娓道来。在人生的寒夜，这该是最好的读物。它的平缓丰富、斑驳陆离、宫廷生活，都使之产生出奇妙的吸引力、难以摆脱的磁性。书写者的初衷也许非常简单；她想必没有现代人的企图，声名利禄何等遥远。她起码没想将这一叠文字凝成一方敲门的砖块。

写作仅是她生命的一部分，她的生活，她灵魂的安慰。

一部无为而有为之书就这样完成了，以至成为一种不朽。在文字的、精神的历史上，几乎所有的"无为"之书都闪射着夺人的光芒。它们是那样不可取代。一个纯粹的人，守住了一种品格的人，才会留下这样的文字。动机与结果就发生着这样微妙的联结。

这会深深启迪我们：任何一个诗人，后人仍然还是没法离开他的品格和资质去谈论他的吟哦。我们或许可以嘲笑"为自己而吟哦"这个提法，可是那些淳美的诗人难道不是在"为自己"吗？他发出了声音，这只是他灵魂的回响。这是他生命之舞的伴奏，他将在这伴奏中走完自己的全部旅程。他可以咏唱大千世界，可以指点万物，但这一切都将淹没于他的灵魂之水中。

世界上只要存在着无为而有为之书，那么就必定存在着有为而无为之书。博大的目的、攻讦的强烈和喉舌的锋利，也同样可以锻造出刚劲有力之歌。但这也必须是一个纯粹的诗人所为。苟且和投机者即便依仗才华，也未必能写下有为之书——想象会被强烈的主观愿望给压迫，天才的火花被窒息，自然之声由于用力屏气而失声走调、嘶哑变质……

多么不可思议的长篇巨著，伟大历史和风俗的画卷。人情世故、自然景物，何等真实生动。宫廷中的行幸、游猎、饮宴、画展、诗会、午乐、讲经、礼佛以及花花色色的庆典，都讲述得惟妙惟肖，让人有身临其境之慨。我们仿佛看到了百花盛开的春季、满目凄凉的秋天、凛冽的北风、风雪狂作的冬日、繁花树木、高山大川、鸟禽虫鱼，黄昏、正午、清晨，一切都在眼前闪回、跃动。一个作者要有多么强烈的人生趣味，怎样丰富的情怀，才会有如此动人的记录和如此迷人的吟唱。我们相信，作为一个纤纤女子，紫式部即便在艺术形式本身大概也无意惊动世人，无意争夺名头，无意开创什么、标志什么。她在这些方面也同样是"无为"的。可也就是这种"无为"，却留下了一部结构严谨、情节曲折的大书。

全书共分三大部，五十四帖，百万余字。故事情节从开头到结尾共经历了四代天皇、七十余年。它规模庞大、场面隆重，堪称辉煌巨著。在结构上，各帖的相对独立性与全书的统一达到了完美的结合。全篇是散文与韵文的结合、长篇与短篇的结合。每一帖看去都是独立的短篇，但又绝不是一部短篇的汇集。从全书的角度看，它们和谐统一，属于一个艺术整体。整个篇章那么通俗优美、绵密细致、含蓄光润，像一块泛着润泽的紫玉，令人爱不释手。

它在日本文学史和世界文学史上占有重要一页。也许在整个十一世纪初的世界文学之林，很难有哪一部书可以与之匹敌。它产生的影响是如此深远，缠绵的柔情和浓郁的抒情气息，几乎影响了后世所有的日本文学。

它是东方一块瑰宝。

无望的爱

也许有一种非常美好的情感，它来自无望的爱。

那是一种坚持、遥视、自我注视……为了这种情感，他将把自己的内心世界修葺得无比完美。他在日夜不停地滋生一种温柔，那涓涓细流不停地流淌、浇灌、滋润。为了那个想念、那个不能到达却每时每刻都在抚摸着的心愿。那是一道永远不能抵达之岸。这一世俗尺度所无法测量的距离囊括了一切的美好和诗意。这种距离感不是一个凡夫俗子随便即可拥有的。也许一个人就在这种无望之中，催生和焕发出人性当中最有希望的部分。这种爱并非抽象，它那么具体。可是具体当中又融化了那么多美好的综合。

她的一举一动都留在了他的视野里、他的心窗内。他们之间不通讯息，没有联系；可是她的所有行踪都牵动他的视线。一种独特而和谐的完美旋律，在他的灵魂深处奏起。

为了她，他对这个世界充满了感激。这感激那么深长、久远，回味不尽。他想到了自己的童年，试图从很早以前寻找这依恋的根须。那数不清的童年记忆、童话般的环境，都帮助他诠释眼前这不可思议的奇迹。她的身影，甚至是若有若无的呼吸之声，都让他隐隐地感到和看到。

就为了接近和实现，以至于忘掉这美好的心愿，不停地劳作；他可以奋不顾身。他所有的自语都弥散着无法言喻的美。他歌咏生命的活力、它的来路与归宿、它的难言的隐秘、它的青春的光彩。

人类有时也寄希望于"无望之爱"——这微妙不可言喻的情愫。这是人生中的一次远航，一次面向遥远之地的奇特航行。这航行也因为那奇特的目的而变得生气勃勃、情绪饱满、有声有色。这种爱怜由无声之声加以表述，混合着纯粹的稚想、淡淡的哀愁，和一丝过来人的恳切与淳朴。人们挨近着那种美好的感觉，内心里的交谈和倾诉日夜不息，诗意升华游动，空中的五彩云霞负载了浮升的灵魂——他企图在这更为开阔的俯视中看到她繁忙、勇捷、无畏而美丽的身影。

那高高挽起的发髻啊，那多情而刚毅的目光啊，那传奇般的行踪啊。

诗人叶芝一直热恋着爱尔兰那个英勇的女人毛特·岗，直到脸上刻满了皱纹，仍在为爱而吟唱。这是一场漫长的、锲而不舍的内心的追赶。他把自己的声音送达她的耳廓，她用奇特的方式回应了他。他那几句令人潸然泪下的吟咏使世人永志不忘。"为这无望的爱饶恕我吧。／我虽已年满四十八岁，／却无儿无女，两手空空，仅有书一本……"

谁来饶恕？诗人从来都不是一个被饶恕者被怜悯者。后人只会从这吟唱里听到至为淳美的灵魂之声。这是人类所能滋生的最为美好的情感。这种完美的、自我修葺的心愿可以击败一切丑恶，可以抵御一切毁谤、坎坷和艰辛。这种不朽的情感才可以使人类永生。渺小的生物热衷于贪婪的攫取，在如愿以偿的咀嚼中获得苟活的满足，没有能力也没有勇气经历那种陡峭的情感经历，没有那样的韧性、情怀和魄力。任何贪婪只是一场失败，一场永远不可再生的腐朽之物。

他们的身影都消逝了，可是他们的行踪长镌在了大地上。

大地——多少人，多少咏唱，多少记录，让人眼花缭乱，却远没有他们的魅力。

我们不可能知道更多的关于他们的故事了，只凝视这几行关于爱的、无望的吟唱。一颗灵魂散发出独特的芬芳，它不同于茉莉、幽兰和丁香的浓烈。这芬芳的气息让人深深地沉浸和战栗，最终也难以飘逝。看着他沉重的面容，还有那双直到最后也不会浑浊的眼睛——它在注视后来者、未曾谋面者，传达着自己的深爱，送来上一个世纪的关怀。

我们应该握住他温热的手掌，让他牵引我们，让我们感知它的柔软。是这双柔软的、独一无二的手，抚摸过那个世纪的炽热和忧愁。

我们至今仍在倾听。他的声音在大洋两岸响起，送来一片新的光明。在闹市和荒凉之境，特别是在那条河旁，当豌豆花儿如期开放，我们又有机会在花椒树下展放那一本薄薄诗集的时候，立刻又感受了那对目光的抚摸。真正的爱是无边的。

曾经有一位北中国学生在信中直言袒露：她久久凝视着诗人的相片，在那开阔的额头印上了自己的亲吻——辽阔的土地上有这样的女孩！爱是一种能力。请不要伤害这种情感，不要惊扰它。

这也是一种无望的爱。

它显得纯粹，有着坚实的、晶莹的质地。我们差不多能够想象那种情形，那种无始无终的循环往复的情感。它傲然地飞翔、游动、寻找。它们将在人的未知之地，在神奇的角落里悄悄会合。

我们仿佛看到了诗人伸出的那双温暖的手掌，正抚摸大洋彼岸二十世纪里一个稚嫩的孩子。他们都因为一场无望的爱而泪水涟涟、双唇颤抖。他们都没有出声，都使用目光和手掌。他们在承受和接受。

多么美好，生命的奥秘，生命的力量。它的全部都被这一则两不相干的故事给悄悄包容了。它可以是叶芝，是毛特·岗，是东北阔土上那个美丽女孩，也可以是其他，是星斗和兰花，是彩云……

炉　火

冬夜，听不到炉火噜噜燎动之声。那是多么好的声音，它甚至可以驱走心中的严寒……

仍能想起无数个那样的夜晚，炉火旁，我们的不停阅读。几个人屏息静气，一杯热茶，一点跃动的灯火，就是最为幸福的时刻。大家从遥远之地汇集一起，有的甚至跋涉了一百多里。他们在阅读别人的或是自己的东西，或倾听，或热烈辩论。常有人泪花闪闪。

那是个贫寒岁月。朋友们除了一副背囊，一腔热情，几乎一无所有。他们大多是一些流浪者，一些年纪轻轻的流浪汉。他们在山地和平原奔走、劳动，过着清苦的生活。但他们都有阅读的习惯，甚至还有写作的习惯——挤在油灯下、炉火旁，就有了一场精神会餐。他们也许是稚嫩的，他们还多么年轻。可是他们身上却闪烁着自尊的光芒。他们比那些为另一些东西而奔波的油头粉面者要高贵十倍。他们当时衣衫破旧，头发脏乱，脸上带着灰尘，脚上和手上还留着劳作留下的创伤，粗浊的山地和外省口音也无法掩去真知灼见，并使这场辩论显得特别激烈，他们的纯美见解没有被记录，却可以被记忆。

许多年过去了，当年那些年轻的身影都四散离去。有的再寻不到，成为昨天；只有那一幕幕，如在眼前。

今天再没有那样的炉火了，没有那样的聚会、那样的痴情、那样浪漫和纯粹的情怀。真的难以寻觅。

我们点起这样的炉火，因为无比怀念那些时刻。它是一段青春，消失了即不能回返。可是那个场景却可以重造，不仅在记忆中，而且在现实中。

昨日不再卑微渺小，因为它有沉重的关怀。我们当年有幸参与了倾听了，看到了炉火动人的燃烧。那一片温暖让人永志不忘。

如今在乡间，在闹市，在中心，在边陲，哪里还可以找到那样的炉火？那是过时的风尚，是陈迹……首先是心中的炉火熄灭了。人们在为另一些东西所激动，为原始的欲望而奔波。他们丢失了当年的背囊。

在世纪之交的喧嚣中，唯独失却了炉火。我们从那些动人的记载中可以发现，在十九世纪的俄罗斯，在那片与我们毗邻的土地上，一大批杰出的人物，像东方某个时期的一些人物所面临的状态一样。在社会的转折期，在世纪的交汇期，他们当中有贵族，也有贫儿；有艺术家、音乐家、思想家，也有哲学家和科学家。他们的壁炉正熊熊燃烧，炉火旁纵论天下，通宵达旦。那是为真理和艺术奔走相告的一种激情。炉火像他们的豪情一样烈焰腾腾。伟大的心灵在跳动，他们用双手迎来一个思辨的时代。他们开拓了伟大的视野，传播了诗与真，在整个人类的思想和艺术史上占有光辉一页。

最初这声音只在炉火旁，在一个角落，但由于它闪烁着真的光芒，终于越过斗室，走向苍穹，化作滚滚雷鸣，如闪电照亮天际。

那片土地上的思想艺术之火正像我们后来所了解的那样，呈燎原之势。它给东方和西方同时造成了震撼。那些杰出人物的高大身影，已经不会倒塌。

不仅是对炉火的憧憬，而是追求真实、追求人生大境界的本能，使一批又一批人接近了那燃烧的火焰。

人有精力充盈、活力四射的青年时代。在那个时期，他们往往有着美好而壮丽的举动。

记得十几年前那个春天的夜晚，一拨年轻人聚集在一个场所，交流自己的阅读和崭新的见解——言辞愈来愈激烈，气氛愈来愈火爆，春寒一扫而光。他们个个热汗涔涔，头发冒着白汽。炉火燃起，停电之后又点上蜡烛。再后来，那狭窄的室内空间已经有碍于激烈冲撞的思想了。他们先后走出，走到郊外山上。

在山上那层层开凿的台阶上，他们坐成一排；有时站立，挥动手臂展开辩论……那都是关于人生、哲学、艺术，关于古代和今天，关于切近我们生活的历史，关于未来的想象和推论……那些纯洁而深刻的思想与他们的年龄或不相称；他们唇边刚刚生成一层茸毛，睫毛微翘，星光下闪烁一片明亮的眸子。

一种毫无邪气、毫无私欲的论辩激烈进行，每天都有越来越多的年轻伙伴奔赴郊外这座山。

辩论持续了很久。这是一场蔓延了半座城市、一座大山的辩论。那些谈锋犀利、知识渊博的年轻人都在黄昏刚刚消失的时刻赶到山上。一场辩论中的胜者站在了台阶最高处，败者则退下山来。胜者要接受一波又一波的挑战。他们真诚、执拗，为真理不甘屈服。他们当中的最杰出者，最后或者可以称为“不败者”的，只剩下了五人。

当年那场令人神往的大辩论如在眼前，或许永生不会终了。它像巨石投入水中，波纹荡到遥远。这声音来自我们民族精神的深远贮藏，它使人想到春秋战国时期奔走天下、纵论时事的诸子，想起提出“百家争鸣”的稷下学宫，想起那些互不谦让、口齿锋利、“日服千人”之士。

物质主义盛行的时刻是远没有那样的气势的。一种无所不在的萎靡只会把人的精神向下导引，进入尘埃。

人没有能力向上仰望开阔的星空，没有能力与宇宙间的那种响亮久远的声音对话。每当个人心中的炉火渐渐熄灭之时，就是无比寒冷的精神冬季降临之日。这种寒冷将使人不堪忍受。当有人怀念炉火之时，往往已为时过晚了。

但火种总会贮藏在一些特殊的角落，它们远未熄灭。它们即便是在最寒冷的时候还仍然在那儿默默地燃烧，酿成一小片炽烈。

那是心中的火，不灭的火，是生命之火。没有什么力量可以绞杀生命的火种。正是这火种，最终给人类带来光明。

生命之光即是永恒之光。

永恒的向上

在人类无法言喻的漫长坎坷之中，在我们经验内外的一切困苦之中，只有向上的精神可以使人自救。这也许是人类的精神空间中唯一的永恒和深刻。人类在脱离蒙昧之后的那一天就被逼上了失望的悬崖，逼上了一个尽头。人类已经没有退路，于是只有向上，只有这永久的、永不颓丧的提醒和飞跃，使自己生上双翅。

任何这样的努力都在显示着人的自尊和不可辱没。那些经历了一生坎坷和无尽求索的垂垂老者，低垂的额头上压着白雪，没有人比他们更懂得时光的奥妙和终点的隐秘。可是他们仍然没有放弃求索的热情，没有放弃上帝赋予他们的这个神圣权力。他们仍然在追求向上的永恒，把这种智慧的光、伦理的光传递下去。这种伟大的传递时常被黄口小儿的嬉戏所嘲弄，可是他们终因本质的伟大和深刻而得到确立。这是生活的本质，是至高至上的道德准则所确立的。机智的嬉戏者比起他们，的确是一些处在"初级阶段"的稚儿，是一些没有迈出蒙昧之门的"看透者"，一些貌似聪明、实际上是愚不可及的劣质生。他们之间无法对话，正分别走向人类精神历史的两个方向，即向上和向下。向下则把人类引向永难解脱的苦难之中，这苦难才是至为黑暗、至为寒冷的无底深渊。

任何使人类精神脱离了理性悟彻、脱离了寻找和探求的积极的通道，都是一种不道德的、丧失了良知的行为。向上即严肃的追求，它必定贯彻着充满分析的理性之声。它反对虚伪和蒙昧，欺骗和蛮横，狭隘与专制，反对堵塞言路和思路的野蛮力量。

真正的理想主义是宽容而自由的，不是某种僵死的教条和规范，它是一种善、一种生命的真实。它必服从于这种真实，循着这指引前进。

人类只要想生存下去，也就没有权力使自己变得冷漠。思想、心情、物质、环境，一切的方面都给予温暖的关怀，才是现代生活的一个基本准则。随着知的拓展，深重的苦难感也会同时拓展，而最强大的抵御力量——我们的勇气，也只能来自向上的精神。

就是它的引导与提升，才使我们不致因为恐惧的颤抖而加速滑落。那种滑落将无以挽救。

我们的确看过一些美好的积累。这些积累是异常艰难和缓慢的，是花费了无数人的心血、漫长的时间、不可思议的劳作，才建立起来堆积起来的。而我们向下滑落时，却可以在短时间内耗去大量积累。这种积累属于我们全体人类，而不属于某一个社会集团、某一个阶级和阶层。所以维护这种积累成为一切人类、一切渴望向上的生命、期待安全和健康的人类共同的责任。人类有责任和权力对滑落伸出指斥的手指——这也是永远不变的道德原则。

真正的现代主义运动的历史上，也仍然洋溢着向上的精神，吹拂着清新的气息。真正的现代主义以前所未有的宽容、博大和自由的精神，囊括了一切积极的探求，寻找了更多形式上的通路。它对于当代人的滑落给予了无情的抨击，那种挽救的努力至为动人。这种努力虽包括了辛辣的讽刺、嘲弄，以及颓丧外表下所遮掩的那颗火烈感激的心情；由于生命质地本身的坚实、紧密，它的确在以前所未有的方式作着向上的努力。

现代主义仍然拒绝魔鬼的声音，仍然拒绝毁坏者和丑恶者的灵魂。这不仅是诗人的自信、艺术家的自信，也不仅是道德家的自信，而且还是人类本身的自信，是时间的自信。

我们离开了这种自信，就会离开我们的判断和我们的逻辑。

　　春天河水就要融化，河畔上的李子树银亮的花朵就要吐放，蝴蝶和蜜蜂就要飞来；大雁向北，港口解冻，柳莺四下翻飞。这种自然的秩序即包含了诸多美好，传播着真理——自然与生命的基本法则，预示了希望。在这无言的真和诗的围拢之下，人类的确应该是美好的。这种美好应该被自然而然地追求、贯彻和维护。向上的人类必须是善良的，向上就是一种善良，而只有善良才能够维护生命的永恒。

　　……打开书页，一次又一次沉迷其中。我们发现上几个世纪留下来的声音仍然是这么鲜活动人。原来自高自尊的声音只有一个，那就是向上，是善。这一场没有退路的、永久的精神的攀援，原来从未停止。它偶尔在某个时刻出现小小曲折，可是在更长的时间之缏上，这种曲折简直微不足道。

　　你从来没有怀疑过，你告诉我们，你是这般的自信、从容和坚毅。当代人应该再一次温习你的声音，他们的耳畔应该响彻着你的坚定的声音。这是人类的春风。它每年都抚开坚硬的冰块，让溪水潺潺流动。这声音既不是自欺，又不是欺世。它那么淳朴和真实，它不过表明了人类所应该具有的无所畏惧、勇气、向前和自尊的那种信念。

　　我们将在这种精神的质询下走进我们的时代，到达另一个时代。我们寻找未来的生命。我们联结他们，牵起他们的手。我们接受了最好的预祝，也要把自己的预祝传递下去。这种小心翼翼的维护和分离的徘徊，只是昨天的接续。我们做过的一切或许都非常平凡，不值得骄傲和自豪；可是我们就依靠这平凡的劳作，阻止了自身的滑落。

　　不止一次听到有人嘲笑你的精神。有人把它界定为"陈旧的理想主义"。不，向上的精神永远是新鲜的，永远不会蒙上尘埃。这种精神会蜕化。蜕化的精神走向变异，走向死亡。它只能是滑落的另一种方式。

　　在难以辨析的思想的交织之中，在茂长的历史和现代的精神丛林里，最终只可以分为"向上"和"向下"两种。回避了这一判断原则，转而"聪明"的界定，都会流于蜕变，会走入伪善而离开真善，会弄出丧失科学之学术，发出恐惧战栗之声，丧失悲悯的人类情怀。令人担心的世纪末——既不懂得浪漫，又不懂得永恒，只沦为忙于跟从的呓语者。

只要太阳还在升起，人类只能随之向上。

1993年9月

书的魅力

哪些书对高中时代的影响较大

我当时读书的条件很差，大多数像样的书都未开禁。我们那一代常常被破书簇拥着，破书很多却不知道破。这才是可怕的事。我不能不说，有些破书对我的影响也很大，这需要我后来用很大的力气去洗涤。当然，有的书今天看尽管浅直，但也非常纯洁。这样的书在当时读得很多，也非常有益。比如一些战斗故事、英雄传奇等等。当年读过的真正优秀的作品，使我久久难忘的，有鲁迅的《野草》《故事新编》，屠格涅夫的《猎人笔记》；还有一本写森林生活的俄罗斯中短篇小说集（书皮撕掉了，所以至今也不知道名字）。高尔基的自传体小说《童年》《在人间》《我的大学》，还有他的短篇小说集，不知看了多少遍。中国的，有《西游记》《红楼梦》，还有几本武侠神怪小说，比如《封神演义》，再比如《响马传》。这些算不得什么好书，今天的年轻读者不看也罢。几本散文集也让我久久难忘。托尔斯泰、陀思妥耶夫斯基的小说，是高中快毕业的时候才喜欢上的。原来只是特别喜欢高尔基，后来范围才渐渐扩大到其他的苏俄作家。美国有一位作家叫萨略扬，他的一本小说集《我叫阿剌木》，让我入迷。他夸张的笔法，平凡而怪异的故事，都令我耳目一新。在高中读书时，我有一段时间写东西很想模仿他。

心目中的名著是什么

这样的书可能不是只读一次就放弃的书。因为在不同的时期，对它们的兴趣会不断地产生出来。人的一生总要读些什么，而吸引你反复读来读去的，大概就是名著了。名著使人无法忘却。令你难忘的可能不仅是它所叙述的故事之类，而是更为深层的什么，就是它们潜在深处，散发着无穷无尽的魅力。

名著不仅是名声特别大的书，而是值得人们深深铭记的书。它们所囊括的奥秘尽可供人一生诠释，而不会感到什么枯燥。名著总是汇集了一些独特的灵魂。名著常常只在清寂的图书馆里，在有教养者的书斋里，它们往往不会太多地流转在市井中。

读书和经历哪个更重要

一个写作者读了许多书之后，就会觉得人生经历更重要；而仅仅拥有复杂人生经历的人，又会觉得读书最重要。它们大概总是缺一不可，互为借重。作为一个人，读许多书，这比较起来当然容易做到一些；而要拥有复杂的经历却真的不易。人的坎坷经历、曲折的生活之路，从来都不能假设。平时所说的"直面人生"，就是指在生活中要勇于经历。不能够"直面人生"的写作者，就很难有真正感人的作品。

能够自由地读书，总是人生至为幸福之事。

（1997年3月22日，答《中学生阅读》）

谈写作

感动的能力

麻木的心灵是不会产生艺术的。艺术当然是感动的产物。最能感动的是儿童，因为周围的世界对他而言满目新鲜。儿童的感动是有深度的——源于生命的激越。

但是一个人总要成长。随着年轮的增加，生命会变钝；被痛苦磨钝，也被欢乐磨钝。这个过程很悲剧化，却是人生必须付出的代价。不过人是相当顽强的，他会抵抗这一进程，从而不断地回忆、追溯、默想。这期间会收获一些与童年时代完全不同的果实——另一种感动。

感动实在是一种能力，它会在某一个时期丧失。童年的感动是自然而然的，而一个饱经沧桑的人要感动，原因就变得复杂多了。比起童年，它来得困难了。它往往是在回忆中、在分析和比较中姗姗来迟。也有时来自直感，但这直感总是依托和综合了无尽的记忆。

人多么害怕失去那份敏感。人一旦在经验中成熟了，敏感也就像果实顶端的花瓣一样萎褪。所以说一个艺术家维护自己的敏感，就是维护创造力。一个诗人永远在激动中歌唱，不能激动，就不能吟哦。

可是很久以来我们就发现了一个奇怪的现象：许多诗人可以无动于衷地写出诗篇……诗人即便在描写腾腾烈焰，也是冰凉的、平淡的。他无法写出烈焰的形与质，他的心无法点燃。

这样的诗可能徒有其表。

诗篇永远在传递一份心灵的感动。他在那一刻、那一瞬中的震颤被文字固定下来，才不会消失。这样的文字掩藏着怦怦心跳，那脉动即使在千年之后也会被读者摸到。

相反，有一些文字涂抹得老泪纵横，一片淋漓，也仍然不能使人在阅读中产生共鸣。作者只是凭借某种语言惯性往前推进，只是适应一种语境而任其衍生。他面对着表述世界的同时并没有面对着灵魂，不曾热烈地拥有，没有惊叹、狂喜、沮丧和战栗之类的情感因素生成并从心底泛开。他不过在操作和游戏。游戏也有好多种：热情的游戏，冷漠的游戏，痛苦的游戏，酸腐的游戏，胆大妄为和道德沦丧的游戏……

这个世界上真的就没有令人感动的东西了吗？

或者说，既然不再感动了，又为什么会有成群结队的诗人呢？

他们从哪里来，又要到哪里去？难道他们真的是从幻想中来，又要到物欲中去吗？在这熙熙攘攘的生之旅途中，就是一只动物也会狂欢和号叫，但它并不等于人的感动。

诗人的父母和兄妹、与他们差不多的人群，以及承载了这一切的土地、土地上的城市和村庄……值得牵挂的东西太多了，到处都与诗人十指连心。痛楚能顺着青藤传感，哀伤会伴着秋雨扑地。流逝的时光催逼着你我他，不停地劳作也驱不尽内心的孤单。为昨日今朝的爱怜，为那些无望的真实，或感激，或焦思如焚……

激动不会频频而至。它作为与生俱来的一粒种子，只要不霉变，就会潜藏心底。它在适宜的时刻会突然萌动，让人难以忍受地胀大生芽。那一刻人会觉得被什么拨动了、摇撼了，心灵的重心轻轻一移。这种感觉才真正难忘，它能刺伤一个人。为了修复，他就不停地吟哦。

诗人会抓住那难忍的一刻，记住它形成之初的一霎。它正缓慢地成长发生为一个事件，一个故事，用稍稍松软的躯体将这个核儿包裹起来。可是一个真正的诗人会固执地追问和辨认那短短一霎：到底是什么使我感动？它藏在了哪儿？

那是一个点、一个关节。要抓住的就是它。

它与一个生命的全部奥秘纠缠一起，它不过是刚刚被牵了一下，全部生命就立刻震抖，人在这个世界上也就困意全消。

要抓住它却非易事。有时得从头索起，小心翼翼。要把整个感人的事件或故事的环节拆卸数遍，推敲抚摸，最后把滚烫的一环留住。

这之后他将轻轻惊叹：啊，是它啊，是它伤了我，碰了我，撩拨了我，让我百感交集。天啊，是它啊……为了安慰和报答这一刻，他默默念想，自我叮嘱，用清洁的思悟之流把自我从头冲洗了一遍。

所以说，一个人葆有感动的能力，往往会比较纯粹，也才有可能是一个诗人。

1994年10月15日

非职业的写作

我觉得，进入创作对于任何人来讲，都像突然来到了一个陌生的世界。这个世界变化之快，使我们不得不面对许多刺激、引诱和挑战。对不搞创作和其他的人来讲，也许比较容易为这些诱惑所吸引，并改变他的根。但对于创作的人而言，移动他的根将非常可怕。

搞创作的人尤其需要冷静和放松。

当前一些文学作品，包括我自己的部分作品，它们的一个要害问题，就是创作中的慌乱。大家不断地跟从这个世界，唯恐落在时代的后面。如果说评论家们提出新观念新词汇可以理解——在他们的匆忙中可见其探索的努力的话，那么这对创作的人而言只能是一种喧嚣，有害无益。

有时候我们可以发现作家是一群一群的不幸的人。这一群不幸的人在我们的创作历史上不会留下任何东西。顶多留下其中的一个人。

我们的文学应该能从文坛上发现这个陌生人。如果你真正发现一个陌生人的话，你会发现这个世界与他是隔离的。这个世界与他是难以对话的。他似乎是被我们这个熟悉的世界所摒弃的。但你用历史的眼光来看他时，又会感到这整个的时代都是属于这陌生人的。

我们的文学不像过去那样有力量，但它变得多元化、复杂化、成熟化了。失去力量的一个重要原因是我们的作家失去了立场。"立场"这个概念可以更宽泛地理解。我们应清醒地、自觉地寻找与这个世界对话的角度和立足点，使自己与面前的这个世界构成某种关系。而相当多的写作者构不成有意义的关系，他们只是不断地变化、追逐、跟从，从而失去了他们的力量和价值。

我觉得政治、经济有中心，文化也有中心，但文学艺术很难讲有一个中心。如果一个作家不断地向往中心寻找中心，那么就是失败的开始。我们永远也跟不上这个时髦。

一个优秀的艺术家总是以自我为中心，忠于他的感情、思索，忠于他所熟悉的一切。如果他这样做了，那么世界上没有任何一个角落能够替代作家的感悟、发现、表述。他最终是深刻的，是无可替代的，是重要的，所以他会有力量。

新时期文学频繁的、各种各样的模仿，多少流露了作家的一份自卑。我感到创作者一点也不需要这样。我觉得一个贫穷的、偏僻的地方，那一块土地的价值是与世界经济中心等同的，分量也是等同的。对于一个艺术家的生命而言，它是以平方或立方计算的。

挽救文学的方法、挽救我们自己的方法，是我们要放松自己，忠于土地，找准自己的根性。这种说法有点虚，因我找不到可替换的、更确切的提法。所以只能这样讲。

我们过去常常讲"写什么"是不重要的，而"怎么写"才是重要的。于是我们整个时期的漫长过程还只停留在研究"怎么写"上。"怎么写"当然应该包括"用什么写"。"写什么"更多的是指它的题材、它的生活；而"怎么写"，我们则停留于技法的探讨。"用什么写"在新时期文学中很少谈到，但要回答很简单：用自己的生命去写。这个回答仿佛简单，但真正做到却很难。

一个作家如果不能在他漫长的生活道路中找到其生命基调，那么就不能成为一个有意义的、不可被取代的作家，就不能成为一个真正有力量的写作者。今天的作家面对这样一个复杂的、令人尴尬的世界，只有找准其生命基调，才能解决"用什么写"的问题。

许多作家作品，他们在写作上经常有所变化，但这只停留在技法上。我们很难在这些作品中发现一些也许稚嫩，但却是朴素的、诚恳的探索。他们只是晃来晃去，是"混生活"。用一支笔来混，令人羞愧。

现在都把作家当成一种职业去理解，这是我们文学衰弱和没有希望的根本原因。任何东西均可职业化，如政治家、化学家、建筑学家等等，而唯独一个作家却不能从职业的角度去理解自己的劳动。如果我们的每一分钟都打上"职业"的印记，那么我们的每一分钟的劳动也就失去了创作的意义，只是制作和操作了。

在现代社会，视听文化极其发达，扮演一个职业写作者可以活得很从容，但不是真正的作家。一旦你告别了职业性的制作和操作，就会发现所做的一切是那样的艰难、寂寞，整个世界都在抛弃你、排斥你、告别你，可是你正在走向成功。没有一个人能重复你的劳动、你的脚印，你可以走得很远很远。

现在职业化的操作太多了，而真正以自己的生命去感悟的作家又太少。我自己也还不是这样的艺术家，但我愿意加入他们的行列。

（1994年6月23日，第二届"上海长篇小说大奖"感言）

个性、人品和想象力

一

不知从哪里说起，就让我从几个基本的老词谈起吧，比如"个性"。作家和理论家对这些基本的词儿大概绕不过去。当然了，一个优秀的作家必须是有个性的。可是我们多年观察下来，会发现一些很有趣的现象：我们经常注意的，最为称许的，往往是一个作家很小的、局部的，有时甚至是微不足道的东西。比如说语言姿态，讲故事的噱头，还有某些所谓"出格"的表达，等等。这固然是"个性"，或许非常好也非常重要。但仅仅这样还远远不够，因为有时候我们不能从更大更高、从全局的意义上、更退远一些把握"个性"。比如我们缺乏将作家从整个时期整个群体的创作倾向和精神潮流中区别出来的能力（或意识）。如果说前一种区别和分析只是鉴别"小个性"的话，那么后一种分析则是鉴别"大个性"，也是真正意义上的"个性"。

这种寻找需要时间，需要距离和高度，一般讲更难做到。所以有时候我们对"小个性"，局部的、细枝末节的，很敏感也很容易认识，津津乐道。但我们对于"大个性"，比如说写作者与一个时期精神流向的对应关系，与这个时期艺术趣味的对应关系，却视而不见或不够注意。一个时期的文化趣味、精神倾向性，是有自己的总的流向的，有自己的脚步、自己的节奏、自己的色泽。每个时代都有自己最时髦的东西。看一个作家，比如自我审视，回顾十年或更长时间以来的创作，就要看是否顺从了这种时髦，要看其艺术追求和精神指向，是不是完全顺从了这个时代的流向。如果是完全合拍，或顶多是快一点慢一点，反正大家推动的东西我们也在推动，这就大可怀疑有没有个性了。

这时要停下来，要怀疑自己。实际上我们许多时候既没有发现什么也没有创造什么，只是以自己的方式（"小个性"）跟随和推动着，参加时代大合唱。我们作品中大量的肯定或否定，热衷的东西，与主流意识形态基本一致，有时只是潜性的一致，不过是外表不同，使用的语言不同，更爱使一点性子而已。我们的思想真的与上上下下都很合拍。看看吧，改革开放以来我们一直在不停地一路解构下去，是很合拍的。其实我们的可怜之处，在于我们使用的不过是文学的符号和手法，其内在精神、内在作用，与上上下下的表达意愿，总体是一致的，趣味也一致。退远一些看即可知道，我们哪里有什么"个性"。

大学、报刊、电视网络，许多时候都是综合进入一种时髦的，顶多是依赖一点自己的语言方式而已，即"小个性"——如果其中大部分连这种"小个性"也没有，那大家是不会理睬不会叫好的。但总体上看，许多创作确是处于这种缺少真正个性的状态。我们现在收视（阅读）率非常高、受到极大追捧的部分东西，也包括我自己似乎值得自喜的某些东西，其实没有什么"个性"。我们没有在一路涌动的大潮流里站住，没有自己的思考发现，没有我们自己。

时间是无情的，几十年过去，历史还是要记住"大个性"，而不会太在意仅有一点灵性、聪明、爱狂欢会顽皮、花花哨哨的东西。有时候我们老在谴责快餐文化、快餐作品，实际上我们自己就是一道快餐。我们理解问题，表达思路，哪有什么大眼光，基本上沉不住气。看作家就是这样——缺乏"小个性"不会成为作家；而没有了"大个性"，什么优秀、杰出、伟大，压根都是不成立的。

再说"人品"，这也是个老词儿。通常说人品和人格最终决定了作品的高度和成就，这种说法既朴素又准确，非常深刻。但由于反复说，又是一些大词，一旦失去了时代内容和具体内容，反而显得浅薄可笑。实际上那种说法一点错都没有。我们对人格和人品不能做褊狭的、肤浅的、概念化的理解。我还是得说，现在杰出的作品少，关键还是作家关怀的力度、强度和深度不够，没有更高更大的关怀，还是人格问题。这种强烈的关怀，执拗如一的人格力量，最终还是决定一个作家能否走远的最大因素。

立场、情怀，强烈的关注力，需要在时间里贯彻。这种力量有时是非常缓慢地被送走、被理解的，它会以自己的方式打动世界，需要去感悟。创作者会留下极大的感性空间，这个空间留得越大，创作越是自由，越是个性，越是出现许多连自己都把握不了的一些意蕴。不能用逻辑意志去压迫，不能丧失千姿百态的逸出和饱满。

我还是非常喜欢一些老词儿，我比较保守。比如人格、人品，仍然要谈，因为它仍然决定了最终的创作。现在有时理解起来则正好相反，好像只有坏一些才能写出好作品大作品似的。这怎么成，说白了，他对追求人类进步追求完美没有感情也没有愿望，真的黑暗起来了，不是可怕吗？一路解构，还能解构到哪里去？

当然，走入理解上的简单化、二元化也是可怕的，文学既不是揭发信也不是表扬信，表达大关怀甚至也可能使用反艺术的方式去处理。文学问题相当复杂，对世界的艺术把握相当复杂。看看，人们连当年那个语境下的"垮掉派"都没有否定，仍能肯定他们对于人类的成长和世界的进步所具有的意义。不过晚垮掉不如早垮掉，那是很久以前外国的事了，现在语境变了、世界变了，一路模仿下去可不灵。今天，我们甚至都没有否定物质丰饶之地的那一类极松弛极无聊的写作，因为我们看到了文字背后透出的一种荒凉和绝望。可这需要是真的荒凉和绝望，是另一种意义上的真实彻底，还有纯粹。

二

当代生活与创作，是个很宽泛的题目。现在的社会生活、现实矛盾，往往表现得非常激烈，已经远远超过了作家的想象力。生活中的故事，其强度、曲折性，作家们想都想不到。而由此我们也发现，越是处于社会各阶层激烈对抗的时期、个体和社会的对应关系处于十分紧张的时期，文学创作，特别是小说创作，作家的想象力反而会出问题，会萎缩。而当一个社会相对平和、人的生活相对舒适，自然环境和人文环境较好的时期，作家们的想象力倒是比较发达，虚构能力强大起来。如西方发达国家的一些作家，他们在形式创新中极尽能事。文学的形式技法方面的革命，往往是发生在他们那里的。他们用在形式探索方面的力气很大，文字也极精致。但是统观起来，好像这些作品内容上有点苍白，没什么意思。

照理说，处于动荡变革中的社会生活，往往更能够刺激出作家强大的虚构力，但实际情形却常常相反。形式上千奇百怪的小说、大胆想象与结构的作品，不一定出现在第三世界。当代生活与小说创作的关系就这么奇妙，好像剧烈的现实生活正压迫着作家的想象力。超越这种局限，大概需要个体的强大，只有强大了，才能冲破这种压迫，获得自由。

说到想象力，我看起码有两种不同的想象力。一种是较大幅度的"情节动作"，如编织离奇的大故事，比如《西游记》《变形记》《聊斋志异》，其中有难忘的猴子造反、人变甲虫、狐狸魅人等等。这种想象固然需要，这也是作者的勇气、生命力和胆魄的表现；但是否还有另一种更难一点的，却又长久不被人注意和认识的想象力？

人们长期以来太过注重剧烈和离奇的故事，所以格外看重这方面的编造能力，甚至误以为这就是文学想象力的全部或主要部分。其实文学的想象力的重心，并不表现在这儿——或者严格一点讲，这不是真正意义上的文学想象力。正像社会生活中的千奇百怪直接记录下来毕竟不是小说一样，仅仅是幻想出一些怪异的故事也还不算文学。文学的想象力和刚才说的大胆编造幻想仍然有所不同，而是更内在更复杂一些。比如说它可以是通过个性化的语言去完成和抵达的一个复杂的过程。文学作品写出的完全不是现实生活中一再重复的故事，而是经过了作家独特心灵过滤的东西。苛刻一点讲，文学的语言也不是生活的语言，而是虚构和创造出的一种语言，就是说，真正意义上的想象力首先从语言开始，然后是细节，再然后是作家自己的一个完整的世界。

想象力其实是对语言的把握能力，是通过语言进入细节和独特世界的一种能力，是一个个绵密的细部的展现能力，而绝非仅仅是一些大幅度的编造勇气。这种编造比较起来是没有难度的，是可以重复和仿制的。文学的想象力既需要付出一生的劳动，更需要天生的个性魅力。我们常说"只有说不到的，没有做不到的"，就是指各种故事的发生是容易的，而"说"本身却是难的。作家写不到的故事，生活中已经发生，这是古已有之。可见我们今天强调的想象力，不是比谁更能编能造，比谁更能想出什么虚玄奇怪的事情，而是比怎样通过个人的语言去抵达奇妙的细节。整个事件的过程由细节表达，这些细节你无法看到，所以只有依靠想象力。这种能力，才是小说家的想象力——通过语言，展示细节，完成一系列复杂的过程。小说家的想象力当然要包括情节，但最重要的不是情节，而是细节，说白了，直接就是语言本身，是"说"。

我们也许长期以来对于想象力有一些误解，比如无法把握它的重点和重心。从这方面讲，就不是小问题。什么才是真正的文学想象力，这不是个通俗的问题，所以要常常弄反。由此我们也就明白，为什么越是变动激烈的社会，反而越是压迫了人的想象力——它让我们只去追求和跟随社会上发生的故事，而忽视了语言方式，丧失了对细节的兴趣。所以在这样的一个时期，一些毫无节制的胡编乱造反而像噱头一样被叫好，被复制。真正的想象力是无法复制的。在故事上过分热衷于大幅度动作的，恰恰是想象力萎缩的症候，并一定会因为这种丧失而丢弃了想象力的第一环节——语言。

实质上，只有弄明白了什么是真正的文学想象力，才有真正杰出的创造。激烈的当代生活怎么会压迫文学想象力？看看另一些第三世界，那里就有最优秀的创作，如拉美的"文学爆炸"。

（2006年6月25日，在上海大学文学圆桌会议上的发言）

方言与转译

一

书（如《九月寓言》和《丑行或浪漫》）中多采用了鲁南，特别是胶东方言。比较普通话，方言总是在表现上更有个性、更有厚度。但其他地方的人特别是外国人在理解上，就会有困难。如果能用某一地区的方言（原生、厚重而幽默的）为基础，同时再给以书面语的制约和改造，那将是切近的。书中的许多"哩"，是区别于书面语的语气助词，是一个地区口语中标志性的字眼，有时相当于"了"，而有时相当于"呢"和"啊"。此字颇有原生气质、有一定的幽默感。书中的"俺"等于"我"，但更具地区性。这是一种语言习惯，同时使用者（书中人物）在当时往往还包含了小小的得意，有时也有些自恋和揶揄的倾向——这些区别要在具体的语境中才好把握。

二

转译为其他文字时，不同层次的声音在书写方式上是否需要区别，重要的是要考虑村地的阅读习惯。原书的书写方式是统一的，因为即便这样，中国读者也能够理解；频繁地更换书写方式，会繁琐、直白，也会增加理解上的失误几率。如果异域能够理解，能会意，那么还是像原书一样为好。

一种语言在一个时期的流行，往往会给文学造成很大的损伤。作者在有意无意的模仿中就失掉了自己。而失去了语言，还会有什么？看看文学史就会知道，每个时期都有相对统一的语调、语气和叙述方式。许多人的不谋而合，说明了作者生命力（包括才能）的孱弱。有生气的作者要有能力冲破规范。

冲破规范的一个重要条件就是深入民间，做一个足踏大地的写作者。要从生命的来源处，而不是纸上，去寻找和确立自己的语言。

目前，即便是一些极有影响的作品，也没有什么语言追求。这怎么能算好的作品？文学是语言艺术。凡是这样的作者，无一例外都是一些不能够沉醉于诗意的人：写了不少作品，但严格来讲并算不得文学中人。

好的作家应该对语言本身极其敏感。

用地方语言，绝不是排斥普通话，而是要激活普通话中的诗性因素。失去了普通话的框架（语法和句式等），就没法进行、没法完成从甲地到乙地的有效交流。这之间有个"度"的掌握，靠心细的写作者在具体的语境中平衡。只要是在一个相当阅读范围的人可以意会或领会的方言，并且这方言又极有穿透力极生动极有生命活力（往往如此），那就要大胆使用。是否好的、原生性极强的文学语言，关键不是看用了多少"方言"，而是要看整体上是否被这种生气勃勃的语言所统领，是否洋溢着它的精神。

三

比如胶东方言和鲁西南方言：《九月寓言》中的小村人是从鲁西南远途迁徙而来的，主要操鲁西南土话；而当地人和叙述者（无所不在的），则主要采用胶东方言。

胶东方言给人"傲慢"和"蛮横"感——当然只是其他地方的人感觉上这样。他们说话声音较大，有时还常常用以遮掩内在的怯懦。有时很得意，这一点鲁南方言也是一样。但处于包围之中的鲁南方言显得内向、羞涩，一般声调较低，除非是和自己人在一起。胶东方言与鲁南方言一样，都很幽默，不同的是胶东方言炫耀这种幽默，而鲁南方言自己玩味这种幽默。

胶东属于中国古时候的"东夷"，是鱼米之乡，文明程度很高，历史上直到很晚才被齐国所降服。胶东人到现在仍很自负。胶东方言比鲁南方言更接近普通话，胶东的地理位置离京城也较鲁南更近，所以胶东人从语言上就很鄙视贫穷的鲁南人，一听到鲁南腔调就讥之为"廷鲅"（河豚，毒鱼）。

操胶东或鲁南方言的人对待说普通话的人，心理上很矛盾。一方面觉得自愧不如，有羡慕的心情，另一方面又很容易在内心里瞧不起对方。因为他们认为，一般情况下城里人才说普通话，而城里人往往是比乡下人简单幼稚许多的。不过，一群乡下人遇到一两个城里人，乡下人强调自己语言优势的时刻也就来到了。少数乡下人遇到多数城里人，一般而言是自卑的。反过来，当然也是一样。

一般情况下，一个人在得意、怨诉或亲近的心态下，更多地使用"俺"；而在平静、理性或达观的状态下，就说起了"我"。"俺"更显个性，更有对自我的强调性。

但在转译中，也许不必过分刻意地区分它们，因为那样会特别累。

胶东方言和鲁南方言中，都常常使用"俺"，而普通话中就没有这种情况。

2004年5月

演讲录

纸与笔的温情

尽管最早的文学不是写在纸上的，但用纸和笔成就文学却是很早以前的事情了。它简直是很古老的事情了。更早是用竹简木片、兽皮锦帛加刀锥羽毛之类，用这些记录语言和心思，传达各种各样的快乐和智慧。后来有了纸，也有了很好的笔，如钢笔。这就让文学作家更加方便了，快乐了。

他们有可能因此写得更多了吗？当然是这样。但是并不能保证写得更好。

纸与笔使作家写得更快了一些，特别是钢笔，内有水胆，不用蘸墨水了，所以中国人一直叫它为"自来水笔"。墨水自来，多么方便，那么写作者在写作时，等待的永远只是脑子里的东西了。而在古老的时期就不是这样，古老的时期，人想好了一句话，要费许多力气才能记下来。

现在我们不得不正视这样一个问题：是谁处在等待的地位？是工具还是思想？这可能是不一样的。这在写作中也许是一个不小的问题。有人以为工具的问题只是一个可以忽略不计的小小的问题，我不那样看。特别在今天的作家那里，总愿意证明电脑打字机的诸多好处，证明它的有益无害。也许真的是这样。不过另有一些人心里装着的却是一个反证明，他们很想证明它对写作是有害的，只苦于无法像数学家、物理学家一样得出求证罢了。

在缺纸少笔的时代，在竹简时代，人们为了记录的方便，就尽可能把句子弄得精短，非常非常精短。读中国古文的人都有个体会，那时的文字简洁凝练到了极点，大多数的词只有一个字。现代汉语的词则要由两个字或更多的字组成。把一段古文翻译成现代语文，一般要增加两到三倍的长度。

中国古典文学的美，美到了无与伦比，难以取代。有人说中国现当代文学的美也是不能取代的——那也许，那是因为它就这样了，它已经无法变成另外一种模样了。但是起码现在的人普遍认为，中国文学的最高峰仍然在古代。为什么？理由很多了，我看其中的一个理由大概是不能忽视的，那就是因为书写工具的变化，是它的缘故。

西方的文学是不是与中国文学走了同样的轨迹，我手里没有更多的资料，还说不准。

总之从古到今可以这样概括：工具变得越来越巧妙，越来越灵便，文学作品的数量也随之增多，品质也在改变，但却不是越变越好了。其实文学写作无非是这样：用文字组成意趣，它一句话的巧妙，思想的深邃，着一字而牵连大局——这一切都得慢慢来才行，要一直想好了，再记下来。这个过程太快了不行。工具本身既然有速度的区别，那么速度快到了一定的程度，就要催促和破坏思想了。这是个简单的原理。

显而易见，现代写作工具的速度在催逼艺术，催逼它走向自己的反面，走向粗糙的艺术。实际上，许多古老的艺术门类就是这样，它一旦离开了对原有的生产方式的维护，背弃了这种方式，也就开始踏上了死亡的道路。它会慢慢消失。文学似乎仅仅是一种写在纸（竹简、帛）上的、一种语言的艺术，这个事实是有目共睹的。现在越来越多的人发出惊呼，说文学阅读正在被其他的方式所取代。他们这是在悲叹文学的命运，它极有可能迎来最终的消亡。

如果这种恐惧有一定的真实依据的话，那么我认为它其中的一个原因不是别的，正是因为今天的文学大多已不是写在纸上的东西了。这一来它就与其他的视听产品，与其他的娱乐方式没有什么根本的区别了。它们的品质大同小异。

现在的文字通过键盘，以数字方式输入，闪现在荧屏上。阅读和传递也是以数字方式实现的。我们都知道，现在还有个要命的网。当然，现在主要的文学作品最终也要印在纸上，但那只是以数字方式输出来的东西，是一种数字转化而已。就在这种转化当中，有一些最重要的特质被滤掉了。这种特质是什么，我们暂时还不能准确地知道，但我们大致可以明白，那是诗性——文学中最为核心的东西。

数字的传播和输入方式影响了思维，改变了文学作品的质地和气味，这已经不难察觉。它作为时代性的转变，渐渐蔚成风气，终于使各种文学写作发生了流变，甚至也波及传统的写作：那些仍然使用纸和笔的人，也在自觉不自觉地跟进，无形中模糊了与数字输入品的界限。

我们都知道，中国汉语使用一种象形文字，那么写字就等于是对物体形状的一次次描摹。当然了，文字进入记录功能愈久，这种描摹的意识就会大大减弱以至于没有。但它的确是有这种功能的，它在人的意识中潜得再深，也还是有的。它也许藏到了人的意识的最深处，藏到了潜意识之中。所以说，从本质上来看，写字是很诗意的一种事情。所以中国有书法艺术，而其他国家的拼音文字就难以形成这一艺术。

以数码形式输入的文字仅仅是一种代码，它的过程取消了描摹的诗意。而人在纸上无数次的描摹所引起的生命冲动，它的快感，它不断重复的联想功能，也都一并取消了。从这个角度看问题，看待写作工具的变化，就不仅仅是个速度催逼思想的问题了。

文学在很大程度上是一种描摹，文字的书写，也是一种描摹。可见，它们同质同源。

所以，真正意义上的文学作品，读者首先看到的总是"文字"，而不是"代码"。这里所说的"文字"不是一般的文字，而是具有强烈"文字感"的文字。而现在的许多作品正好相反，我们在阅读中首先感到的不是文字，而是一些符号在眼前匆忙掠过，它们只是充任了符号的功能，相当急促地、直接地表达了一种意思或故事。没有了文字感，当然也就没有了传统意义上的语言。而文学是一种语言的艺术——没有了语言，也就没有了文学。所以，人们痛感文学在消亡，这原来是有道理的。

　　现代传媒中出现的文字、它所运用的语言，一般来说只具有符号和代码意义。作为一种代码，它需要简便快捷，因而突出的也只能是文字的符号功能。

　　最终，如果文学作品的阅读过程中没有了文字和语言的深刻感受，没有了关于它的快感，文字和语言就真的只能成为一种代码和符号，它在使用中也就与一般的现代传媒没有了根本的区别。既然没有区别了，文学又如何能够存在、如何具有存在的必要呢？既然从文学作品中读到的东西，所要取得的一切信息，如阅读的快感，种种的期待，几乎从其他的艺术门类、从其他的传播媒介中也能够获得，甚至更为强烈和方便——读者为什么还需要文学作品呢？

　　由此可见，文学赖以生存的基础就这样给抽掉了，如此下去消亡也就是必然的了。

　　在当代，恰恰是文学写作者自己，而绝非其他任何人，造成了文学的危机。有人说现代传播手段的发展促成了文学的萎缩，挤掉了它应有的空间——这是一种似是而非的说法，是一种夸大其词。因为艺术本来就有各自不同的功能与空间，文学、诗意，它的创作与接受本是一种生命现象，源于生命的本质需求，说白了就是：只要有人就会有文学。如果有人想在这个越来越缺少诗意的世界上彻底消灭诗，那么至少也得先在这个世界上消灭人类自己。

　　可见只要人类存在一天，诗也就会存在一天，这是无须怀疑的。这不是关于诗的什么大话，而不过是一些实在话罢了。

　　文学既要存在，就要独立，独立于其他的传播方式和表达方式。而现在许多人做的正好相反：不是强化这种区别，而是淡化这种区别。具体到文字，就是漠视和削弱文字感——不是在写作中走进语言的艺术，而是逐步取消语言的艺术。从文学写作发生发展的历史，从它的现状来看，可以说从来没有过的大浮躁弥漫过来了，写作活动变得急切而匆忙。它像数字时代一样追求速度，当然不会有好结果。

　　其实文学应该做的恰恰是要慢下来，越来越慢。这就是文学与时代的对应。笔和纸当然是这个时代的宝贵之物，它们比起冷漠的荧屏来，当是很温情的东西。写作与纸笔为友，互为襄助，这才是天经地义的事情。依我看，纸与笔较有可能让现代写作者耐住心性，并且在其中再次找到文字的那种非同一般的特异感受。

感性一点讲，真正的文学语言不是呈现颗粒状的，而是一股浓浓的热流，是非常黏稠的。文字首先要的不是冰冷的颗粒，词也不要是。它们本身是有生命的，有毛茸茸的感性，有令人难以忽略的个性。只有这样的文字流，才谈得上是语言，才谈得上语言的魅力，也才谈得上文学。

作家脱离了纸与笔的温情，总是令人惋惜的。脱离了，就不能谈文学了，这样说有点耸人听闻；可是我们知道，文学这个古老的东西，最初是一个人在寂寞空间里展开的手工，这恐怕是不能否认的。

说到文学的现代性，会产生出许多伟言要义。不过再大的要义，也要首先考虑文学的生存。现代化的、数码时代的文学，要生存就要回到自己的本质。于是，对于其他艺术门类，对于一般的传播和表达方式，文学当然不是去靠近，而是要疏离。文学与它们的区别越大越好。

纸和笔比起数码输入器具，更像是文学的绿色生产方式。古老的艺术魅力无穷，比如文学。其实这不是因为别的，而仅仅因为人是魅力无穷的。

（2001年12月12日，在法国里昂第三大学的演讲）

把文字唤醒

三十年前的读与写

1990年，明天出版社曾经出版了我的小说集《他的琴》。这不是我出版的最早的一本书，却是对我具有特殊意义的一本书。其中最早的一篇小说《木头车》是1973年写的。严格地讲，它才是我最早的一部作品集。它概括和代表了我三十多年前的阅读和写作，等于是那一段写作生活的全部。

对我来说，当年的阅读成为最有吸引力的一件事，也是非常困难的一件事。因为当时在一片林子里，别说是图书馆，就连接触人的机会都很少。只要有一本书传到手里就感觉珍贵得不得了。有时候得到一本喜欢的书，看了一遍又一遍，晚上睡觉还要把它放在枕边。

后来能看一点儿翻译作品，中国古代的书（如《红楼梦》），还有一些武侠书，一些革命作品。总体而言，还是很少。我还记得第一次读到鲁迅的散文集《野草》，封面暗绿色，上面画了紊乱的野草。当时我不能说完全看懂了这本书，但能感觉它的深沉和美。那是我小时候读的唯一的一本鲁迅的书。后来读了巴尔扎克的书、陀思妥耶夫斯基的书——他有一本《白痴》，让我怎么也读不懂。几乎所有的字都认得，却读不懂。

当年没有电视、没有网络，连收音机都很少。我们最信任最依赖的，就是纸上的文字，是阅读。我们对文字本身有一种神秘感和敬畏心，有一种追究和探索。比如书中自然段的划分吧，这对我就很神奇。为什么从这里分开？依据是什么？方言、儿化音、生僻字，都让人心向往之，都要问一个究竟。我们对于文字、对于印刷品，真的有一种非同一般的敬重。所以我们很理解中国古代"敬惜字纸"的说法。我们对文字有情感。

　　我们就是在这种状态下开始阅读文学作品、学习写作的，文学之路就从这里开始。

　　今天，打开一部当代文学史，会发现一连串的名字，这些人几乎都出生在四五十年代，或者稍晚一点。他们就是在我熟知的那样一种气氛下阅读和写作，进而成长起来的一批人。和现在的许多文学起步者有所不同的是，他们对文字有过那样的一种情感，并且一直继续下去。他们比后来者更依赖文字，有一种叩问和求证的精神。如果一个字、一句话写错了，很难宽容自己。

　　最早的文学开始大多写诗，我也一样。因为一些长短句子、押韵，很符合少年的文学冲动。我写了大量的诗，再后来才是写散文、戏剧、报告文学，最后是短中长篇小说。这种文学训练的过程，好像是各种体裁都尝试一遍，并且由诗进入。对诗歌的这种迷恋和爱好，对我意义重大。很多人都认为我是写小说的，甚至简化到主要是写长篇小说的。实际上当然不是。我在二十多年的时间里以写短篇为主，而且从来没有放弃诗的写作。诗对于语言、意境、音乐性，有一种更高的追求，它对一个人文学道路的牵引力是最强的。现在的小说，特别是长篇，在社会上的阅读量很大，在文学中占的比重也很大。但是诗仍然在我心里占有最重要的地位。我曾经说过："诗是文学皇冠上的明珠。"

　　我永远不会放弃诗的写作，可能一生如此。很早的时候，大概只有十几岁吧，那本唯一的，也是著名的《诗刊》要刊发我的一部组诗。这对我来说是多么了不起的消息，它引起的兴奋无法形容。又过了一段时间，因为形势及其他诸多原因，组诗不能发了。这又令我多么沮丧！如果发出来的话，我可能会更加努力地写诗，一直这样写下去吧。

　　诗给了我巨大的馈赠、恩惠和满足。它给予我的那种幸福感让我不再忘记。我不是诗人，可是我永远忘不掉诗，永远忘不掉在散文和小说中把诗人的热情一点一点、不曾间断地释放出来。

　　初中毕业后无学可上，我们一帮同病相怜的失学少年聚在一块儿，发了疯地模仿起一些大诗人的作品，不停地写起了长诗。没上高中非常痛苦，我们把对文学的理想和信念，以及没有升学的愤慨，全部寄托在长长的诗句之中。

我们那一代人对于文字的信赖，对于书本的痴迷，是现在很多人无法理解的。有人也许会问：你今天还会把自己喜欢的书放在枕边吗？是的，但更多的是放在一个很小的柜子中，我只把自己最喜欢的书藏在里面——而我的大书架子上，却有成千上万册的书。我每隔一段时间就从小柜子里摸出一本书，这本书会让我获得持久的幸福。我读了十遍或更多，仍然入迷。这种让我不能舍弃的书有四五十本，都是一点一点积累起来的。

只要你对书的情感仍然停留在三十年前，没有泯灭，或迟或早都会找到这样一些书，把它们放到枕边——或是类似的什么地方，你会有这样的地方的。你在不停的阅读和筛选的过程中，会慢慢地变得心里有书了。

有人说，你的那只小柜子里可能百分之八十是小说吧。不，里面的小说连一半都不到。理论书，科学家的书，宗教书，什么都有。

现在有不少孩子想当作家。为什么？其中有的出于挚爱，有的却认准了这是一条名利之路。他们不是因为作家伟大，因为文学可以为自己的民族镶上一道金边，不是怀着一种敬畏做出了这个选择，不是。他们没有心怀崇敬和自豪去爱文学，满脑子就是怎样畅销、怎样出名。他们对于阅读的迷恋，对于文字的依赖和忠诚，根本没有；至于对词汇和语言的执着与敏感，还有起码的专业忠诚，一开始就没有。一个人从哪里出发是不一样的，这与他最后能否抵达，是关系重大的。

我们那时候对于写作的爱，基本上无关乎名利。所以我们能够迷于文字。我们是如此认真地、反复地推敲它们。如在一个自然段里，我们不能使用同一个词，甚至不能使用同音或相近的词；在同一句表述中，不能重复同一个字或同音的字。还有音调和节奏：我们写出来以后不知要读多少遍，默读，从声音、平仄上感受它是否悦耳。就是说，我们不仅要把意思表达得清楚，还要让其有一种好听的韵律，所谓的一唱三叹。诗就是讲节奏的、有音乐感的。词与句的对错是一回事，讲求它的音乐感又是一回事。我们对自己的文字养成了极其苛刻的习惯，追求高度的完美。不仅用字要准确，而且还要求字形优美。同一个意思的表达，可能还有选择什么字的问题。有的字的样子不好，用在这个地方显得很丑，那就要更换。有人说汉字还有丑俊吗？有的。汉字是象形文字，怎么会没有丑俊？还因为词序的排列、语境的问题，有些字就得被苛刻地挑拣。还要考虑到字的直观表意性质，比如说"倔犟"，我一定要用带牛字的"犟"，因为我心中这个人就是有一股"牛"劲的。

我们当年觉得作家是最了不起的职业，最不可思议的人物。那是人生的神秘吸引，而不是过生活的一条路。这种概念是怎么形成的，一时难说，但我们的少年时期就是无比地钦佩作家，就是要仰望和追求。也有人非常钦佩科学家、政治家和军事家，但我们选择的是作家。作家伟大而奇特的灵魂、语言的能力、丰沛的诗意，他为一个民族提供的思想和意义、负载的荣誉，他的可记载性、在文明史上的地位，是这一切吸引了我们。

我从未郑重其事地表明自己是一个作家。因为这个概念在心里形成得太早，即等于伟大和崇高，所以我只能说自己是一个文学写作者，一个爱好者。目前称谓混乱，一些称号公然被当成了职业称呼，于是发表了一些作品的当然也就成了"作家"，何等荒唐。事实上哪有这么简单。有人会说，"家"也有大小之别，我们是小的"家"，这总可以了吧？可是他忘了，再小的"家"也有个基本的指标，有个门槛儿；况且凡是伟岸的称号，都不是当代，更不是自己可以随意使用的。

三十年前我们绝不敢如此轻浮地对待一个称号。我们的阅读和写作还笼罩在一种神往、勤勉、追求的气氛当中。这种气氛已经成为记忆，它不但至今难以忘却，而且还将伴随我们走得更远。

何为文学阅读

现在打开网络，可以看到各种各样的写作。快速的浏览式的阅读，来不及在闪烁的光标下一个字一个字地去读，没有这种耐性，也没有这种信赖。作为网络写作，他们甚至认为看得懂就可以了，句子对错无关紧要。既然如此，读者的仔细和缓慢也就太划不来、太傻了。一掠而过最好，或者根本就用不着看。

就这样，阅读受到了伤害，进而又伤害了写作本身。今天的读与写，形成了一种恶性循环。

一个时期、一个民族的语言状态和言说方式，表现和印证了这个民族的特质，其内涵、情态、信心和力量等等，都从中显现出来。这个民族是否认真，有无恒力和定力，有无追求的意志，都能够从集体的言说方式上得到表现。

语言的演进有一个过程。中国的新文学发展从白话文开始到现在，虽然受到大量翻译作品的影响，经历了不断的演进和变化，但仍然植根于中国古代经典。它一路跟着新的社会发展下来，成为活的、变化的、跃动的和生长的，在一天天前进。它成了一个民族、一个时期最精练、最灵活，也是最有生命力的表述和概括，是一个民族语言的牵引，是一个民族语言的奔跑。所以文学的语言直接影响到一个时期新闻的语言、一般的生活用语，甚至影响到公文写作。相对枯燥刻板的公文是在文学语言的牵引下，缓慢而又谨慎地往前行走的，它需要在等待中接受最新的表述，包括一些词的使用。

观察中我们可以发现，一些杰出作家使用的句子和词汇，以及他们的言说方式，需要两三年的时间才到达一般的作家那里；再过两三年即到达新闻媒体和学生作文中；最后，又是两三年之后，就开始出现在公文当中。这就是语言演进的大致轨迹。当然，再杰出的作家也要向民众、向生活的各个方面吸纳语言，但是最终的概括和升华，是完成在他的手里。

我的意思是说，网络和繁杂的通俗劣质传媒，破坏了一个民族在语言方面的正常演进，造成了整整一代人、一个时期无法深入准确的表述，进而失语，对人们的心态和思考形成负面影响，积成了实际生活中的创造障碍。因此，如何唤醒越来越多的人进入文学阅读、理解文学阅读，就成了整个民族的、至关重要的一件大事。

现在人人都痛感浮躁对人的伤害。无趣、寂寞，求助于网络、电视等声相制品，结果不仅没有缓解这种症状反而使其更加严重。刺眼的灯光效果，闪烁的光标，五光十色、斑斑驳驳。可是它反衬了现实生活中的人，却让他们显得更加灰头土脸。要抱怨找不到对象，要做事没有方向。不自觉地过去了一天，明天又接踵而至，一天一天就这么消耗掉。而过去，我们有一杯茶、一本好书，几乎什么都有了。你现在试试看可不可以？大概不行。因为已经丧失了对书的感情，书太多了，让人反感和要扔掉的书太多了。一句话，我们被淹没在声音和文字中，我们无法选择也无力鉴别。我们的眼睛和耳朵都已经太疲劳。

我有一位朋友，他说苦于找不到好书。我送给了他一本，结果第二天让我看到了一个疲惫而兴奋的他。他说读了一夜的书，说怎么还有这么好的书！可见真正找到了一本好书，读进去，全部的想象空间被占满和利用了，跟着书中的一切去设想去游走，那种感觉真是好极了。他不是一个文学中人，一本小说却能把他如此吸引。他现在正读这本书的第三遍。可见人世间好书还是有的。

二十五年前省图书馆的朋友为我找来一本地质游记方面的书，结果给了我长久的快乐，至今还带在身边。那是"文革"时出版的书，它的每一个字、每一句话在我看来都是美的，好极了；真正的艺术品，无比朴实，连同封面和装订，处处优美。可见任何时候，好书都是有的。

关键是读书要有个心情，有个方法，有个区别。不是对文学作品的语言文字评价高于一切，而是指它们需要完全不同的阅读方式，就好比不同的食物需要不同的吃法一样。读文学作品，一般而言关注的重点不是它的情节，而是细节；不是中心思想之类，而是它的意境；不是快速掠过句子，而是咀嚼语言之妙；不是抓住和记住消息，而是长久地享用它的趣味。

一部作品里没有直接说出的话，所谓的话里有话、隐在字里行间的话，还有意味，都要品读出来。文学阅读就是还原作家创造那一刻的感慨、不安和兴奋。文学作品主要不是读故事、不是读情节，而是在细节中流连，展开悟想。人是具有幽默感的，人能够靠想象编织别人的生活。每个人都有实际生活经验的支持，这在文学的阅读中至关重要。这些能力不是受教育得来的，或者说主要不是受教育得来的，而是先天所具有的。这种能力或者在后来的教育中得到加强，或者被覆盖、歪曲和丧失。所以我们常常可以看到这样的现象：有人在进入大学或深造之前，是很能在好作品中感动的，这之后却读不懂了，变得不辨好歹了。

有一个从事哲学研究的朋友对我说出一个困惑，即现在有那么多的小报网站、那么多的信息传递渠道，我们接受的刺激已经够多了，为什么还要读小说之类？这等于问文学何为、其存在的理由，当然是一个大问题。我仔细想了，对他说：你通过眼睛和耳朵去捕捉和了解的社会信息，它和文学阅读还完全不是一回事。文学阅读会让你慢下来，以获得文字和语言的快感。比较起一本绝妙的深沉的小说，你所看到听到的那些信息和故事，它们还是直白、简单多了；它们没有独特的想象力，表述上也不够讲究，显得粗糙多了；而且好的文学作品的意境、它的细部，还要靠你自己去想象——这个过程就是再创造。你要靠自己去把死的文字唤醒，并把它们立体化、还原成鲜活的生活。声相网络不太需要那么多的思想，你只是"知道了"而已。文字的阅读，一千个人读，会因为每个人的教养资质不同、每个人的思想方法及性格的不同，产生一千个差异巨大的结果。还有，真正的文学作品是现实中不会重复的东西，它仅仅是一些极为个人化的虚构世界。这才是文学的魅力。文学的语言多么讲究，文学的意境多么高远；它的气氛、它的人物，这一切是多么奇特。整个文字的帷幕后面总是站立着一个人，这就是作者本身，一切的奇特都来自这个人。

人与人的差别是巨大的，这就是生命的神奇。

文学写作和艺术创造是一种神秘的、不可思议的工作。它甚至不能靠集思广益，不能搞群策群力；它只能靠独特的灵魂、特异的生命，靠生命在某一时刻的冲动和暴发。它的结果是不可替代的、个人的、永远也不可能在这个世界上出现第二次的活的风景。一千个人能代表和再造莎士比亚、屈原吗？当然不能。他们是不可以用智慧交换，也不可以用技术再生的。

随着年纪的增长，我越来越愿意买精装的书，最好是全集。我觉得那么伟大的灵魂、那么好的艺术和思想，就应该用最好的包装把它保护起来打扮起来。大套书摆在那儿，不是为了排场为了好看，而是要从头看下来，以了解这个人的灵魂深处，了解一些转折，看他一生对这个世界有多少感情。畅销书作家为什么总是少一些价值？就因为比较起来，他们对我们这个世界没有感情，他们不牵挂我们的生活，不牵挂我们数千年的历史，也不牵挂我们的未来。面对全集，由于时间的问题，可以一边翻一边看，粗读细读不一。一部全集，就是一条生命的长河。我们有可能知道这个人是怎么生活的，怎样从少年到青春、到壮年、到晚年——他刚进入这个世界的时候，心灵状态是怎样的，到了青年、壮年时，又有多大的创造力，到了晚年有没有垂死的绝望、思想是否清新，等等。这等于回忆自己的过去，认定自己的现在，想象自己的未来，看看伟大的人物，看他们当年与自己的时代是怎样产生摩擦的。

我看到一幅好画喜欢得不得了，可是我更喜欢看画家的全集。我就不相信一个人全部的创造痕迹放在这儿，你就窥不见他的心，你就不了解他是一个怎样的人。我对他们的理解，音容笑貌，有时觉得远远超过对生活中熟人的理解。这就是文学艺术的魅力所在，它说到底是人的魅力。

有一位作家

有一位战争时期的作家，自幼聪颖过人，酷爱文学。他同时要为一个理想奋斗终生，所以参加了队伍，边打仗边写作。这个作家一直让我尊重和崇敬。有很多人的写作都在模仿这位作家，我更是如此。他的作品，我每一个字都读过，这份景仰无以言表。现在好多人一读到那个时期的文学，就要先有几分轻薄。其实不必。那时有一些作家是非常纯粹的，当年就为了救国，为了把国家从危难中解救出来，倾其所有，撇家舍命。做人要纯粹、求主义、求真理，都不能掺假，这和对待艺术是一样的。作家一心向着名利，就不是真正的作家。他没有上过大学。他的写作有一种单纯的力量、强盛的力量，今天看起来仍然打动我们。这种力量是永恒的、无限的。比较那些过分简单地将文学与革命、革命与人性对立的作品，他的写作今天看，仍然葆有其丰富性和宽阔的感性空间。

他是坚定的战士，骨子里又是很唯美的。他追求完美，浪漫气质与生俱来。即便在极"左"的年代里，他写女性、写爱情，写人性之美，写自然，都那么饱满……随着时代往前发展，到了网络称雄，到了全球一体化，到了我们又兴奋又无奈的当下，他也随之跨入。一切都在风里，人可以把门关上，可是呼吸时却要进入血液。每个时代都有好坏间杂的东西，毒素进入体内，就需要强大的免疫力，让白细胞把它杀死。这位作家头脑非常清醒，他对极"左"时期的思想禁锢和文化专制，有过极为深刻的批判，可是他也毫不犹豫地痛斥物欲统领一切的时代风气。

同样是老作家，有人对物质主义，对强大的欲望控制下的生存是十分适应的。有人在一些场合总是笑着，不停地说着："青年多好啊，那是我们的未来啊！我相信未来啊，一片光明啊！"这让人看了听了很舒服。宽容、信任、乐观，没有什么不好。其实呢，说说吉祥话儿，博个口彩，原是不难的。难就难在凡事有个分析。我们会发现，他们没有说为什么相信未来、根据是什么；也没有说对青年充满希望的理由，更没有说对哪些青年充满希望。

而我尊敬的这位老作家却不是这样。他远没有那么乐观。面对全球一体化语境下的欲望泛滥，物质主义的全面入侵，他愤慨忧虑，痛心疾首，写了大量文章谴责和呼吁。他对一部分青年、一些现实，失望甚至绝望。他期待有更多的责任感和历史感。他忧虑到什么程度？那是真正的忧伤绝望。七十多岁的人了，非常痛苦。纯粹的人，其痛苦总是非同常人。多少年了，我想见他又几次却步，总觉得有机会当面表达心中的敬爱。我总是把时间往后推移。

有一次在北京开会，开得很长。老作家的弟子想约我一起去他那儿，并且定了个时间。可是因为心里没有一点准备，也太匆忙了，结果还是没有去成。回来不久，我却知道了一个胆子比我大的文学青年，他早就拜访过老人了。他说了去见这位老人的经过，满足了我急着要知道老人是怎样一个人、喝什么茶、家里藏书多少、起居细节等等。他说去时带了礼品：一点核桃、绿豆豇豆、一些牛皮纸——老作家喜欢包书皮。看这位青年想得周到，送牛皮纸、核桃等，礼物像老人一样清爽淳朴。我真想和他一起去一次，可他后来都是自己去的。最后，几乎是一个偶然的机会，我突然又得知另一位中年作家也见到了那位老作家！他回来详细说道，作家现在很老了，非常不愿说话。那天老作家问他从哪里来。他说从济南来，老人便说到了我。中年作家说那是俺邻居，老人沉思了一会儿，说："你多跟他交谈啊，要站住脚跟……"老人只重复了这么几句。中年作家很轻松地说出了这番话，并不知道对我意味了什么。他不知道我正听到了从小崇敬的人谈着关于我的事！

一个人一旦被一种文字、一种情怀和美所击中，大概一生都不会忘记。物质利益会忘记，被精神的射线所击中，则不会忘记。这天晚上，我自己出门，一个人登到了南郊山顶，又到白杨林里，走得很慢很久。我需要平静自己。就是这个白天，我得到了最大的消息，最大的肯定和最重要的人生叮嘱。这种激励，足够了。

在他去世前四五年，一个出版社的朋友去找老人谈出版作品集的事。我这个朋友也是一个唯美主义者，他对老人喜欢敬仰极了。他准备把老人的书出得漂漂亮亮，让封面、印刷装帧及一切方面完美无缺。他每出了书都要反复抚摸，就像对待自己的孩子。他去了，三四天以后回来，情绪极坏。他说：以前我见老人总是谈得很好，想不到，我们这次几乎没有说话。老人失望了，不，是绝望了。他这些年里先是不愿参加社会活动，再是不愿出门；现在连屋门都很少出，长时间躺在床上。不愿吃饭，不愿说话。头发胡子很长，瘦得要命。他说，他当时给老人鞠躬，然后说了出版的事，儿子还大声重复客人的话，老人却只是翻翻眼睛，啊啊两声，把脸转到墙的一边去。儿子很抱歉，小声对客人说：父亲头脑很清晰，但是……只喝一点儿稀粥，人不会长久了。

不久，老人去世了。

我多么痛惜。我对那份坚毅能够理解。我们是两代人，对待生活细节的评价和处理方法可能有许多差异，但他憎恨时代的丑恶及永不妥协的精神，永远让我钦敬。对比那些总是"相信未来，一片光明"的哈哈大笑者，我更信服这位老人。他能让我想起鲁迅。

我们可能不太同意他以这种方式来表达，但是我们会对他的这种选择、他的立场，更有他的牺牲，肃然起敬。我不能想象他头发很长、胡子很长、一点一点煎熬自己时的心境，但我知道他是我们时代里最沉重的一颗心。在心灵的天平上，还没有另一种重量可以把它平衡。我会记住他说给我的话。

两难的时代

未来是怎样，青年是怎样？我不敢不负责任地随便放言。我口说我心，我必须问问自己：我是怎么看待未来的？我承认自己很难回答。我只能如实地说，我对未来充满了忧虑。但是为了未来，我不会放弃任何积极的努力。我又是怎样对待青年？我不能说自己不相信青年，但我对青年同样充满了遗憾和疑惑——尽管如此，我对这个时代青年当中的杰出人物还是感到了由衷的宽慰，甚至为和他们同处一个时代而感到高兴。

我不是一个简单的乐观主义者，既积极也消极。我正尽一切努力，以自己的积极战胜自己的消极。这可不那么容易。

现在网络纵横、西风劲吹，整个的欲望都解放出来呼唤出来了，剩下的问题怎么办，那就全看我们自己了。泥沙俱下，目不暇接，阅读品不是要什么有什么，而是常常让我们瞠目结舌。一些网站、图书、影视，更有其他媒体的渲染，所见所闻充满感官刺激极尽撩拨。还有大学，本来是令人向往的地方，她通常代表青春和知识，是一个国家的希望所在，可是有一次我因为要查资料打开了一个大学的网站，竟吓了一跳。我不敢相信自己的眼睛。大学生们在那里互发帖子，那是怎样的语言、怎样的观点、怎样的素质，你会不明白他怎么考上大学，更不明白有的还是硕士生、博士生。这不是寥寥几个帖子，而是相当大的面积。其中少数正常和正气一点的，有些许义愤的，必定遭到围攻和嘲弄。既然如此，当我们谈论青年和未来的时候，还敢于轻易放言吗？

生产总值大幅攀升，社会生产力空前解放。言论环境也变了，仅就文学创作而言，已进入从未有过的多产期。我们有大量的作品，各种各样的作家。无论偏激也好、不偏激也好，现在到了真正考验人的精神和创造的时候了。对于一个巨大的事物，人的反击和抵抗也需要拿出同样大的力量，这种对决必会留下自己的痕迹。能这样坚持的人，他想平庸都办不到。一个僵化和板结的时代有什么意思？那只能让创造的精神沉沦下去。时下，好的作家，杰出的作家，也许正在产生或已经产生；但更有在欲海中沉浮招摇的作家，更愿虚名盈世，被金钱欲望牵得越来越远。其实，每个时代的杰出艺术家本不会多，看待一个艺术家十年二十年还远远不够呢。一百年产生几位就不错了，剩下的就是互相不可取代的、有特色有意义也有价值的作家、艺术家了。每个人都在写自己的生活、自己的经验，所以其表达是不可取代的。观察艺术和文学，如果不能视野开放，仅拘泥于当下，肯定会觉得满目疮痍，会有极大的不满意。这是正常的，因为我们不自觉中正使用了更大的人和艺术来作为参照。

现在，只有现在，这种泥沙俱下、混乱不堪的创作格局中，一个作家能够坚持自己，同时又具有不凡的才能，那么成为杰出者的机会还是存在的。

所以我们一方面忧虑，一方面又不无乐观。我们常常处于两难的境地之中。我们对经济的飞跃、物质生活的大幅度提高，有一点儿庆幸；同时又对人的贪婪、强横、无理和野蛮，对环境的难以修复，感到椎心之痛。我们常常要在两难之中生活、思考和创作，有时不免陷入悖论。在野蛮者眼里，什么文学、艺术、人类几千年来形成的最珍贵的思想，什么永恒和伟大，只用一个脏字就可以打发了。在这样的情势之下，我们的生活还会有什么希望？可是没有希望，放弃积极，很可能沦落到更不堪的、极度恶劣的情绪之中，这当然是不行的。于是我们需要更多的勇气和智慧，更多的坚持和奋争。

无论什么事情都是有代价的。世界上很少有什么事情不是两难的，所谓的福祸相依。如果发现不了核能，原子弹不会有，人类就此毁灭的危险也没有，可是巨大的核能源也不能利用。超级大国有了核武器，十三亿人口的国家如何坐视。经济不发展，无法强国，无法自安。历史有过再好不过的说明。保护环境说起来容易，做起来很难。因为我们已经把人的欲望、物质主义的欲望调动起来，释放出来，再与环境相谐相安已经难上加难了。事实上，这种道理不是我们今天才发现的，这种两难也不是我们第一次提出的。伟大的哲学家罗素，那是何等伟大的人物，他到中国来考察了一番，而后说了这么一段话：中国的儒家思想太好了，它倡导的生活方式，对物质和思想层面的把握非常好，是一种优雅的文化。在这种文化指导下的民族会是非常安逸和文明的。他说，只可惜世界上还有其他的文化，即西方骑马民族的文化，那是物质主义的、掠夺的文化，你这种田园诗般的生活无法与其共存。可见大哲学家罗素早就想明白了，我们人类实在处于一种两难之中，没有更好的办法。所以今天的拼搏，说白了只是一种追求生存的斗争。问题是我们要明白，人在这种两难中仍要有所作为，要拿出更多的智慧和勇气才行。我们还不能随波逐流。无论做什么，还是应该有一点理想。要关怀这个社会，不能丧失最后的一点公益心和正义感，这不是空洞的大言，而是最基本的东西，更是生存所需。

（2007年1月20日，在大众讲坛的演讲）

世界与你的角落

三次到美丽的苏州，前两次是十几年前，都没能到这个学校。这么漂亮的一个校园，在这里做学问、读书会是非常幸福的。

写作者愿意把自己放在文字后面，这样交流起来更方便。他们有一支笔一张纸，通过它，彼此可以不太失望。瞬间吐出的一些文字反而不太可靠。讲来讲去，重复过去的思想和语言，有时候会引起自己的厌烦。

这个题目很大，但可以把它分割得很小。今天用三种人称来说，就是"我、你、他"。三种人称交替，再分几个小题，就方便了。

写作工具

写作要有工具，比如很早以前的作家，要写作是很费力气的。那是因为工具不行。当时要刻在竹简上，写在动物毛皮上，用锥子或刀来刻记自己的思想。后来才发明了各种各样的工具，钢笔、圆珠笔，直到电脑。

现在作家的写作工具主要就是电脑。我现在用钢笔和稿纸，而且有点挑剔。我觉得自己在用心写一个东西时，就开始挑选稿纸。这也是个安静的过程。我总想找一种不那么滑爽的纸，选择的钢笔也不要过分流畅。稍微写得快一点就可能把纸划破。这样一笔一笔，将思想和情感慢慢落到实处来。

我对纸的苛求，可能只是源于一种习惯。

六十年代没有纸，或者很少能得到一张像样的纸。你在那样的一个时代里热望写作，可就是找不到纸。连学校的课本都是乌黑的粗纸印的。当时有一个地方可以搞到纸，那是一个国营园艺场。出口苹果包装程序严格，每个苹果都要用一种彩纸包起来，淡绿的、浅黄的、草莓红的，还裁成了四四方方。我设法搞到了这些纸，很幸福。

抚摩它，感觉若有若无的香气，上面一层淡淡的荧粉一样的东西。我用这种纸写出了第一批作品。

直到现在，我对纸的敏感和贪婪也没有多少改变。写作时面对了一沓纸，感到欣喜和安定，也有信心。

我对电脑则有一种不信任感。我八七年就对电脑好奇，但至今也只能用它写一些简单的文字，比如记录什么、修改和储存等。我更多地用笔来写。从写作工具上看，我既是一个保守的人，又是一个受惠者。

我们现在打开好多刊物报纸，包括书本，常有一种不满足感。这是因为我们看到的不是文字，不是词汇，更不是语言。它好像在对我们诉说，实际上却没有口气，没有呵气声，只有满纸代码。文字，一粒一粒的活的生命，我们感觉不到；文字原来的存在方式，它的意义，都一块儿消失了。

我们面对的再不是过去的阅读。纸页差不多就像荧屏一样，一些符号在上面快速掠过。我们不得不一再提醒自己是在看书——竭力排除并不存在的声音和图像，要从文字、从语言上去把握和感受。但是不行，就像网络的流速、影视的闪烁一样，这儿也没有什么例外。好像就因为到了数字时代，所有信息都是数字变成的，只有代码，没有语言。语言所独有的美，这里找不到了。

我们现在常常感叹，说文学正在死亡。是的，它是从一个字一个字开始死亡的。

作家们没有在今天这个数码海洋里，把迅速下沉的文字抓住——从语言艺术的本质去抓住它。在日常的写作、工作中，我们会自觉不自觉地把自己的语言等同于电视或网络的语言、新闻媒体的语言。我们所用的词汇、所做的表达都差不多。我们落下的文字没有自己的特质，没有自己的语感。

其实这种变化的发生，从写作工具的变化上就开始了。我们已经没法好好地、缓慢沉着地记录自己了，思维被工具驱赶着，越来越数字化了。

文学要生存，大概首先是要设法区别于其他。回到源头上，就是回到一种古老的生产方式上去。手写的东西和电脑输入的东西当然是不一样的。你如果不得不用电脑来做，那就得为保留强烈的文字感而付出极大努力。文字，让它出场，让它直接诉说。现在的阅读之所以不必，也不能耐着性子一个字一个字地读，是因为它一开始就不是以文字为单位出现的。是电脉冲，是数字流。你感觉不到字的存在。你甚至不能一个词一个词去读，因为它在产生之初也不是以词为单位出现的，所以你不会被语言所感动。

这儿只有数字，只有信息，只有快速的传递。

你只能用飞速的，和记录时的状态一样，让目光迅速掠过。电流的速度，光的速度，一切正是这样契合。

文学作品是这样领受的吗？文学是这样产生的吗？当然不是。

我们一再说，文学是一种语言的艺术。作者对于语言，对于词和字，要有极度的敏感、极为苛刻的要求。字是一笔一笔写出来的，那是象形字。

今天被数字化的文学，与影视小报、其他各种各样的传媒所传播的情绪、意绪和意境究竟有什么区别？没有。它们都是一个味儿的，仅仅是质料和装订不一样。

既然如此，那为什么还要文学？所以有人说，现在不必读小说了。为什么？因为现在从报纸上电视上看到的东西，远远超过小说提供的信息——小说中的故事和事件，远远没有生活中发生的更生动更刺激，"我为什么还要读小说"？

所言甚是。因为依据正是时下的文学作品。但是这种见解显然有问题：我们期待文学的不应该是简单的、一般意义上的信息和事件，而是特别的愉悦和感动——这些只有文学才能提供。有这种东西吗？当然。你应该从语言艺术本身，从文字本身，去寻找你生命里所需要的那一份感动。那是一种纯粹的阅读快感，是语言和词汇给你的，是另一个生命在调动文字时，与思想高度合作的结果。这儿有强烈的个性，而不是一般的个性；这里有非常的敏感，而不是一般的敏感；其讲故事的方式、语言的兴奋点、智性，都是极为特别的——你是在寻找这些东西——离开了文学作品，从哪里才能获得？没有，没有这种可能。

所以说文学是永存的。这种刺激、这种快感、这种欢乐、这种领悟，是生命里的需要。这种需要同时属于表达和接受两个方面。如果我们作为一个写作者不能珍惜这种需要，将自己的表达和铺天盖地的现代传媒混为一团，文学就会死亡。

为什么要讲写作工具？因为我们要从它的演进开始，进入对文学的理解；从写作工具变化的历史，去寻找文学退化的根源；同时也要从写作工具发展的历史上，去寻找文学永远存在的信心和希望。

一百多年前有人问雨果，说我们的文学、戏剧和诗很快就要死亡了——当年也有很多新东西构成了极大的吸引力，比如更通俗更便当的那些读物，那些表演。雨果说你不要担心这个，如果连文学都要死亡，那就等于说情人之间不再相爱，比利牛斯山就要倒塌，母亲不要他的孩子，也没有阳光了。

一百多年过去，我们的文学时而高潮时而低谷，但有一点是可以肯定的，它没有死亡。非但没有死亡，而且单从印刷量上，已经比雨果时代增加了百倍。

关于写作工具，一个朋友与我辩论，他认为用什么东西写对文学品质没有影响。电脑只是一个工具，它可以更便当、更迅速地工作罢了。怎么与之争论？这仅仅是一种感受、一种猜悟，就像"兴趣不争辩"一样，要分辩就得使用成吨的语言，直到最后也说不清。正好到了中午，我们一块儿到饭馆去吃饭，他一坐下就对服务员说："我要手擀面。"我问："你为什么要手擀面，不要机制面？"他说手擀面才最好吃。

是的，写作用纸和笔，就相当于制作"手擀面"。这是文学的绿色生产方式，虽然缓慢费力，但是好吃。

脑体结合

写作的人，闷在书斋里的人，必须有相应的体力活动。经常到野外去，让其成为对照自己思想的地方。思想的一部分是在外面完成的，而不是在屋子里。有人说这是一个工作方法问题，是关于休息的问题。是的，不过它更可能是一个艺术品质问题。

现在的许多作品面目相似，感觉都差不多，使用的语言和表述的方法也大同小异。造成这个的重要原因，就是写作者没有办法摧毁陈旧的思路。他们长期以来从书本到书本，从书斋到书斋，从笔到纸再到电脑，形成了一种思维的循环。这种循环是非常可怕的。刚才说过，思想需要到野外去对照，许多思想就是在这种对照中完成的。尤其是真正的创见、源发性的思想，往往是这样形成的。

"文革"时期提倡"脑力劳动和体力劳动相结合"，科学而美妙，但把它作为一种对知识分子强制劳动的借口，又是另一回事。从历史的观点看一下就会发现，由于社会的发展，分工越来越细，专门的文字工作者多了。可是这种专门化并没有保证我们的想象力越来越强，相反倒是萎缩了、陈旧了。为什么？就是因为脑与体的使用也趋向了专门化——这两个部分本来有不同的思悟能力，后来却分开了，不能交融，更不能相互支持了。

有一个日本朋友说，他每天要骑自行车走一百多里，让自己有一段时间大汗淋漓。为什么要这样？回答是：为了有新的思路。

他这里所说的是原创式的、真正的新思想，而不是将别人的思想来一次新的、巧妙别致的组合。这两种思想是不一样的。我们现在就没有学会区别不同的思想：新的思想和组合起来的"思想"。要知道，无论怎样奇巧的组合，也仍然不是创造，不是发现。思想是这样，艺术也是这样。新的艺术，创造性的艺术，非同一般的大悟想，必定要历经身体的劳碌，要有它的参与。

人的阅读不能只是文字制成品。因为久而久之，所有的文字迟早都会在脑子里重叠起来，乱成了一团。研究学问，有时就是从这乱成一团的东西里设法揪出一个线头来。这当然也有意义，比如某些"大学者"。不过这一类工作的意义往往被夸大了许多倍。其实真正的大思想是诗意的，是从大地上产生的，而绝不会是从书斋里抄来的。

思想需要用汗水洗涤一新，因为思想不仅产生于脑，而且还产生于体。

现代人的一个重要事情，就是设法经常跟大地、跟大地上的植物动物相处，经历山河，风吹日晒。人的视野囊括它们，肉体接触它们，才能滋生深刻的痕迹，想象就会打开。仅仅是从翻译的作品、他人的文字、流行的读物，从这些地方寻找智慧，那很容易就会枯干。只有自己的肉体去亲自感受的，比如两脚踢踏之地、两手抓握之物，才是丰实的。这样我们再分辨纸上的东西来自哪里，也就容易了。坚实的思维可以生发无数的角度、繁衍无数的空间。这的确事关我们写作和思想的品质。

还是那个日本朋友说的，我们读过的很多日本作品都不是最好的作家所写。通常的情形是，最好的作家外界根本就不知道，作品一篇也没有翻译。比如说有一个人原来是很有钱的，后来选择了文学道路，并慢慢意识到了工作的严肃性。这个人住到了山里，那里没有电视，也没有报纸。他种了一点地，同时刻苦写作。原来的工作停止了，钱也就变得非常少。几年后钱更少了，作品还没写完。他就把仅有的一点钱分成了一小堆一小堆，按月按日来分。他要把生活之需限定在最低点，算出每天做多少工作，出产多少东西，写作时间又是多少。就这样，他把自己的收入和劳动量化，分割使用，维持写作，维持强大的思维力。这个人的作品是无与伦比的。

他认为这个作家是日本最重要的作家之一：内容生鲜，思想独到，想象奇特。

我听后有了异样的感动。我在想中国是否也有这样的作家，是否也拥有这样的意志力。我知道这不可能仅仅是一种生活方式，而且极有可能根本不是。他为什么要这样做？大概身体接受磨损之时，也正是思想忍受砥砺之日。

现在我们大量的时间是在大城市，而没有留给偏僻的小地方。在小地方生活不是养生，也不是方式和兴趣，而是为了生命的感动，为了思想的收益。人的所作所为成为所思的基础，这才有可能写出与众不同的东西。世界上的文字很多，想法很多，故事很多，大家是这样容易互相投影和抄袭——一种隐性的抄袭。

为了避免这些，避免书本和知识对人的伤害，人要尽可能地退回寂寞。世界之大，今天的人竟弄到无处可退的地步。人如果不能争取每天有一个独立守持的空间，心上就会紊乱一片。有一个相对安静的空间来使自己沉默，因为沉默过的人，与没有沉默过的人是不一样的。嘴沉默了，心却没有沉默；而要让心沉默，就要进行体力劳动。边缘和角落，泥土和沙子，找和挖，这样的方法便是产生脑力的方法。我们在提倡体力劳动和脑力劳动相结合，也是力戒庸俗的方法。知识人进入这个状态，必会改变自己的品质，与这个世界构成一些崭新的关系。

看老书

我们接触到大量的人，也包括自己，某一个阶段会发觉阅读有问题，如读时髦的书太多，读流行读物，甚至是看电视杂志小报太多。我们因为这样的阅读而变得心里没底。还有，一种烦和腻，一种对自己的不信任感，都一块儿出现了。

总之对自己，对自己的阅读，有点看不起。

相对来说，我们忽略了一些老书。老书其实也是当家的书，比如中国古典和外国古典的一些名著。我们还记得以前读它们时曾被怎样打动。那时我们把大量的时间花在读老书上。这些书，不夸张地说，是时间留下来的金块。

新的读物没有接受时间的检验，像沙一样。人人都有一个体会：年轻的时候读新书比较多；一到了中年，就像喜欢老朋友一样喜欢老书了。他们对新书越来越不信任，越来越挑剔。还有，他们对一般的虚构性作品也失去了兴趣。

如果人到中年还不停地追逐时髦，大概也就没什么指望了。

我有一次在海边林子里发现了一个书虫。这个人真是读了很多书，因为他有这样的机会：右派，看仓库，孩子又是搞文字工作的。他们常拿大量的书报杂志给他，只怕老人寂寞。结果他只看一些像《阿蒙森探险记》一类的东西，还看《贝克尔船长日记》，看达尔文和唐诗，又不止十次地读了鲁迅。屈原也是他的所爱，还有《古文观止》《史记》，反复地读。他把老书读得纸角都翘了，一本本弄得油渍渍的。

我问这么多新书不读，为什么总是读老书呢？他说：你们太年轻了，到了我们这把年纪，就不愿读那些新书了。我们的时间不多了，抓一把都该是最好的。还有，经历了许多事情，一般的经验写进书里，我们看不到眼里去。虚构的东西就是编的，编出来的，你读他做什么？我们尽可能读真东西，像《二十四史》《戴高乐传》《拿破仑传》《托尔斯泰传》，这一类东西读了，就知道实实在在发生过什么，有大启发。

我琢磨他的话，若有所悟。回忆了一下，什么书曾深深地打动过我们？再一次找来读，书未变，可是我们的年龄变了。我们从书中又找到新的感动。我们并不深沉，可是大量的新书比我们还要轻浮十倍，作者哆哆嗦嗦的，这对我们不是一种伤害吗？老书一般都是老成持重的，它们正是因为自己的自尊，才没有被岁月淘汰。

轻浮的书是漂在岁月之河上的油污、泡沫，万无存在下去的道理。

当年读像托尔斯泰的《复活》，感动非常，记忆里总是特别新鲜，不能消失。里面的忏悔啊，辩论啊，聂赫留朵夫在河边草垛与青年人的追逐——月光下坚冰咔嚓咔嚓的响声，这些至今簇簇如新，直到现在想起来，似乎还能看到和闻到那个冬天月夜的气味和颜色。现在读许多新书，没有这种感觉了——没有特别让人留恋的东西了。而过去阅读中的新奇感，是倚仗自己的年轻、敏感的捕捉力，还是其他，已经不得而知。后来又找《复活》读，仍然有那样新奇的发现。结果我每年读一两次，让它的力量左右我一下，以防精神的不测。

我发现真正了不起的书，它们总有一些共同特点。一般来说，它们在精神上非常自尊，没有那么廉价。与现在的大多数书不同的是，它们没有廉价的情感，没有廉价的故事。所以有时它们并不好读，故事也嫌简单。大多数时候，它们的故事既不玄妙也不离奇，有时甚至是"微不足道"的。就是说，用现代人的眼光来看，它净写了一些"无所谓"的事情。正因为现代人胆子大极了，什么都不怕，什么都不畏惧，所以现代人才没有什么希望。我们当代有多少人会因为名著中的那种种事件，负疚忏悔到那个地步呢？看看《复活》的主人公，看看他为什么痛不欲生吧。原来伟大灵魂的痛苦，他不能原谅自己的方面，正是我们现代人以为的"小事情"、微不足道的事情。

我们现代人不能引起警觉和震惊的那一部分，伟大的灵魂却往往会感到震悚。这就是他们与我们的区别。

读一些老书，我们常常会想：他们这些书中人物，怎么会为这么小的事件、这一类问题去痛苦呢？这值得吗？也恰恰在这声声疑问之间，灵魂的差距就出来了。我们今天已经没有深刻忏悔的能力，精神的世界一天天堕落，越滑越远。现在的书比起过去，一个普遍的情形是精神上没有高度了，也没有要求了。没有要求的书，往往是不能传之久远的书，也成不了我们所说的"老书"。

这儿的意思是，人到了中年以后在阅读方面要求高了。比如愿意读真实的故事，那是因为岁月给人很多经验和痛苦之后，对一般的虚构作品不再觉得有意思了。《复活》是虚构作品，为什么还能强烈地吸引人？鲁迅的书也是人们百读不厌的，他的小说也是虚构的。由此我们又会得出一个结论：要么就读真的，要么就读非同一般的虚构作品——灵魂裸露，个性逼人，从语言到思想，不同凡响。

人的一生太短暂，而作家的出现是时代的事情，以时代作为考量单位，问题也就清楚了：我们身处时间的局部，当然会对作家有极大的不满足。四十年五十年，不会有那么多优秀作家出现。作家是非常少的，我们现在说"作家"如何如何，那是一种客套，是对人对劳动的一种尊敬。

作家是一个非常高的指标，像军事家、思想家、哲学家等一样。他要达到那种指标，是有相当难度的。作家不是一般地有个性，不是一般地有魅力，不是一般地有语言造诣；相对于自己的时代而言，他们也不该是一般地有见解。有时候他们跟时代的距离非常近，有时候又非常遥远——他们简直不是这个时代里的人，但又在这个时代里行走。他们好像是不知从何而来的使者，尽管满身都挂带着这个星球的尘埃。这就是作家。

他们在梦想和幻想中、在智慧的陶醉中所获得的那种快感，跟世俗之乐差距巨大。显而易见的是，真正意义上的作家不会太多。所以这才让我们一生追求不已。阅读是一种追求，是对作家和思想的追求、对个性的追求。正因为这种种追求常常落空，我们才去读老书——老书保险一些。

当然，这仅仅是谈了问题的一个方面。还须同时指出的是，这样讲并不是让大家排斥当代作品。这儿仅仅是说：因为时间的关系，鉴别当代的思想与艺术是困难的。当你有一天非常自信地找到了自己喜爱的当代作家，那么你就是幸运的，你该一直读下去。

再了不起的老书，再了不起的古代作家、外国作家，也取代不了当代的思想，取代不了当代的智慧。

背诵和朗读

现在是一个网络时代，信息像潮水一样涌来，我们难得像过去一样耐心地阅读。这是一个迅速的，并且是一再提速度的时代。许多东西正在泡沫化，像泡沫那样飞扬，转瞬即逝。在这个时代里，一个人要记住什么，比如牢牢记住有意义的东西，将是十分困难的。

所以，一些很优秀的人就走在相反的道路上：回到一些古老的阅读与记忆的方法上来。比如读书，不光是看，还要朗读。古文、好的小说、诗，应该朗读。这是个美好的过程，这个过程会引起进一步的感动、联想和回忆。对理想的追求，对境界的领会，都在同一时间里得到加强。字里行间有一种鼓舞的力量，需要声音去传递和强化。

再就是抄写了。好的文章要一笔一笔抄下来，以体味从字到文的过程，感受文字的意义。古文要抄下来，诗要抄下来。这些办法好像太笨太慢，但有以一当十之功。时代强加给我们的精神疾患，比如浮躁、恍惚、不求甚解，被我们用抄写——这个古老而简单的方法给遏制了。时代越快，我们就越慢。当我们进入了一个缓慢的系统之后，时代的流行病毒对我们也就无可奈何了。

回想一下，现在人们朗读的兴趣和欲望是大大降低了。记得在二三十年前，那时候的人是很愿意朗读的。古今中外，我们身边，都有一些朗读的好例子。你会记得中学时代，那时候写出一篇东西来会有怎样的冲动——远方总是有一个朋友，总是有一个知音，总是有一双文学的耳朵；而你总是恨不能立刻把一切呈现到他的面前——不是从视觉上，而是从听觉上，越快越好。

我们是否拥有这样的记忆：天正下雨，你把刚刚写好的东西用塑料纸包好，走几十里路，只为了去找一个人——为了说不清的热爱，为了赢回那一小会儿的骄傲和陶醉。如果我们发现了一本好书，也会带上它走很远的路，翻山过河，只因为山的那一边有一个人，只为了让他与自己一起感动。

可见，谁发现了一本好书，这本书首先感动了谁，都会成为一桩可资记忆的快事。

传递好书可能是人的一种义务。那些真正优秀的人，往往一生都保持了这种对艺术和思想奔走相告的劲头。

现在我们偶尔还能遇到这种人：他们时刻准备着去朗读，以分享幸福——可是当这个人正处于激动不已的时刻，山那边还会有一个倾听者吗？

山那边的人正转向了其他的兴趣，在看电视连续剧，在酒吧里，在上网。人们变得口味粗疏。结果这个人再也找不到一个喜欢倾听朗读的人。

你可以找到一本好书，由于它好得不得了，忍不住就要找人共享——四下里遥望，到处都没有你所要找的人。于是你就像站在了漠漠荒野里一样。

这个时代是朗读的荒野。

有人写了一个得意的片断，很想像当年那样用塑料纸包好，冒着雨雪翻山越岭、过河，去读给一个人听。很可惜，山与河俱在，听他朗读的人却没有了。虽然这个时代的文学人士比过去翻了几倍，可是他们都不愿朗读了，也不愿听别人朗读。

那个寻找朗读的人可能心怀了一种古老的情绪。情绪也可以古老，这在我们年轻的时候是无论如何也没有听说的，但这是真的。

朗读，这不仅是一种对待文字和语言的形式，不仅是一种状态，而且蕴含了一种生命的质量。

有人仍然具有当年的那种热情，但是大大降低了。一个人成熟了，老练了，世故了，就懂得隐蔽自己：什么都隐蔽，从情感到激动。有人连友谊也要隐蔽起来。所以说这是一种遮遮掩掩的生命，是生活品质的降低。

记得这样一个真实的故事：有两个天资非常好的文学少年，当年一个十七岁，一个十九岁，天各一方，谁也不知道谁。由于偶然的机会其中一个人看到了另一个人的作品，感动不已，马上远远赶来。他们的相见对于彼此都是一件大事。后来几十年过去了，一个仍然在写，另一个却转而经商，并成了大老板——他对文学的信念完全丧失了。偶尔大老板还是要想起少年时代，想起与那个伙伴在一起的场景：他们那时急急相约，就为了心中那团火。那时他们一夜一夜不睡，激动得奔走不停，吸烟，一个听另一个滔滔不绝地朗读。就是这样的一种气氛和感觉，他们本来可以如此一生相伴。可是时代把他们分开了，分得越来越远。大老板有一天又想起了往昔的伙伴，心里一热，就从很远的南方赶到了北方。

他们在深夜两点见面。一个见了另一个，竟然马上想到的是为对方读新写的作品。

大老板在听，一直听到了黎明。他一声不吭，迎着曙色吸烟。后来他回过头，让人发现了满眼的泪水；半晌，他小声说了一句："原来文学在默默前进……"

大老板是一个绝顶聪明的人。他十几岁时可以一口气背两个小时的唐诗。他一直着迷于朗读，愿意背诵。

回头再说那个大老板的朋友——深夜朗读的人。这个人在十七岁的时候，由于各种原因，背着写下的一大包东西和喜欢的几本书，到南边大山里流浪去了。他一边打工做活，一边到处寻找喜欢朗读和写作的那种人。七八年的时间里他只找到了两三个：有两个像他一样既能写又能读；有一个女的，她喜欢写，一边写一边哭，但她不太喜欢听别人读。

父辈的视角

我们的记忆中，对老一代的见解大多数时间是排斥的。这种排斥不仅是源于情绪，而且还来自理性。他们太老了，而且出生在一个愚笨的时代。他们令人同情。出自他们的见解总是这么褊狭保守，这么荒谬。他们知道的东西少而又少，简直可怜。虽然我们那时不愿意说，但我们心里明白，自己是厌恶他们的。

我们会把这种厌恶稍稍遮掩一下，让其变成厌烦：对整整一个时代的厌烦。

随着年龄的增长，人生过半，再回忆当年见闻，回忆从老一代听到的很多东西，竟然十分惊讶地发现：它们大多都是对的。老一代对于事物的判断，今天看来大致都是对的，都非常中肯。

我们当年最受不了的是一些传统的价值观念。世界发生了什么，发展到了哪里，他们好像一无所知。他们竟然还在这样看问题。我们与他们简直无法争论，因为面对着的是愚不可及。

是的，世界变了，电子、纳米技术、克隆，世界正一日千里。可是道德伦理范畴的东西，这些支撑我们活下去的规则，这些世界上最基本的东西，并没有随着瞬息万变的当代生活而发生根本改变。它们没有随着流行的时尚大幅度摇摆，顶多只有小许的调整，甚至其中的绝大部分压根就没变。原来它们比我们想象的要坚硬得多，像是化不开的顽石。

直到今天，比如说对于偷盗，对于一些伦理禁忌，还有许多职业方面的褒贬，几十年几百年下来看法未变。有人试图改变对它们的部分看法，结果一无所成。

父辈的视角其实仅仅是一种生存的视角。

我们要生存，就不得不回到那样的视角。我们发现这个世界上改变的只是皮毛，而不是根本。比如现在许多青年染了头发，打了耳环，甚至连鼻子上、脐与唇，也学外国人打了环；穿的鞋子一只绿一只红；裤子膝盖那儿搞破，做成了乞丐裤。这一切都让人惊呼，世界变成了什么！吸毒、公然纵欲、暴露癖、抢掠和战争，所有这些加在一块儿让人瞠目，以为世界一下跌进了完全陌生的内部规则。

其实这仅是事物的表层。一个民族的内部，它的文化内核，总有非常坚硬的东西。这一部分要变也难，可以说几百年下来所变甚小。

我们看了很多时尚之书，接受了很多全新的思想，有时候是冲击者，有时候是被冲击者。许多时候我们很乐意做个冲击者，一路上不断地呼喊：解构解构解构。我们对世界的回答是耳熟能详的四个字：我不相信。但是后来，随着年龄和生活教训的增长，你会发现自己越来越"相信"了。

父辈的视角令人不快，却非常珍贵。可惜当我们意识到这一点的时候已经非常晚了。

比如说，老人常常流露出对一些职业的看法，时有鄙夷。他们有自己的标准。在他们眼里，各种职业的道德基础是不一样的。"行行出状元"的说法，与职业具有不同的道德基础的理解并不矛盾。我们会认为这里面保留了很多封建和传统的偏见，可是并不妨碍我们在这种"误解"和"偏见"里找到它的真理性，找到它必然包含的伦理依据。

古往今来，人们对于教师、医生、思想家、诗人作家、宗教家，都是非常尊敬和仰慕的。人们总是严格地区别科学家与技术员、艺术家与艺人。人们宁可从心里爱戴极普通的劳动者，比如辛勤一生的农民。这是一种人类生存的伦理尺度，是智慧的道德或道德的智慧。

工作不分贵贱这种思想是对的，因为我们无法用一种职业概念替代具体的人。商人与商人不同，艺人与艺人不同。这是后话。我们今天对于许多门类一般而言是惧怕的。比如有人每年要把最浅薄无聊的东西组合到一起，耗费了大量纳税人的钱，结果搞出了那么多庸俗下流。这一部分人哪里有什么判断力，哪里谈得上责任心，只要给钱就可以为任何人去做。依此推理，你可以发现许多类似性质的工作，即各种抽掉伦理内容的"卖"。

人有了相当的阅历，思维走入了严整，就会采取看似保守的父辈视角。这时候我们就会发现，人不能以新潮欺世，更不能以时髦欺祖。

有一个作家住在一个很大的城市里。这个人的作品拍电影、拍电视，免不了要跟导演和影星们在一起，偶尔还出国讲学，在北京上海这样的大码头谈论后现代、解构和建构——尽管如此，到了割麦子的时候还是要回老家。因为他父亲做不动了。一到了农忙他就得回去。他父亲是个瘦弱的人，没有文化。他割麦子，脑子一走神，把垄里的玉米苗弄折了。他父亲喊一声就追过去，他拔腿就跑。父亲穷追不舍，他索性站下来等父亲。气喘吁吁的父亲一把抓住他的头发一下扯倒在地，然后用脚踩住，脱下鞋子硬揍了一顿。他一点也没有反抗，只是呜呜大哭。

我明白这是怎么一回事。我跟另一个朋友说：你看吧，这个作家还要进步，还能写出非常好的东西。因为我知道，一个能在夏天的麦地里被父亲打得哇哇大哭的作家，一定会更上层楼。

因为他那会儿流露了不曾掺假的一份淳朴。这是对父辈的一种认同，是在自觉接受父辈的裁决。其中包含的内容也许更多更丰富。他真不错，总还算能够将城里的时髦与土地的真实加以区分。实际上他懂得用后者去否定前者。骨子里，他是嘲笑城里时髦的。他在城里与之周旋，一半是出于无奈，一半是因为软弱。他在内心深处是信任父亲的。

相信文学

这似乎不能作为一个问题。这样提出来，是因为它出了问题。我们或者已经发现，今天的一些人，甚至是"作家"也未必相信文学。文学这玩意儿作为谋生的手段尚可，但要真的相信它，在心里保持它的尊严和地位，他们是不干的。

对于许多从事文学的人而言，他们也许从来都没有爱过文学。

能够像古典作家那样相信文学，相信它的高贵，它与日月同辉的那种永恒，已经成了古典情怀。不相信文学才是"现代"，不相信一切精神的价值才够得上"现代"。然而这样的"现代"是可怕的。

回头看，越是大艺术家，越是对诗有永远没法摆脱的敬畏。直到二十年前，我所认识的一个人，他每次走近书桌的时候，都要把手洗干净，一点也不允许自己邋邋遢遢的。他写作时常要找一朵花插在瓶里。他的周边全是洁净、敬畏和肃穆。而现在我们看到的某些作品，从语流、质感，包括内容，都让人想到这是在一种肮脏的环境里炮制的。

相信文学的人，不会以其作为达到某种世俗目标的工具。真正的爱总有些无缘无故。人的名利之心会随着他的道路变得越来越淡：淡到若有若无，最后淡成一个非常好的老人，既随和又偏激，质朴极了也激烈极了，极为出世又极为入世。

我们发现如今甚至出现了对于所谓文学的没落、文学的死亡的快意。有一种不可理喻的、不可解的，对于文学和诗的败落表现出幸灾乐祸的心情。说白了这不过是一种垂死的恐惧，一种末世情绪。众所周知，人的绝望很容易转化为对生命的憎恨。生命的活力，它的创造性，在很大程度上就是表现为对于艺术、诗，对于完美的不屈追求。一个人是这样，一个民族也是这样——出现过许多艺术巨匠的民族一般来说是强盛的，最终难以被征服。

文学是一个民族生命力的表征。它们从来属于整个民族，而不会作为一种职业专属于某一类人。

最近有一篇文章用嘲笑的口气介绍说，法国有五千多万人口，竟然有两百多万人立志要当作家——结果连最有名的某位大作家都饿死了。看来今天所有热爱艺术、钟情于诗的人都要感谢这篇文章的提醒，感谢它送来的情报了。不过大家知道，法国的艺术并没有那么可怜。至于说到死亡，人世间各种千奇百怪的职业和死亡方式很多——一个作家饿死了不等于法兰西文学饿死了，就是如此简单的道理。还有，难道有两百多万人立志要当作家，这会是法兰西的耻辱吗？这只能让我们更加明白，为什么会有个不朽的世界艺术之都，它的名字叫巴黎。到了巴黎，气粗如牛的人可能只是一个乡巴佬。文明的水流日夜不停地在巴黎奔涌。举世闻名的先贤祠门楣上写有一排金字："祖国感谢伟人"。这里面安息的主要是作家和诗人，还有哲学家和科学家。

相信文学的民族是伟大的民族。因为文学不是专属于某一部分人的，不是一种职业，而是蕴含在所有生命中的闪电。

正是基于这样的理解，我从来觉得文学不是一个爱好与否的问题，也不是一个选择与否的问题。我不赞成作家的职业化写作。"生命的闪电"能是职业吗？所有职业化的写作都在从根本上背离文学。作家的一生都应该抗拒职业化写作造成的损害。

说好作家是"大匠"，那是指他拥有超过一般匠人的功力。但他毕竟不是匠人。

属于灵魂里的东西怎么传授？怎么教导？怎么量化？所以，文学命定了不是一种职业。

世界观

"世界观"的话题显得生僻、老旧。因为我们又想起了许多年前的"改造世界观"之类，所以后来都不再谈了。

这就让人觉得它是可有可无的。我们现在对自己常有一种不满足，就是时常发现心灵上的轻飘、闪烁和恍惚——它带给我们的不安。作为一个写作者，我们对这个世界还缺乏大的想法。

对生活意义不懈探究的决心，一般的人可以没有，一个作家或一个进入而立之年的人应该有。现在的写作聪明机巧，很流行也很时尚，但是从文字背后感觉不到对这个世界有什么热情，感觉不到一种关怀力。人对生活的探究是相对持续的，人就不可能完全没有固定的看法。如果是一个瞬息万变的人，那肯定是可怕的。

即便到了"后现代"也仍然需要认真生活，需要留意我们这个世界上发生了什么。我们接触的一些年纪在二三十岁的人，他们没有经历"文革"，对此一无所知。但是"文革"对于我们这个民族的过去和未来将会发生多么大的影响，具有多么大的决定力。还有1958年和1960年的事情、人民公社化、土地改革、国内战争、抗日、孙中山和鲁迅，这一系列的大人物大事件，样样亲历当然不可能。问题是我们作为一个人是否努力地去理解。

令人痛惜，现在好多三十岁左右的人谈到"文革"苦难，不知道也不想知道。他们的情感疏离得很，连一点点了解的愿望都没有。这是多么可怕。

一个人的思想要参与历史和事件。像"9·11"连带了多少大问题，它需要耗费我们的许多思想，它在等待我们的见解。如果自己没有见解，就要接受别人的见解，就要放弃思考的权利——世界上再也没有比放弃思考的权利更窝囊的事情了。可是这样的事情天天都在发生。

如果生活在今天的一个人，认为自己与"9·11"没有一点关系，与"文革"没有一点关系，那么他就是一个非人。

我们需要的只是人的思想与艺术。排除了历史感，也必定抽掉了现实感。对世界没有大的想法，小的想法也就可疑。他根本不可能告诉我们什么。

小聪明可以风行一时，但是无济于事。如果一个作家认为自己可以游戏这个世界，那是可悲的。

人的内心应该燃烧着辩论的热情。这种热情可以是写作，也可以是直接的交流。我见过一些极愿意跟人辩论的朋友。那是一段特殊的时期——这个时期已经过去了，那时中国人十分认真。这一伙朋友每天都在城市南郊的山下讨论，一开始只有十几个，后来越辩越多，简直成群结队。因为参加进来的人太多，他们不得不往山上走。随着辩论的深入，他们越登越高，跟上去的人也越来越少。最后辩论者由三十多人减到了十几个人——每往山上移动一个高度，跟上去的人就要少一两个。那些在辩论中承认失败的人就下山去了。一场大辩论进行了两个半月，人也登到了山顶，这时只剩下了三五个人。这几个人的见解是最深刻的。

我们或许会认为这个方式太古罗马了，太稷下学派了，而且稍有一点戏剧性，但他们的认真执着却是不容怀疑的。

人要尽可能拥有一种大关怀大视野，这显然是一个好作家必备的条件。在一个文学的小时代，肯定会以大关怀为耻辱的。从关心小世界到只关心我们自己，人变得越来越自私、越来越不求甚解，最后对这个世界连一点把握的欲望和能力都没有了。当历史进入大时代的时候，其首要指标就是人民的思考力强大，关心问题，并相应地产生出一些思想者。

我们历史上有过非常有名的稷下学派——从暴秦、从各地汇到齐国的学士。齐国喜欢思想，它就在山东临淄。这是世界历史上了不起的一个事件。稷下学派每天都有各种思想的交锋。一个叫田巴的人，记载上说他"日服千人"——一天可以辩倒一千人，可见思想的力量。

商业时代用金钱把一切都销蚀掉。商业扩张主义盛行的时期往往有这样几个特征：官场上的贪污腐败，科学上的技术主义，文学上的武侠小说——它们三位一体，同时出现。

上山下乡

我们说的"上山下乡"当然不同于"文革"时期的内容。我们在说今天的知识人物，怎样经常走入底层。

一个不做农村研究、不表达农村的人，也有上山下乡的必要。

中国知识界的问题在于，有写作能力的人，有话语权的人，大多都集中在城里。这恐怕是个弊端。他们的结论是以城市，甚至是以区区斗室为依据的。而且这种方式正进一步因袭，使人误解为城里产生思想，城里产生艺术。

果然也就谬种流传。城里产生了很多时尚，但真正的思想却不尽源于这里；而且极有可能是，真正的思想和生命的发源如出一辙，从根本上讲是来自山川大地。思想和艺术离开了更广大的参照就会苍白无力。中国具有自己的特殊性：农民和农村占绝对多数。中国的很多奥秘都潜在大山里，藏在贫穷的乡野沟壑里。你如果对农村的艰难曲折有了一点体验，对联合国、塔利班，对现代主义和印象派后期，理解起来都会容易得多。

所以必须上山下乡。现在有人对具体的底层资料不屑一顾，只做书斋游戏，从学者到学者、从书本到书本，人人都像吃了摇头丸。研究一棵树不能只观树梢，还应该研究树的根部和土壤。如果对广漠农村没有情感，只热衷城市的灯红酒绿，怎么会不浅薄。因为城市再大，也仅仅是大地上派生出来的一些小物件，是一些小摆设。

我们当然可以生活在城市，但生活的兴趣不可为它禁锢。生活的重点和思考的重点，思想的艰辛长征，人生的长征，起点和终点也不见得要在这里。有的知识分子见了大城市就慌,什么高楼大道,一看就慌了。其实我们这样的大国,把钱集中起来盖房子并不难。每个农民拿出一百块钱,集中起来是多少个亿,会改造和新建多少大楼。所以见了城市不必慌。见了什么要慌?见了一片片不毛之地、一座连一座的秃山,见了一群群的贫民、失去教育的儿童,我们要慌。不仅是慌,还有痛。

一个国家的强盛,在于人民的知书达礼,在于人的文明素质。

一个人在基层久了就会注意最基本的东西。比如大多数人的生活状况、人的教育、身体素质,还有农田整治、水土流失、沙漠治理、灌溉能力等等。有真实的感性才能研究问题,才能对全局稍微有点把握。我们现在不关心这些,哪里会有生活的热情,哪里会有思想。一个艺术家对生活失去了热情,就是衰败的开始。

环境污染到一定程度,再高的经济增长也不可弥补。还有全社会的道德素质——过去自行车放在街上一个月都不会丢,现在防盗窗都安到了五楼。要改变这些需要多少时间!人变得没有义愤,没有正常判断,为数不少的人竟为滔天大恶欢呼,甚至连高等学府里也有人幸灾乐祸。这不能不让我们恐惧。有知识的聪明孩子从来不缺,有是非感责任感的孩子倒是非常珍贵。恻隐之心人皆有之,我们中国人的传统是这样的。我们如果怂恿了一批缺少同情心的孩子,将是我们这个时代的最大污点。

有一个从国外留学回来的人,他患了一种病,常常出血不止。可他多年来还是带上一点止血药到处走,三五年内走了大量的艰苦之地,连最偏僻的山区都留下了足迹。他记了大量笔记,跟他交谈,只觉得羞愧。农田建设情况、贫困人口、入学率,这些具体数字他能脱口而出。

还有一个学者眼睛都快失明了,还是常年坚持搞农村调查。他的每一篇文章都来自底层的判断——严谨的学术再加上悲悯之情,这是一切好学者的特征。

前些年我结识了一拨不平凡的青年。他们有的马上就大学毕业了，有的在做非常好的工作。但他们不能忍受眼下的境况，为自己痛惜。他们觉得简单的人生经历限制了理解，视野狭窄。他们要离开原来的生活轨道，来一个改变。他们在为一次迁居做准备。弄简易帐篷，自己做睡袋，因为这等于自我流放。他们认为人的出生不能选择，但道路可以选择。最后成行的只有六人。这些人失去了工作，丢了学籍，到最艰苦的地方打工多年，付出的艰辛不可言说，有人还落下了残疾。

他们说不亲临其境，就不知道什么叫贫穷。一个深山小村到了冬天没有柴火，结果锅里煮的是地瓜干，灶膛里烧的也是地瓜干——老乡拉着风箱烧着珍贵的地瓜干，你想想泪水不是流在心里吗？很多农民就是这样生活的，有时一个村子二十多户，只有四五户有木头做的东西。一进门全是土坯家具，土坯床、土坯柜子，红薯和土豆就堆在屋里，小孩与羊和鸡都在屋里。

什么是知识人立论的基础，需要思考了。任何东西都要有个基础，不然就要倒塌。

自由地命名

三十年前有这样一个小村，它让人记忆深刻：小村里的很多孩子都有古怪有趣的名字。比如说有一家生了一个女孩，伸手揪一揪皮肤很紧，就取名为"紧皮儿"；还有一家生了个男孩，脸膛窄窄的，笑起来嘎嘎响，家里人就给他取了个名字叫"嘎嘎"；另有一家的孩子眼很大，而且眼角吊着，就被唤作"老虎眼"。小村西北角的一对夫妇比较矮，他们希望自己的孩子能高一些，就给他取名"爱长"。

三十年后的小村怎样了？不出所料，电视之类一应俱全，无一例外地热闹起来了。满街的孩子找不到一个古怪有趣的名字——所有名字都差不多。好像取名时相互都商量过了，本村和邻村都有重名的：如果一个名字好听，别人很快也会取一个类似的。不仅这样，当年的"紧皮""爱长""嘎嘎""老虎眼"们，他们自己也不喜欢别人叫原来的名字。显然他们认为那是一种羞愧。

这就是网络时代。世界变小且空前拥挤，每个人都失去了自己的角落。原来属于个人的空间给填平了，大家的创造力和想象力被扼杀了，以至于失去了自由命名的能力——不仅是对自己的孩子，对于世界上的任何事物也都一样：没有这个能力了。

他们过去有更多的想象自由，能够从爱好和心情出发，叫出一串"紧皮""嘎嘎"之类。这个能力既自然又强大，这种能力正是小村给他们的。当时他们可以依照自己的主意去行动和思想。现在则不同，他们不得不与各种思想达成妥协。想想看，每天有多少信息、观念，伴着港台音乐和俗艳的形象往小村人的脑子里硬灌——他们有什么办法保护自己？

小村人是这样，我们大家又比小村人高明到哪里？

于是最后只有极少数人留住了自己的一点能力——为这个世界命名的能力。其奥秘在哪？无非就是竭力为自己保留一个角落。过去讲一个人要拥有一片土地，现在不行了，现代人不可以有这么大的奢望，现代人能拥有一个角落就很不错了。

实际上我们在现代世界里的退避才刚刚开始。这是不可逆转的趋势。且回到自己的角落吧，无论它多么窄小。

但人毕竟是强大的，人哪怕只拥有一个小小的地方，就有可能展开自己的想象，有可能恢复一种能力。这个角落既是实指又是虚指：人的精神要有一个角落，我们要在那里安息。的确，一个人要想稍稍像样地度过一生，就得这样。许多人就是因为没有一个空间来使自己安静，结果失败了。

有一个了不起的学者，一个基督徒，说过的一句话真是好极了。这句话非常朴素，但是会让我们一生受用。他说："我每一次到人多的地方去，回来以后，都觉得自己大不如从前了。"

想想看我们这些年里凑了多少热闹，周旋于多少场合。回忆一下归来时的心情，真的很糟。喧嚣之声让我们如此紊乱，状态极差。我们常常需要一个星期的安静，才能稍稍恢复到出门之前的样子。

　　人这一生除了迁就庸常，古往今来最易犯的一个毛病，就是趋炎附势。作家也不例外。但对于作家而言，这就是致命伤了。所以作家一生都要像警惕肝炎一样，警惕自己趋炎附势的毛病。

　　我经常在海边走，那里最多的是海鸥，它们一群群喧闹鸣叫。海鸥千里跋涉、海阔天空，飞得很高，有时又能一个猛子扎到水里。海边林子里还有另一种动物，这就是刺猬。我经常看到刺猬，它们走得很慢，想躲都躲不掉。它一挪一挪地走，你走近一碰它就球了起来。我常常想：作家们大致也可以分成海鸥或刺猬这两种类型。我们会做哪一种？刺猬比较安静，活动半径小，而且始终有自己的一个角落，在那儿一挪一挪地走，只吃很少一点食物。它所需甚少。

　　有一类作家真的就像刺猬，一生都在安静的、偏僻的角落里，活动范围并不大。他们也是所需甚少。一般而言，刺猬并没有什么侵略性，有什么碰了它惹了它，也不过就是蜷成一个刺球而已。可刺猬唯独怕一种东西，那就是黄鼠狼。近来由于生态失衡，林子里的黄鼠狼多了一些。黄鼠狼常常释放一种恶臭的气体，这让刺猬最不能忍受，于是它就要厌恶地走开。此时，它展开刺球时柔软的腹部就要露出，这容易受到伤害。

　　所以说，在一个角落里刺猬是自由的，它所要提防的只是黄鼠狼，黄鼠狼会释放恶臭的气体。

　　　　　　　　　　　　　　　（2002年3月8日，在苏州大学的演讲）

百年散文探索丛书

孙绍振　陈剑晖　主编

第一辉 ●

孙绍振《审美、审丑与审智：百年散文理论探微与经典重读》
陈剑晖《诗性想象：百年散文理论体系与文化话语建构》
王兆胜《新时期散文的发展向度》
谢有顺《散文的常道》

第二辑 ●

林　非《散文的昨天和今天》
范培松《散文脉络的玄机》
吴周文《散文审美与学理性阐释》
郑明娳《现代散文理论垫脚石》

第三辑 ●

张　炜《走得遥远和阔大：张炜谈文论艺》
王充闾《只缘胸次有江湖：王充闾谈散文》
丁晓原《精神的表情：现代散文论》
陈亚丽《文化的截屏：现代散文面面观》